Nous étions le sel de la mer

La collection *L'Aube noire*
est dirigée par Manon Viard

www.editionsdelaube. com

ISBN 978-2-8159-4802-9

Roxanne Bouchard

Nous étions le sel de la mer

roman

éditions de l'aube

De la même auteure

Le murmure des hakapiks. La troisième enquête de Joaquin Moralès, Montréal, Libre Expression, 2021

La mariée de corail. La deuxième enquête de Joaquin Moralès, Montréal, Libre Expression, 2020

5 balles dans la tête. Récits de guerre, Montréal, Québec-Amérique, 2017

J't'aime encore. Monologue amoureux, Montréal, VLB Éditeur, 2016

En terrain miné. Correspondance en temps de guerre, avec le caporal Patrick Kègle, Montréal, VLB Éditeur, 2013

Crématorium circus, dans la série *L'Orphéon*, Montréal, VLB Éditeur, 2012

La gifle, Montréal, Typo, 2010 [2007]

Whisky et paraboles, Montréal, Typo, 2010 [2005]

La gifle, Montréal, Coups de tête, 2007

Whisky et paraboles, Montréal, VLB Éditeur, 2005. Prix Robert-Cliche 2005, prix de la Relève Archambault 2007

À mes parents, Claude et Colette.
Je vous aime.

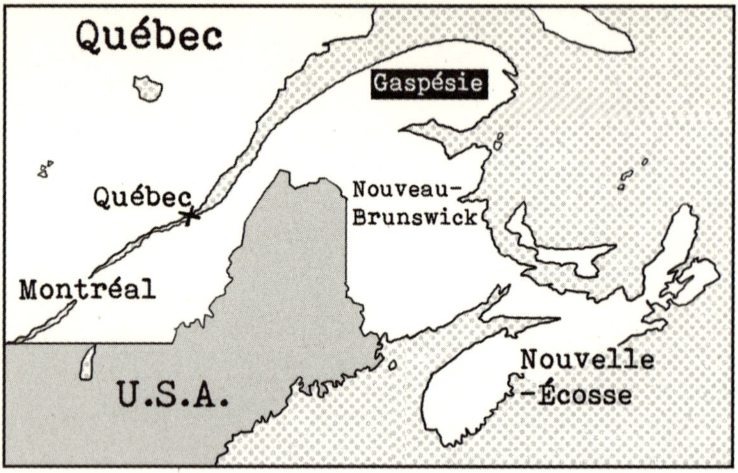
Québec
Gaspésie
Québec
Nouveau-
Brunswick
Montréal
Nouvelle
-Écosse
U.S.A.

Gaspésie
Réserve
Gesgapegiag
Caplan
Bonaventure
Paspébiac
Baie-des-Chaleurs

« Y'en a qui arrivent ici pis qui se vantent. Ils friment, ils veulent nous en mettre plein la vue. Ils pètent de la broue. On les appelle les touristes. »

BASS, de Bonaventure

I
Zones de pêche

L'Alberto (1974)

Quand O'Neil Poirier a vu la coque du voilier se profiler à travers le hublot de sa cabine, il s'est dit que la journée commençait vraiment mal. Poirier, il venait des Îles-de-la-Madeleine, avec son caractère et ses deux aides-pêcheurs. Ils étaient arrivés l'avant-veille à Mont-Louis, le temps de se ravitailler pour rallier l'île d'Anticosti où les attendaient la morue et le hareng. Ils s'étaient couchés tôt, la veille, pour partir avec l'aube, et n'avaient pas entendu le voilier s'amarrer à leur épaule. Le ronronnement de la génératrice avait sûrement couvert les bruits de pas de l'équipage voisin.

O'Neil Poirier a dit à ses gars de se lever et, boudeur, le pêcheur est monté sur le pont pour faire un peu de tapage, question que ces vacanciers de voileux comprennent clairement qu'ils n'étaient pas les bienvenus. Quand un homme se lève à trois heures et demie du matin pour aller faire son ouvrage dans l'eau glacée de l'estuaire du Saint-Laurent, ça lui tente pas de régler le cas d'un voilier de touristes endormis qui rechignent à se réveiller de bonne heure et rouspètent parce qu'ils ont peur que leurs amarres soient pas bien rattachées par les pêcheurs.

O'Neil est sorti. Comble de l'effronterie, le propriétaire du voilier avait eu le culot de brancher son électricité à même le bateau de pêche, au lieu d'amener son fil jusqu'au quai ! O'Neil Poirier l'a débranché avec rudesse, s'est penché au-dessus du monocoque et a frappé fermement contre le pont.

« Heille, le sauvage ! Sors ! Faut qu'on s'parle ! »

C'est là qu'il a entendu, de l'intérieur, un râlement de femme, une plainte longue et déchirante, et Poirier a senti sa nuque se hérisser parce que, des cris comme ça, le pêcheur n'en avait jamais entendu. O'Neil Poirier avait déjà affronté des vents de soixante-quinze nœuds au large d'Anticosti, et c'était pas un peureux. Il a attrapé son grand couteau à éventrer les morues et il a sauté sur le voilier au moment où retentissait un autre cri, plus haletant que le premier. Il a ouvert le capot de descente, a dévalé les cinq marches en moins de deux.

« Heille, ça va faire ! »

Pas de réponse. Juste un souffle bruyant et un mouvement désordonné. Il faisait chaud, humide. Dans la pénombre et le bordel ambiant, Poirier a pris un temps avant de discerner ce qui se passait. Il s'est approché lentement, encore méfiant, de la banquette latérale où elle gisait et, quand il a vu de quoi il s'agissait, il n'a pas hésité. Il s'est avancé, sur cet allant bien décidé qu'on lui a toujours connu, a lui-même coupé le cordon ombilical, lavé le bébé dans l'eau tiède et jeté le placenta aux poissons.

Il a ensuite essuyé le front de la jeune mère, a déposé sur elle le nouveau-né bien emmailloté, les a enveloppés dans une couverture chaude et a quitté le sloop sans faire de bruit.

Ce jour-là, les hommes de *L'Alberto* ont déplacé avec beaucoup de délicatesse le voilier de la femme qui avait dû, en urgence, s'amarrer à leur épaule, se sont assurés par deux fois que les gardes étaient solides et ont eux-mêmes rebranché le fil électrique au quai. Ils sont partis vers le large avec un peu de retard et, longtemps, ils ont regardé en arrière.

Repérages (2007)

Cyrille, il disait que la mer était une courtepointe. Des morceaux de vagues attachés par des fils de soleil. Il disait qu'elle avalait les histoires du monde et les digérait longuement, dans son ventre cobalt, pour n'en renvoyer que des reflets déformés ; il disait que les événements des dernières semaines sombreraient lentement dans la pénombre de la mémoire.

Avant, je m'imaginais blanche et translucide. Un verre immaculé. Vide. Même mon médecin me trouvait blême. Trop blême.

« Je vous trouve pâle.

— C'est mon teint naturel.

— Comment vous sentez-vous ?

— J'ai épuisé mon quota de mauvaises journées et j'ai arrêté de calculer les heures.

— Calculer les heures ?

— Oui. En me réveillant, je décomptais le nombre d'heures que j'avais à vivre avant d'avoir le droit de retourner dormir. Depuis deux mois, j'ai arrêté. Je pense que ça veut dire quelque chose.

— Ça veut même dire beaucoup. Vous consultez un psychologue ?

— Non. J'aimerais pas ça, je pense. J'ai des amis. Je veux pas être obligée de payer pour jaser. »

Il a ôté ses lunettes rectangulaires, les a posées sur le bureau. Il m'avait jadis vaccinée, sauvée de la rougeole, de l'appendicite et d'un nombre incalculable de rhumes, grippes et autres boîtes de Kleenex. Il me connaissait depuis si longtemps qu'il avait le droit d'avoir une opinion sur mon sujet.

« Pourquoi ai-je l'impression, Catherine, que vous n'allez pas bien ?

— Je vais bien, doc… C'est juste… On dirait que j'ai perdu le mode d'emploi pour l'exaltation. Pour l'enthousiasme. J'ai l'impression d'être vide. Translucide. Est-ce que ça vous arrive de sentir que la terre tourne sans vous ? D'être sur le bord de la voie de chemin de fer, débarqué du train, et de regarder le party à travers la vitre insonorisée de votre à-côté ? Ben moi, je ne suis nulle part en ce moment. Ni dans le party ni avec les voyeurs. Juste une vitre transparente, doc. Pas de sentiments. Rien.

— Vous avez quel âge ?

— Trente-trois, mais y'a des jours où je suis ben plus vieille que ça.

— Il faut faire attention à vous, Catherine. Vous êtes belle, en bonne santé…

— Des fois, ça me serre, côté cœur. Je deviens tout étourdie et j'aplatis à terre, les yeux couverts de noir, en attendant que la main de la mort se tasse pour que je puisse me lever de nouveau.

— Ce sont des chutes de pression. Vous en avez régulièrement ?

— Non, mais ça pourrait arriver plus souvent. J'ai le cœur qui trouve ça lourd.

— Dans ce temps-là, vous pouvez vous coucher au sol, les jambes remontées contre un mur. Ça ira mieux.

— Et pour le reste qu'est-ce que je fais ?

— Le reste ?

— Oui, les nouvelles d'horreur à la télé, la mort de ma mère, les plantes qui fleurissent pas l'hiver, la météo de merde, les humoristes pas drôles, les pubs obligatoires, les politiques niaiseuses, les films qui se tirent dessus, le ménage pas fait, la poussière des jours, le lit froissé et les restants réchauffés qui collent au fond de la poêle – je fais quoi avec ça ? »

Il a soupiré. Il devait être las de sauver la vie d'emmerdeurs comme moi qui ne savent pas quoi faire de leur existence et lui gaspillent ses miracles. Qu'est-ce que ça donne de prescrire des antibiotiques à un type grippé s'il va se pendre la semaine d'après ?

« Ça fait combien de temps que votre mère est morte, Catherine ?

— Quinze mois… »

Je m'étais dit qu'à la mort de mes parents, je partirais. J'avais navigué les lacs pendant des années, hissé les voiles sur tout l'ouest intra-muros de Montréal et je rêvais de la mer. Je voulais voir la Gaspésie ouvrir le fleuve, me recroqueviller dans la Baie-des-Chaleurs, hurler vers l'Atlantique. J'avais toutes les raisons de partir. J'avais même reçu, dernièrement, une lettre, postée de Key West, qui me donnait rendez-vous dans un petit village de pêcheurs gaspésien. Je savais que, pour régler mon histoire, il me faudrait commencer par aller là. Mais le courage me manquait et j'empilais les saisons en strates grises sur les étagères de mon appartement très zen. Ça donnait quoi de vouloir ? De rêver ? D'aimer ? Je ne savais plus. Envers et malgré moi, j'avais l'émancipation indécise et je guettais, immobile, les trottoirs qui filaient leurs craques sous les pas des passants. J'étais marin à terre, cale sèche et sans voile. Lestée de plomb.

« Changez-vous les idées, Catherine.

— Les idées ? Ce sont des faits, docteur ! Y'a des gens qui ont des projets, des buts. Moi, je... Je suis vivante, mais je ne comprends pas pourquoi je devrais m'enthousiasmer.

— Vous êtes une idéaliste. Vous souhaiteriez que l'existence soit exaltante. Mais c'est une idée de jeunesse, l'exaltation. La vérité, c'est que la vie n'est que la poursuite du quotidien. On n'a que deux choix : désespérer ou apprendre. Apprenez, Catherine.

— Apprendre que c'est plate ?

— Apprendre la possible beauté du jour.

— Ah. »

Derrière lui, les stores verticaux tamisaient une petite lumière poussiéreuse qui avait, dans l'entêtement des années, fait jaunir de vieux diplômes encadrés de latin.

« L'été arrive... Pourquoi vous ne partez pas en voyage ?

— En voyage ? Vous pensez qu'aller faire du tourisme sexuel au Maroc, ça va rendre ma vie exaltante ?

— Non. Je vous parle juste d'un peu d'exotisme.

— L'exotisme, c'est un leurre, doc, un divertissement temporaire pour les amateurs de photos qui font du scrapbooking avec leur vie.

— Vous êtes dure et complaisante. Votre ironie vous rend injuste.

— Excusez-moi. C'est vrai : j'aime aller en voiture. Ça me libère. Mais je gaspille de l'essence et ils disent que ça nuit à l'environnement. Je tourne en rond et je reviens toujours à la même place. »

Il s'est levé, dans sa blouse blanche, question de me mettre à la porte.

« Vous ne faisiez pas de la voile avec votre père, vous ?

— Oui, mais vous savez ce qu'ils disent : "*Partir, c'est trahir un peu*"...

— Alors, trahissez beaucoup, Catherine, sortez de vous, de votre tête, et essayez de ne pas y revenir trop vite... »

Je suis rentrée chez moi. J'ai relu la lettre de Key West. C'était où, Caplan ? J'ai vérifié sur la carte. Puis j'ai réglé mes affaires, fait mes bagages et me suis mise en route. Comme une prescription. Je me suis dit : *On verra ben.*

Et j'ai vu.

L'eau déploie aujourd'hui son tapis houleux contre la coque du voilier et fait vaciller les facettes brisées du levant. Le vent gonfle les voiles, le rouge éblouit l'horizon, l'aube emplit la mer de couleurs et transforme cette histoire en fresque écarlate. Le ciel vire au bleu, avec juste ce qu'il faut de rose pour faire parade au soleil. Je tourne une dernière fois mes pupilles explosées de lumières vers la côte escarpée de la Baie-des-Chaleurs qui, déjà loin, disparaît dans la brume têtue de l'aurore.

Je me penche par-dessus bord. Dans le miroir brisé de l'eau, je suis un vitrail explosé, une mosaïque éclaboussée, une mémoire dysfonctionnelle au temps désajusté, un amas d'images en vrac qu'un orfèvre fou a agencé dans un ordre dyslexique. J'ouvre mes mains et laisse glisser sur l'onde la bobine de mes souvenirs qui se déploie une dernière fois dans la vague.

Dragueuses et chalutiers

« J'm'en vas vous dire: le bar-hôtel de la plage de Caplan? Y'est brûlé, mam'zelle! »

Il a ouvert le lave-vaisselle trop tôt et un violent nuage de vapeur en est sorti. Il l'a refermé d'un coup et s'est tourné vers moi. Il a tendu le cou par-dessus le comptoir. Il voulait mettre son œil dans la lettre de Key West que j'avais rouverte, question de vérifier l'information, mais je me suis reculée.

« Pis j'm'en vas vous dire rien qu'une affaire: c'était tout un feu! Tout le village s'est ramassé là en pleine nuit; y'a eu du monde de Saint-Siméon et de Bonaventure qui sont venus voir ça! J'en ai profité pour ouvrir le bistro. Ça a pas dérougi pendant deux jours! Les flammes mangeaient les murs, les ressorts de lit sautaient, les pompiers savaient pus où donner de la tête! Y'avait de la cendre à grandeur de la plage! Pis j'm'en vas vous dire: tout y a passé! L'hôtel, le bar pis les machines à sous. Vous êtes pas trop déçue, j'espère?... »

J'ai souri. Si j'avais fait dix heures de route pour les machines à sous du bar-hôtel de la plage de Caplan, j'aurais sûrement été déçue, oui.

« Tenez, r'gardez: c'était de l'autre bord de l'église, juste un peu à l'ouest, mais y'a pus rien. Ça fait déjà deux mois de ça, je dirais. Tout le monde est au courant. Je comprends pas que vous ayez pas vu ça, ça a fait la première page de *L'écho de la Baie*! Y'avait même un reportage spécial avec des pages en couleurs! L'incendie est probablement criminel, qu'y disent, pis les assurances veulent pas payer. Dans ces histoires-là, on cherche tout le temps un coupable! Ça fait que j'm'en vas vous dire: c'est bizarre qu'on vous dise d'aller dormir là… »

J'ai vérifié la date. La lettre avait été postée de Key West deux mois plus tôt. Je l'ai replacée dans mon sac. Je n'avais encore rien à cacher, mais rien à dire non plus. Il a ramassé mon reste de pizza, l'a flanqué dans la poubelle et a fait un pas de côté, insatisfait.

« J'm'en vas vous dire rien qu'une affaire: la meilleure place pour loger, c'est chez Guylaine, juste ici, à côté. Vous allez être ben plus confortable qu'à l'hôtel brûlé! »

Il a rouvert le lave-vaisselle, qui fulminait encore, en se tenant à bonne distance. Il a attrapé un linge carreauté rouge et, comme un dompteur de cirque, il s'est mis à fouetter la vapeur. Puis il a pointé un menton de fierté locale vers une grande maison, juste à l'est du café. Accoudée à la falaise, elle observe la mer d'un œil tranquille. Une charmante auberge aux mains ouvertes.

« C'est la plus belle du coin! C'est tranquille, Guylaine a pas d'enfant, pas de mari. Pis plus loin, là-bas, y'a le quai de pêche pis le café du Havre, juste à côté. Si vous voulez rencontrer des pêcheurs, faut aller déjeuner là, en milieu d'avant-midi, quand y reviennent. À cette heure-ci, Guylaine prend sa marche, mais elle va sûrement passer tantôt, elle vient toujours me voir… »

Il s'attendrit. Sans y penser, il attrape un verre brûlant, jongle avec, l'envoie sur le comptoir comme une malédiction, lorgne encore l'auberge puis, dans un soupir, il revient vers moi.

« En attendant, voulez-vous un café ? »

Je n'ai jamais beaucoup aimé les pensions familiales où on doit jaser, raconter qui on est, d'où on vient, où on va, combien de temps on va rester et écouter les propriétaires nous relater le détail des rénovations champêtres. Mais bon. Un hôtel, dans le coin, autant oublier ça et je n'ai jamais été douée pour le camping, alors ce serait chez Guylaine ou… ou où ?

Il a ramassé mon assiette, mon verre vide et a déposé une tasse sur le comptoir avant de revenir à la charge en pointant un index interrogateur vers mon sac à main.

« Si vous cherchez quelqu'un d'ici, je peux sûrement vous aider… »

J'hésitais. J'ai fait pivoter mon banc vers le fond du bistro. Je m'en souviens parce que je ne pensais qu'à la mer. À son odeur lourde, à la grève qui s'assombrissait lentement et qui se cacherait tantôt sous l'édredon opaque de la nuit. Sans lumière, on voyait quoi, de ce côté-là ?

« J'm'en vas vous dire rien qu'une affaire : je connais ben du monde, dans le coin… »

J'ignorais encore comment parler de cette femme. Elle avait toujours été imprononçable, et voilà que, du jour au lendemain, je devais dire son nom d'une manière détachée. Fallait-il le tourner sept fois autour de ma langue, le rouler dans ma bouche comme un vin rare ou le concasser avec les molaires, pour l'attendrir ?

« C'est quoi, déjà, le nom que vous cherchez ? »

Il faudrait s'y habituer, du moins pour quelque temps, faire semblant, l'insérer dans mon répertoire, sinon familial, du moins langagier. Alors pour la première fois, en contemplant la mer, je l'ai dit. J'ai pris une large inspiration et je l'ai avoué.

« Marie Garant… Vous la connaissez ? »

Il a reculé d'un pas. Son visage allumé s'est éteint comme la flamme d'une chandelle soufflée brusquement. Il m'a détaillée, attentif et suspicieux.

« C'est une amie à vous ?

— Non. À vrai dire, je la connais pas… »

Il a repris le verre, qu'il s'est mis à frotter de bon cœur.

« Ouf ! Ben, j'ai eu peur ! Parce que j'm'en vas vous dire que, Marie Garant, c'est pas une femme qu'on aime, surtout qu'à votre place, comme touriste, j'en parlerais pas trop trop parce que ça vous donnera pas des amis vite vite…

— Pardon ?

— Mais vous venez pas d'ici, ça fait que vous pouvez pas savoir, c'est ben sûr…

— Non. Je peux pas savoir.

— C'est pour elle que vous êtes ici ?

— Heu… Non. »

C'était à peine un mensonge.

« Je suis en vacances.

— Ah ! Une touriste ! Ben, bienvenue ! Moi, c'est Renaud. Renaud Boissonneau, doyen de l'école secondaire et homme d'affaires à toutes affaires !

— Enchantée…

— J'm'en vas vous dire : on va prendre soin de vous ! Vous avez aimé la pizza ? Le gros des touristes est pas encore arrivé, parce que, d'habitude, y te remplissent la place ! Ouf ! C'est tout le temps plein, ici, le monde trouve ça ben original. Vous avez vu le décor ? Y'a de l'âge pis du vécu ! Parce que, je sais pas si vous avez remarqué, mais on est dans l'ancien presbytère. C'est pour ça que l'église est à côté ! La terrasse fait le tour : ceux qui veulent pas voir le clocher en buvant leur bière, y peuvent s'installer devant la mer ou au bord du quai de pêche. Pis le curé habite en haut. Ça fait que j'm'en vas vous dire : tu prends deux, trois verres pis, quand t'es prêt à te confesser, tu montes l'escalier ! »

Il avait réussi à dompter le lave-vaisselle duquel il sortait bruyamment des couverts heureusement incassables.

« Moi, je fais presque tout, ici ! Tenez, vous voyez le décor ? C'est moi qui l'a aménagé ! J'm'en vas vous dire que j'ai pris tout c'qu'y'avait dans la cave ! R'gardez ça si c'est original : des roues de charrettes suspendues au plafond – j'ai accroché des lampes à l'huile après –, des sabots, des cabanes de bois, des outils, des scies, des câbles, des cordages ; j'ai mis des vieux imperméables dans le coin… Avez-vous besoin d'un imperméable ? C'est vrai qu'il a fait beau, aujourd'hui… Mais y'a plu beaucoup, ces derniers temps, vous trouvez pas ?

— J'ai pas remarqué…

— Ah ! Une fille de la ville ! »

Comme si cet éloignement lui permettait la confidence, il se penche soudain vers moi avec un ton quasi murmurant.

« Pis j'm'en vas vous dire quoi ? Je fais la décoration, le service aux tables, la vaisselle pis bientôt, j'vas devenir quoi ? Aide-cuisinier ! À cinquante-trois ans ! Y'a pas d'âge pour être jeune, non, mam'zelle ! »

Il se redresse et referme avec éclat le lave-vaisselle.

« Tout ce que vous voyez là, ça vient de chez nous : le globe terrestre, les vieux appareils photo, les cartes marines, l'horloge de grand-père, le godendart, les fers à cheval – on dit-tu des fers à cheval ou à chevaux ? J'm'en vas vous dire : je pense que les deux se disent –, les bouteilles, les pots en terre cuite, les tasses dépareillées, même les livres de recettes ! Dites-moi donc : vous êtes passée par où ? Par la Vallée ou par la Pointe ?

— Heu… Par la Vallée.

— Parlez-moi de ça, des gens qui s'évitent un détour inutile ! »

Il frotte le comptoir comme s'il cherchait à étourdir sa guenille.

« Un détour inutile ?

— La Pointe ! Percé, les fous de Bassan, l'île Bonaventure… J'm'en vas vous dire que c'est un détour pour rien, ça, mam'zelle ! Pensez-vous y aller ?

— Je sais pas. J'ai encore rien prévu.

— Parce que j'ai reçu des guides touristiques aujourd'hui même ! Je les ai pas encore lus, mais… Ah ! Si c'est pas la belle Guylaine qui arrive ! »

D'un coup, la guenille est envoyée dans l'évier, comme une saleté embarrassante.

Guylaine Leblanc, à l'œil, a compté ses soixante-cinq ans. Ses cheveux poivrés-salés qu'elle tire en toque relâchée lui donnent cet air de bonté qu'ont les grands-mères dans les films familiaux américains. Elle rit tendrement, plisse l'œil vers un Renaud fondant.

« Tu connais-tu la nouvelle touriste, Guylaine ? C'est quoi votre nom, déjà ?

— Catherine.

— Catherine quoi ?

— Day. Catherine Day.

— Catherine Day veut loger chez toi ; t'as sûrement une chambre pour elle ? »

Renaud a embrassé Guylaine sur les joues avant qu'elle m'entraîne au sud de la route 132 où elle a aménagé sa boutique, Le Point de Couture. Elle y vend des vêtements et fait des retouches. L'auberge se situe à l'arrière, à l'abri du bruit. Un vaste rez-de-chaussée, décoré à la même enseigne que chez Renaud d'un étonnant fatras antique réconfortant, est garni de fauteuils tranquilles et d'un large patio qui surplombe la grève. Trois chambres hébergent des touristes à l'étage, alors que Guylaine dort quelque part, en haut de l'escalier qui mène aux combles.

Elle m'a offert une chambre en face de la mer, sa préférée a-t-elle dit, garnie de bois salé, tendue de blanc et de bleu, avec un lit couvert d'une courtepointe piquée à la main.

C'était une très belle chambre.

*

J'ai déplié mon premier matin gaspésien devant un soleil jaune et immobile. Je suis descendue rejoindre les autres pour le petit déjeuner de l'auberge.

« … mes quatre enfants avaient déjà quitté la maison pis mon deuxième mari venait de mourir, ça fait que j'ai pas trouvé ça facile quand le médecin m'a annoncé qu'il fallait m'enlever le sein; je me suis demandé ce que je deviendrais… »

Je me suis versé un café. Un jeune couple de touristes roucoulait à la table, une dame plus âgée suivait Guylaine pas à pas, en jacassant à tue-tête.

« … parce qu'il faut pas se faire d'illusions, là: à soixante-six ans, la vie m'a fait vieillir pis, avec un sein en moins, quel homme va vouloir de moi? Moi, j'ai toujours vécu pour mes enfants… »

Notre hôtesse brassait la pâte à crêpe avec cet air attentif et dégagé qui donne aux gens l'impression qu'on les écoute et qui fait la joie des précipiteurs de confidences en débit accéléré.

« … pis là, c'est la première fois que je pars en voyage, parce que j'ai jamais voyagé, non, j'ai jamais eu de projets, moi – je connais même pas mes goûts, madame ! Vous avez un plat préféré, vous ? Ben pas moi ! Vous voyez ce que je veux dire… »

J'ai fini ma tasse d'un trait et j'ai décampé vers le café du Havre.

C'est là que j'ai déjeuné presque tous les matins. C'est un bel endroit qui se prélasse en bordure du quai dans un décor marin où les serveurs se promènent, efficaces et pourtant calmes. Le brouhaha y tourne en rond, s'échappe par la fenêtre et rentre par la porte de côté. On est sûr de ne pas trop s'y retrouver, ce qui lâche un peu de mou à l'obligation quotidienne d'être tellement à l'ordre avec le monde, tellement à l'heure sur la ponctualité, tellement irréprochable dans l'ellipse fixe du jour. Et si sûr de son fuseau horaire.

« Saint-Ciboire de Câlisse ! Qu'est-cé que j't'avais dit ? V'là les Amérindiens qui reviennent encore dans le jusant ! »

Son grand corps accroché à sa tasse de café, il attend son petit déjeuner. Ses cheveux longs attachés sur la nuque et un foulard rouge sur le crâne, il est fort. Jeans, bottes de travail et chandails gris, lui et son aide-pêcheur sont revenus quasi bredouilles. Je sirotais mon deuxième café quand leur bateau est arrivé. Le homard boude et les deux hommes n'en mènent pas large. La serveuse approche, cheveux roux, yeux verts et sourire de jeune femme. Elle pose les assiettes d'œufs brouillés sur les dessins d'enfants qui ornent la table. Les hommes l'observent en la remerciant. Elle repart.

« R'garde ben ça, Saint-Ciboire de Câlisse : y vont encore rester pris ! Là, le premier bateau passe… Ouf… Y passe-tu ? »

La marée descendante berce le café d'une lumière presque trop vive. Des copeaux de soleil emplissent l'est en mouvement.

« Ben juste ! Pis l'autre qui est pas encore là ! »

J'aime les hommes, leur présence, leur virilité. La façon généreuse que certains d'entre eux ont d'aimer leur femme avec tendresse me fait parfois mal.

« Saint-Ciboire de Câlisse qu'y sont pas nerveux, eux autres ! Mais on sait ben : leur bateau est payé par le gouvernement !

— Pa-pa-pa-pareil : y font leu-leu-leu-leur ouvrage…

— C'est sûr… En vacances ? »

D'un coup, il s'était tourné vers moi, sans que je m'y attende. À force de l'observer, j'avais franchi sans m'en rendre compte la frontière de l'effronterie. Ses yeux tellement bleus me sont rentrés dedans si vite que j'en ai perdu l'équilibre et que j'ai dû m'accrocher à la table pour ne pas tomber.

« Oui.

— Y se passe pas grand-chose, hein ?

— Heu… Non.

— Y se passe des affaires, mais pas comme en ville : des affaires de mer ! L'été, les hommes vivent de la saison… De la belle saison… »

Mains brunes. Carrées.

« Et l'hiver ?

— L'hiver ? Y vivent d'espoir ! La pêche, ça met pas riche. Tu vois : y'a juste quatre bateaux icitte. Le mien, lui à Cyrille pis ceux des Amérindiens. Là, y'en manque un. Les Amérindiens, y sont tout le temps en retard.

— Ils viennent d'où ?

— De la réserve. Gesgapegiag. Y mettent leurs bateaux icitte parce que leur spot de pêche est pas loin. Remarque : si le gouvernement venait creuser le chenal, y'aurait ben plus d'embarcations ! Ben non, Saint-Ciboire de Câlisse : y laisse tout aller ! Mets un beau quai icitte, pis tu verrais arriver les pêcheurs, les plaisanciers... Pis le café marcherait ben mieux!

— Pourquoi ils arrivent tard, les Amérindiens?

— Y sont comme ça: y se couchent tard, y se lèvent tard, pis y manquent la marée! Rentrer icitte à marée basse, c'est pas brillant. Mais qu'est-cé que tu veux que j'te dise? Y'ont jamais eu le tour avec la marée! Y font tout le temps ça: le bateau avance dans l'embouchure, un homme se met en avant pour guider le barreur dans le chenal, mais l'eau manque. Le capitaine donne un coup de moteur pour essayer de passer le banc de sable, mais y se coince dedans. Tiens: qu'est-cé que je t'avais dit? Le deuxième bateau arrive! Saint-Ciboire de Câlisse! Y vont rester coincés!

— Vous allez pas les aider?

— Ah! Si t'as envie de te mettre les pieds à l'eau, vas-y, mademoiselle! Mais elle est trop frette pour moi. Y vont s'arranger.

— Y sont ha-ha-ha-habitués.

— Sinon, y'attendront que la marée remonte! Ou y vont le hâler. Tiens... tiens... Qu'est-cé que j't'avais dit? Y s'en sortent tout le temps! Le Jérémie est même pas nerveux! »

Debout à la proue du second bateau, un géant, taillé dans le bois dur dont on faisait jadis les mâts, tenait nonchalamment un lasso d'amarre dans la main gauche.

« Pis toi, c'est quoi ton nom?

— Catherine Day.

— Moi, c'est Vital Bujold. Mon bateau, c'est le *Manic 5*. Lui, c'est Victor Ferlatte, mon aide-pêcheur. »

Début soixantaine. Au moins. Sinon plus.

« T'es en vacances pour un boute, Catherine?

— Je sais pas.

— Vas-tu à Percé ?

— Je suis pas sûre de m'intéresser aux activités touristiques, mais j'ai peur de trouver le temps long… »

Les hommes ont ri, comme si j'avais manqué une marche d'escalier avec des talons hauts.

« Saint-Ciboire de Câlisse !... Y'a juste ça, en Gaspésie, du temps long !

— C'est si plate que ça ?

— Plate, non. C'est autrement. La Gaspésie, c'est un pays arrêté, une terre qui bouge pus. Si tu veux rester à Caplan, va falloir que t'apprennes à être immobile ! »

Il a repoussé lentement, après avoir déposé ses ustensiles dans son assiette, le napperon sur le côté, et a appuyé ses avant-bras contre la table. La serveuse est passée, ramassant tout, remplissant les tasses, et est repartie. Victor fixait les Amérindiens sans les voir. Le géant avait sauté sur le quai, fixé ses amarres et discutait en riant avec l'équipage du bateau voisin. Le brouhaha du café, soudain, a coulé dans les fentes, entre les planches, et quelque chose a commencé à me dépasser.

« Sont drôles, les touristes ! Y viennent en vacances pis y passent leur temps à regarder leur montre pis à engueuler la serveuse parce qu'elle les sert pas en dix minutes…

— Quand-quand-quand-quand y mouille, y sont en maudit a-a-a-après nous autres, comme si c'était de-de-de-de notre faute !

— Icitte, les touristes passent. Y téléphonent, réservent une chambre, arrivent en fin d'après-midi, visitent l'église, cherchent des agates, soupent au bistro, pis y se couchent. Le lendemain, y prennent leur petit déjeuner pis y repartent pressés. Pressés de quoi ? »

Victor a secoué la tête, désolé pour l'ensemble des passants.

« Saint-Ciboire de Câlisse! Peux-tu comprendre ça, Victor? »

Vital a replanté ses yeux dans les miens, comme une barre de fer.

« Si tu veux de l'aventure, faut aller à Walt Disney. Icitte, on a rien d'excitant. On a rien, à part la mer. On vit arrêté. On a même arrêté de vouloir. Des fois, on veut tellement rien que le temps finit par nous devancer! La plupart des touristes supportent pas ça pis y s'en vont.

— On-on-on-on t'en voudra pas de-de-de-de partir.

— Et si je reste?

— T'as-tu du temps à perdre?

— Ni à perdre ni à gagner.

— Ben reste un peu avant de partir. Traîne. Sur le quai, sur la plage. Tu vas voir. »

J'épiais le grand Amérindien.

« Et qu'est-ce qui va se passer?

— Saint-Ciboire de Câlisse! Rien! C'est ça que je te dis depuis tantôt: quand tu regardes la mer, t'as pas besoin qu'y se passe quelque chose!

— Tu-tu-tu-tu peux ramasser des agates. Y'en a pa-pa-pa-pas mal sur la grève.

— OK. Je vais m'y mettre. À rien faire. »

Les hommes se sont levés.

« Nous autres, on va aller vendre notre homard. On te laisse avec les Amérindiens. Tu peux aller leur jaser, si tu veux... »

J'ai peut-être rougi. Il s'est penché un instant sur moi.

« Lui, là, Jérémie, c'est fort que tu croirais pas ça. Ah! Saint-Ciboire de Câlisse! Les Amérindiens sont faits forts. Faut leur donner ça. Bon ben... Salut, la belle! »

Ils sont sortis. J'ai continué de regarder le grand Amérindien. Jérémie.

Il ne se passera rien.

Le ciel a craché, ce jour-là, une bruine ennuyante, glaciale, qui détrempait les os et donnait un frisson d'octobre. Je me suis enveloppée dans un fauteuil de l'auberge et j'ai ouvert un livre d'images de voile qui traînait. Mauvaise idée. Les blues me pendaient au bout des bras et dégoulinaient autour de moi.

Le soleil commençait à débarbouiller tout ça quand je me suis pointée, en fin d'après-midi, au comptoir à Renaud.

Il frottait des ustensiles. Trois grands couteaux de boucher neufs.

« Vous voulez aller à Percé ?

— Pas nécessairement. Je me demandais juste ce que vous en pensiez…

— Ah ! Vous avez la bougeotte !

— Je sais : je suis en vacances et je dois apprendre à rien faire, mais c'est pas facile… »

Il a déposé amoureusement ses armes blanches sur une planche de bois apparemment neuve, elle aussi.

« Ben j'm'en vas vous dire rien qu'une affaire : y vous faut le guide ! Vous avez vu le guide imprimé de la Gaspésie ?

— Non.

— J'en ai reçu une pile, l'autre jour. Si vous avez envie de partir, y faut absolument que je vous le montre ! »

Il s'est étiré, en a attrapé un sur le présentoir. Il l'a ouvert, l'a feuilleté devant moi.

« Tenez. R'gardez-moi ça : des belles images en couleurs ! D'habitude, j'm'en vas vous dire rien qu'une affaire, les touristes, y suivent le tracé. Mais y faut partir par le nord, par exemple ! R'gardez ça si c'est bien fait. Tu commences par la côte : « Visitez les jardins de Métis, la passe aux saumons de Matane et la maison des six mariages » pis, après, t'arrives dans la Haute-Gaspésie. J'm'en vas vous dire que je l'sais pas du tout, si elle est plus haute que le reste, mais en tout cas : « Les éoliennes de Cap-Chat vous fascineront, ne manquez pas le Parc national de la Gaspésie ni le Musée des phares de La Martre ». Après, c'est la Pointe, « ses villages colorés, le parc Forillon, Percé et son Rocher, l'île Bonaventure, ses fous de Bassan, les boutiques multicolores » et enfin ? Ah ! Ah ! La Baie-des-Chaleurs, où « toute la famille pourra se reposer et se baigner dans la mer ! » Après ça, j'm'en vas vous dire rien qu'une affaire : tu remontes par la Vallée pour rentrer au plus vite à Montréal, en même temps que tout le monde, pour être sûre d'attraper le bouchon de la fête du Travail pis t'arrives crevé, après trois mille kilomètres, pour faire ton lavage et retourner à la job le lendemain matin ! »

Il a bruyamment refermé le guide, l'a roulé en cylindre et l'a secoué, tel un évangélisateur agitant un pamphlet satanique, au-dessus de sa tête.

« J'm'en vas vous dire : c'est-tu assez des belles vacances, ça ? Ben non ! Tu peux y aller, mam'zelle Catherine, tu peux sauter dans ton char pis aller te balloter la touriste du sud-ouest jusqu'au nord-est, mais ça va te donner quoi, hein ? Rien ! Ailleurs, les villages sont pauvres, les motels, cheaps, les restaurants, fades, pis la mer est froide ! Les magasins vendent rien que des cochonneries ! Des produits dérivés, des plaques d'immatriculation J'AIME TA FEMME !, des verres à shooter du Rocher, des tasses de Percé, des tuques du Canada, des lampes en coquillages ! Rien que des maudites cochonneries !

Pis j'm'en vas vous dire qu'on est mal logé ! Passé cinq heures, le gars de l'hôtel va commencer à te niaiser en te faisant accroire que t'es ben chanceuse de pouvoir passer la nuit chez sa belle-sœur qui loue à un prix de fou une chambre ridicule avec une vue sur la cour arrière ! C'est ça que tu veux ?

— Heu… Non ?

— Non ! »

Il a lancé violemment l'anti-bible touristique dans la poubelle béante.

« En plus, si tu pars vers la Pointe, tu vas être prise pour suivre le guide à l'envers pis c'est ben fatigant, ce genre d'affaires-là, surtout en vacances ! Quand une route est tracée, c'est ben plus simple de la suivre ! Pis toi, mam'zelle Catherine, t'as pas besoin de faire le tour : t'es déjà arrivée ! Tu penses que tu t'ennuies, hein ? C'est juste parce que t'as pas pris le rythme !

— Ah…

— J'm'en vas vous dire rien qu'une affaire, mam'zelle Catherine : les touristes, y s'amènent trop en voyage ! Quand tu pars, faut que tu te laisses chez vous !

— Ah…

— Écoute : tu peux y aller jusqu'à la Pointe, mais j'm'en vas vous dire que t'es ben mieux de rester ici, avec nous autres. Chez Guylaine ! »

La démonstration terminée, il va chercher, dans la cuisine, un sac dont il tire délicatement un tablier neuf qu'il déplie avec fierté et enfile d'un geste soigneux. Sur sa poitrine apparaît un titre nouveau Aide-cuisinier en lettres brodées. Il se coiffe d'un petit chapeau idiot et pose ses couteaux propres sur la planche neuve.

« Renaud ?…

— Oui, mam'zelle Catherine, qu'est-ce que je peux faire pour satisfaire une belle belle cliente comme toi ?

— Vital… Vous connaissez le pêcheur Vital ?

— Oui, je le connais ! Ah ! J'm'en vas vous dire : j'gage que t'es en amour ! Le cœur t'a fracassé quand y t'a chanté son fameux "Saint-Ciboire de Câlisse". Pis là, tu vas vouloir cirer tes sandales pis te marier ! Guylaine ! Va falloir faire une robe de mariée ! On marie notre touriste ! »

Guylaine est à peine entrée qu'elle se fait happer par le tourbillon.

« Ah ouiiii ? Avec qui ?

— J'm'en vas vous dire rien qu'une affaire : avec Vital !

— Avec Saint-Ciboire-de-Câlisse ? Il est déjà marié, Catherine… »

Je me débattais comme un homard dans l'eau bénite.

« Mais non ! J'ai rencontré Vital au café et il m'a parlé des…

— De Cyrille Bernard !

— Cyrille Bernard ? C'est qui ?

— Cyrille, il est célibataire, lui…

— J'vas appeler Vital à soir pour qu'y te le présente ! Vas-tu au café demain ? Parce que, j'm'en vas vous dire rien qu'une affaire, mam'zelle Catherine : quand on a le vague à l'âme, c'est parce qu'on n'a pas le cœur amarré ! Pis nous autres, on va te le trouver, ton quelqu'un à aimer !

— Renaud fait ben des farces, Catherine, mais c'est vrai que Cyrille, il va te changer les idées.

— Tu vas voir : t'auras pus envie d'aller à Percé pis toutes ces folleries-là ! »

*

Bon. Autant avouer tout de suite que, quand la glorieuse histoire d'amour garantie par tous les contes de fées de mon enfance m'avait foudroyée, je n'avais pas su y faire.

Je n'en parlais pas. Jamais. Je n'ai pas un don spontané pour les confidences de l'intime intimité et c'était difficile d'admettre ma trahison. J'avais carbonisé neuf ans de foyer conjugal en une nuit. Par une étincelle mal placée, j'avais réduit mon couple en cendres.

Honteuse, je craignais de me rasseoir à la table du strip-poker amoureux, je boutonnais pudiquement le col de mes histoires passées sur ma gorge nouée. Par crainte, désarroi ou fuite, j'optais pour un célibat fanfaron que je secouais tel un hochet bruyant, lançant fièrement des « Je suis une femme libre ! » à qui mieux mieux, tout en ravalant mes soirées solitaires de pâtes réchauffées et de films de filles aux acteurs disgracieusement romantiques. La vérité, c'était que je ne savais pas trop quoi faire de cette solitude mal assumée et que je rêvais sans bruit de m'enfreindre un peu. Le cœur calciné, je doutais que l'amour puisse m'enflammer de nouveau, mais j'espérais encore, en cachette.

La puissance nonchalante du géant amérindien m'avait impressionnée, la veille, et fortement émue. Alors, évidemment, j'étais curieuse de rencontrer l'autre pêcheur. Aussi étais-je à peine éveillée, ce matin-là, que, déjà, je me perchais à la fenêtre de ma chambre pour vérifier le quai. Le bateau du bizarrement nommé Cyrille Bernard était absent… À la vitesse de l'éclair, je me suis savonnée, pomponnée, maquillée. J'ai choisi ma plus jolie robe d'été décolletée et j'ai enfilé mes souliers à talons hauts. À rebours, je conçois l'étrangeté de se maquiller et de chausser des talons hauts pour aller rencontrer un homme qui revient de la pêche, mais je n'ai pas souvent eu la féminité appropriée.

J'étais donc assise au café bien avant l'heure du retour de la pêche, les pieds cordés, les cheveux tendus derrière l'oreille et la robe d'été sans pli. Il courait un petit vent chaud, un souffle de jupons retroussables et l'air marin qui entrait par la fenêtre me rosissait les joues.

Les bateaux se pointèrent en fin d'avant-midi. J'avais tellement bu de caféine que mes mains moites tremblaient. Ils s'approchèrent, s'amarrèrent. J'ai croisé les jambes en une jolie pose décontractée. Et les pêcheurs ont sauté sur le quai.

J'ignore sincèrement ce qui avait bien pu me faire croire que Cyrille Bernard était un homme jeune, beau et hardi. Vraiment, je l'ignore. Vital, Victor, Renaud, Guylaine : ils m'avaient tous prévenue de ne rien attendre de la Gaspésie, alors pourquoi diable m'étais-je déguisée ainsi ? Car Cyrille, avouons-le tout de go, il ne payait pas d'apparence. L'âge avait dispersé ses cheveux, allongé démesurément ses oreilles et lui avait écarté les dents de façon anarchique. Des cicatrices lui striaient le visage et, malgré sa gentillesse, il fallait un certain temps pour s'habituer à son physique.

En une fraction de seconde, la fuite est devenue mon unique option. J'ai laissé l'argent sur la table, attrapé mon sac et me suis élancée vers la sortie, mais ils sont arrivés si vite que j'ai été refoulée par leur entrée. Et Vital a fait le reste. Quand il m'a aperçue, il s'est tourné nonchalamment vers Cyrille et m'a pointée du doigt, comme on fait pour une babiole à trente sous sur l'étagère d'un marchand de souvenirs cheaps.

« C'est elle ! »

Le vieux pêcheur a levé la tête un peu haut, comme un capitaine jauge un futur marin. J'ai coincé un sourire.

On ne connaît pas la mer.

Il m'a détaillée des pieds à la tête et vice-versa pendant que moi, mon sac, ma robe voyante, mon collier creux dans le décolleté et mes talons, on se diluait en flaque de honte sur le tapis de la porte.

« C'est elle, la fille qui veut te rencontrer.

— Je… J'ai fini de déjeuner… Je partais… On pourra se reprendre, OK ?

— Saint-Ciboire de Câlisse, Cyrille, j'te dis que t'as pas l'tour avec les femmes ! »

Les rires m'ont déboulé dessus pendant que je bataillais lâchement, embarrassée de tout ce que je suis, vers une porte solidement obstruée par ledit Cyrille qui ne bronchait évidemment pas. Vital, Victor et l'autre pêcheur se sont dirigés vers les tables, mais Cyrille Bernard est resté planté là comme un gardien de but entêté. J'ai eu un instant d'angoisse, je l'avoue. Presque de la panique.

De l'eau et du sel.

« Hiiii… Calme-toi. Si tu pars en courant, j'aurai pas assez de souffle pour te rattraper ! »

Ses inspirations étaient sifflantes, difficiles.

« Excusez-moi… Je… J'ai à faire…

— Une touriste, ça a jamais rien à faire. Hiiii… Comment tu t'appelles ?

— Catherine.

— Catherine quoi ?

— Day. Catherine Day.

— Hiiii… Regarde-moi donc, Catherine Day… »

J'ai levé la tête et ses yeux bleus me sont entrés dedans à toute vitesse.

Une profondeur insondable, un caractère imprévisible, du ressac et des marées.

Il a reculé d'un pas.

Pourtant.

« Hiiii… Tu viens d'où ?

— Montréal.

— Pourquoi tu veux me voir ? Hiiii… Tu veux que je t'amène en bateau ? J'aime pas ça amener des touristes à la pêche… »

Quand la coque se tourne vers le large, que les vagues longues et éphémères me hissent au sommet du monde et me ramènent dans leur berceau murmurant ; quand le vent glisse dans le génois et s'appuie dans la grand-voile, alors les doutes s'éparpillent et se dissolvent. Je tends les cordages, manœuvre la barre et l'horizon m'appartient.

« Non, non, c'est pas ça. Je… Je suis en vacances, j'ai rien à faire et Renaud a dit que vous pourriez…

— Que je pourrais quoi ?

— Je sais pas… Me raconter la mer, pour me changer les idées. M'apprendre. »

Il s'est mis à rire, moqueur, et ça m'a insultée.

« Si tu veux apprendre la mer, va falloir que t'arrêtes de courir, la p'tite. Hiiii… C'est ben la première affaire que je peux te dire. Prends une chaise berçante, assis-toi sur un perron, en face de la vague, hiiii… pis berce-toi ! Rien que ça. Relaxe pis ça sera déjà un début. Hiiii… »

C'est là que je suis heureuse : dans l'effrayante et tumultueuse majesté du large.

Il s'est rangé et j'ai pu m'échapper, alors que, bizarrement, je n'en avais plus envie. Je suis remontée lentement vers l'auberge. J'ai retiré mes souliers pour longer, pieds nus, les galets barbouillés par les algues. En contrepoint de la marée, au loin, les Amérindiens sortaient des cages de l'horizon.

Les premiers touristes affluaient lentement sur la plage, mais la mer était encore trop fraîche pour qu'on ose y plonger gaiement. Assise sur le sable, je traînais sans but.

Quand la marée descend, une ancre se jette dans ma gorge. Elle tire un peu plus à chaque vague, m'étouffe. La marée file et me fait mal, ici, dans la poitrine, un écho avalant le contour des mots, un murmure mâché, une perte.

Midi trente. Dans le soleil, les enfants courageux brisaient vaillamment le pli froid de l'eau. Des filles parfaites grelottaient dans leurs bikinis colorés, envoyant des coups d'œil aux garçons semi-bronzés qui se lançaient un frisbee.

La mer secoue mes images renversées dans son ressac dur et, au bout de mes bras ballants, pendent les alléluias décapités de mes naufrages. C'est malgré moi.

Je me suis levée, vite, trop vite, étourdie, j'ai marché à la limite des vagues, pour bouger. J'ai lancé des cailloux dans l'eau et j'ai souri comme on ment aux enfants qui passent. Les pieds à plat sur la grève, je me suis bourré les mains de roches.

« Tu t'es mis aux agates, la p'tite ? Hiiii… »

Cette inspiration sifflante de soufflet en cuir tanné, ça ne pouvait être que Cyrille. J'ai levé la tête.

« Montre donc. »

J'ai ouvert la main. Une demi-douzaine de pierres rouges, vertes, blanches.

« Je trouve des belles roches, pleines de striures et de marbrages, mais pas d'agates.

— Hiiii… J'ai jamais compris pourquoi les gens passaient leur temps à chercher des agates. Un jeu de patience, j'imagine. »

J'ai replié les doigts.

« C'est des pierres semi-précieuses, il paraît.

— Je le sais pas pour la préciosité, mais celles qui sont dans ta main sont ben chanceuses. Hiiii… »

J'ai ouvert de nouveau, pour voir.

« Sinon, t'as une grosse agate à côté de ton pied gauche… »

Je l'ai ramassée.

Il s'est remis en marche et je l'ai suivi. J'étais contente qu'il soit venu me trouver.

« T'as enlevé ta p'tite robe d'apparat ? Hiiii… J'y ai pas eu droit longtemps.

— Ça se mérite, ces affaires-là !

— Renaud a dit à Vital que tu voulais me rencontrer. Hiiii… C'est parce que tu veux venir à la pêche ?

— Non. C'était une idée à Renaud, il disait que vous me changeriez les idées avec vos histoires.

— Hiiii… Tu t'ennuies en maudit !

— Je me sens un peu bizarre depuis que je suis arrivée. Je suis pas sûre d'aimer ça. Quand je reste longtemps devant la mer, je me sens mal. Comme si quelque chose voulait me sortir du cœur, mais je sais pas quoi.

— C'est normal.

— Normal ?

— T'arrives en vacances, t'es de bonne humeur, en forme, pis tu penses que la mer va te faire du bien. Hiiii… Mais c'est pas vrai. La mer, c'est dur, pis faut être fait fort pour la regarder en face. Elle nous tord les souvenirs comme dans une laveuse à linge.

— J'ai pas assez de souvenirs pour ça…

— Pas besoin : la mer va t'en inventer. Hiiii… En attendant, viens, mon chalet est juste là. On va se fumer un pétard sur la galerie, en comptant les vagues. Hiiii… »

Sur le perron du chalet, j'ai posé mes roches délicatement, comme des trésors que j'oublierai de ramasser en partant. Le soleil éblouissant découpait l'eau en éclats mouvants.

« C'est beau, hein ?

— Ça donne envie de plonger !

— Hiiii… Tu m'auras pas à ça : j'hais ça, la barbotte !

— Quoi ? T'es pêcheur pis tu nages pas ?

— Y'a pas un pêcheur qui sait nager icitte ! Hiiii… C'est pas ben pratique, que tu vas dire, mais c'est de même.

— Je pensais que vous aimiez la mer…

— J'aime la mer, pas l'eau ! L'eau, j'hais ça ! Y'a ben trop d'affaires là-dedans pour que j'me sauce ! Hiiii…

— T'as dédain ?!

— Mais ça m'empêche pas de trouver ça beau, par exemple ! Hiiii… On dirait une mosaïque.

— T'es poète, Cyrille Bernard !

— Non, c'est juste que je fume trop de pot ! »

J'ai éclaté de rire. Il a roulé le joint, l'a allumé, et le temps s'est suspendu à la mer.

Deux vagues.

« Ça, la p'tite, c'est engraissé à l'algue pis au sel de mer. Hiiii… Quand tu fumes ça, tu flottes même à terre… Hiiii… Pis tu peux partir longtemps ! »

Je n'avais rien à dire.

« Icitte, dans les belles années du peace, y'avait un trafic de drogue pas possible. Hiiii… Y se faisait des passes ! Une fois, y'a une manière de commerçant qui avait eu peur de la douane pis qui avait largué tous ses barils dans la flotte. Quand on a vu ça arriver sur le bord de la grève ! Hiiii… J'ai encore trois barils vides dans ma cave pis tu sais-tu quoi ? Trente ans après, y sentent encore la marie-jeanne du Sud ! C'est économique sur le billet d'avion : tu te mets la tête dedans hiiii… pis t'arrives direct en Jamaïque ! »

Il m'a passé le joint et le jour s'est détendu.

Trois vagues.

« T'es-tu toute seule ?

— Oui.

— Hiiii… Comment ça ?

— Pas de raison. C'est comme ça.

— Tu dors pas en cuillère avec un chanceux ?

— Quoi ?

— À vingt ans, d'habitude, ça se lance dans l'amour pis ça devient du quotidien. Hiiii… Ça se conjugue le nous dans un petit nid en mansarde, ça bourre le grenier d'enfants pis ça dort en cuillère. Pas toi ? Tu dors pas en cuillère ?

— Non.

— Pourquoi ? »

Trois, quatre, cinq vagues.

« J'ai essayé, mais…

— Mais ?

— Dur à dire… T'as un bon travail, une maison, un chum, un petit nid douillet, mais… la trentaine arrive. Et là, tu fais ta crise, tu te demandes où c'est que tu t'en vas de même et dans quel but tu vas les compter, tes points. Tu vois ton chum pis tu le trouves plate, ça fait que tu t'imagines pas en train de le multiplier. Tout ce que tu trouvais beau et drôle est devenu gros et con.

— T'es pas grosse… »

Trois vagues.

« Un soir, je l'ai trompé. On faisait plus l'amour depuis des mois. Je sais que je devrais pas dire ça, que c'est pas une défaite. J'en ai pas, de défaite. Le lendemain matin, à neuf heures, il est parti. Sans un mot. Il a fait ses bagages en dix minutes et il est parti pour toujours.

— Hiiii… Un bel écœurant !

— Quoi ?

— Y'a trouvé le tour de te culpabiliser en masse ! Pour garder une femme, faut agir en homme. Sinon, elle va voir ailleurs. C'est normal. »

Six vagues.

« Hiiii… C'est pas parce qu'on a coulé un bateau qu'on est mauvais marin, la p'tite…

— Es-tu marié, Cyrille ?

— Non. Hiiii… Mais ça m'empêche pas d'avoir une femme dans le cœur !

— J'ai pas dit le contraire !

— Tu l'as pensé !

— Tu dors en cuillère ?

— Hiiii… Non.

— Pourquoi ? T'es mauvais marin ? »

Il a haussé des épaules osseuses et a plissé ses yeux vers la mer. Ses mains crevassées reposaient sur les accoudoirs de sa chaise. Il regardait loin.

« Des fois, la p'tite, les occasions manquent pour dire à une femme qu'on l'aime. »

Une vague.

« Elle a marié mon frère. »

J'ai explosé de rire.

« Excuse-moi, Cyrille… »

Il m'a offert un sourire doux et il a passé la grande vadrouille de sa main dans mes cheveux. Le soleil plombait doucement, sans harceler personne, et le vent d'est roulait une belle houle blanche dans la marée montante. Cyrille laissait aller les vagues et c'était facile.

« J'me suis jamais marié, la p'tite, hiiii... pis je m'aperçois que ce qui m'aura le plus manqué, c'est une maison où rentrer, avec une femme à côté du poêle. Une femme pour chauffer les assiettes, la cuisine, le lit. Tu trouves ça drôle ? Hiiii... Elle serait allée chez le coiffeur tous les vendredis matin, elle aurait planté des fleurs rouges autour du perron.

— Elle t'aurait chicané pour que tu sortes les vidanges !

— Pis je les aurais sorties. »

Deux vagues.

« Hiiii... J'aurais aimé ça avoir une femme à protéger, la p'tite. J'aurais passé le rotoculteur dans le gazon pis j'y aurais fait un beau potager. Elle aurait planté des tomates.

— Des tomates ?

— Oui. Pis aussi des laitues, celles qui ont des feuilles frisées, des carottes, des fraises, des bleuets. Hiiii... Si j'avais eu une femme, j'aurais eu des bleuets.

— Pourquoi des bleuets ?

— J'ai toujours rêvé d'avoir des bleuets.

— Plantes-en !

— Hiiii... Faire pousser des bleuets, c'est long. Une année, tu prépares la terre, l'année d'après, tu sèmes tes plants ; t'as des bleuets juste la troisième année.

— Sèmes-en ! T'auras des bleuets dans trois ans... »

Cinq vagues. Ou six.

« Hiiii... C'est bizarre, quand même, qu'une belle fille comme toi perde son temps à attendre un vieux bonhomme comme moi... »

J'ai veillé tard, ce soir-là, enveloppée dans une courtepointe, étendue sur une chaise longue du balcon de l'auberge. De jeunes amoureux marchaient sur la plage, main dans la main. Ils se murmuraient des mots doux, riaient, insouciants de l'alentour. Des amants s'apprêtant à fermer les rideaux de leur chambre. En se réveillant, demain, la jeune femme embrassera l'épaule tiède de son homme. Calé dans les draps froissés, il respirera lentement le jour indécis.

Contre le quai, les bateaux étaient amarrés en paix. Je revoyais la carrure de Jérémie. Ça devait être rassurant, quand même, de s'amarrer à du solide. J'ai tourné mon regard vers le large.

C'est malgré nous. Nous embarquons et larguons le monde parce que nous portons l'infini et que notre seule réponse, c'est l'horizon.

*

« En vérité, la pêche n'a pas enrichi beaucoup de Canadiens français.

— Catherine, tu connais m'sieur le curé ? Hiiii… Y'est pas pêcheur, lui, mais on lui pardonne quand même. Y vient du rang 4. »

Le curé Leblanc s'installait. Il desservait, je l'apprendrais vite, deux paroisses : l'église et le bistro. Il y avait déjà Vital, Victor, Cyrille et moi à la table.

« C'est vrai que, dans la baie, les pêcheurs ont pas vécu riches ! Hiiii… Mon père, lui, y'a tout fait ! Y'a travaillé pour les Anglais, y'a eu une Gaspésienne…

— Oui. Pi-pi-pi-pis y s'est fait fourrer en en en en maudit !

— Tu sais-tu c'est quoi, les Gaspésiennes, la p'tite ? Hiiii… Des gros bateaux que le fédéral fournissait aux pêcheurs. Y leur a loué des bateaux pour qu'y les achètent, tu comprends, mais la pêche payait tellement pas que, quand le gouvernement a compris ça, y leur a enlevé leurs bateaux! Pas de compensation, rien: les pêcheurs ont mis deux ans de pêche sur du vide! Hiiii...

— 1960. En vérité, ils ont tout perdu. Les Gaspésiennes ont pourri dans la cour des musées. »

La serveuse rousse dépose les œufs, verse le café, sourit et s'éloigne. Les hommes, chemises à carreaux, jeans, bottes de travail, plantent des fourchettes affamées dans leurs omelettes.

« Mais la pêche est plus payante, aujourd'hui, non?

— Hiiii... Pour payer, ça paye, mais la mer est vide!

— Les changements climatiques?

— Y'a-y'a-y'a-y'a ben des théories, mais-mais-mais-mais c'est sûr que ça aide pas.

— C'est de la faute des dragueuses à pétoncles! Hiiii... Ça arrache le fond de la mer. De la déforestation maritime, qu'on appelle ça. C'est pour ça que la mer est vide. Hiiii... Y'ont tout arraché! »

Le curé résume la conversation.

« Le réchauffement, les dragueuses, le gouvernement... Les trois fléaux des pêcheurs! »

Les assiettes se vident.

« Pis t'as pas vu le genre de pêche aux crabes qu'y nous font faire: hiiii... y nous disent de remettre les femelles à l'eau pis de garder juste les mâles. Je veux ben, mais quand y'aura pus de mâles, les femelles feront pas des bébés toutes seules! Hiiii... Pis j'te parle même pas de l'état des quais. T'as vu les quais?

— On-on-on-on a tellement d'affaires à chialer qu'on va-va-va-va encore être obligés de se mettre sur-sur-sur-sur le chômage cet hiver!

— Hiiii… On peut pas travailler toute l'année pis chialer en plus, hein, la p'tite ? »

Je développais peu à peu le sentiment d'être chez moi, parmi les miens.

« C'est pour ça que vous pêchez : pour avoir une raison de chialer ?

— On pêche parce qu'on est pêcheurs. Hiiii… J'ai fait ça toute ma vie ! J'vas quand même pas me mettre à tondre des gazons !

— En vérité, les vieilles histoires de pêche, c'est plus excitant qu'une journée de tondeuse, n'est-ce pas, Cyrille ?

— Moi, m'sieur le curé, j'attends pus grand-chose de l'été. Hiiii… Là où je suis rendu, si j'avais pas de souvenirs, je serais juste un pauvre homme.

— Saint-Ciboire de Câlisse ! Des souvenirs ou des menteries, Cyrille ? »

Le vieux pêcheur hausse les épaules. La serveuse rousse repasse, attrape les assiettes, repart.

« On est pêcheurs pis on raconte le passé. Hiiii… Si on n'a pas le droit d'allonger le poisson, autant mourir de platitude pis se taire à jamais ! »

Victor approuve avec de brefs mouvements de la tête. Une dernière gorgée de café. Cyrille regarde sa montre, ramasse son filet, ses poissons et sa mémoire, prêt à partir. Vital semble mécontent.

« Toi, t'en racontes pas, des histoires de pêche, Vital ? »

J'avais dit ça sur un rythme léger qui s'accordait avec la douceur du début de l'été. À mon grand étonnement, il s'est tourné d'un bloc. On venait de se lever pour sortir et il se trouvait donc assez près de moi pour que je sente sa solidité soudain devenue cassante.

« Non. Ni de pêche ni d'autre chose. Moi, j'assume mon quotidien, Saint-Ciboire de Câlisse ! J'ai pas envie de me raconter des histoires. »

J'ai levé la tête et ses yeux m'ont plaquée dans le cadrage de la porte.

« Ni de m'en faire conter. »

J'ai cru un instant qu'il m'avait devinée et, laissant l'argent sur la table, je suis vite sortie. Dehors, la conversation a viré de bord et j'ai momentanément oublié l'incident. Le curé a pris la direction du presbytère, mais s'est retourné, interrogateur.

« Ramasserez-vous vos cages demain ?

— Va-va-va-va falloir. »

Vital s'est approché aussi, adouci par l'air marin et le bruissement soyeux de la grève.

« Demain ou après-demain.

— La pêche est finie ?

— Dans-dans-dans-dans trois semaines, va y'avoir le-le-le-le crabe. Le-le-le-le tourteau.

— Hiiii... C'est une autre sorte de cage...

— Pis en attendant, vous faites quoi ?

— Saint-Ciboire de Câlisse : rien ! »

On a éclaté de rire. Il était beau. Les pieds très à plat, les genoux forts dans ses jeans usés, il s'ancrait au sol, s'enracinait jusqu'au noyau dur de la terre. D'un geste, le curé nous a salués et a poursuivi sa marche. Cyrille est revenu vers moi.

« Hiiii... La p'tite, si t'as rien à faire pis que tu veux apprendre la beauté du lever de soleil en mer, tu peux embarquer. Hiiii... Demain, nous autres, on commence à sortir les cages. On va partir un peu plus tard que d'habitude, Gérard pis moi. Y'a de la place, si tu veux.

— Je pensais que tu prenais pas de touristes à bord, Cyrille ?

— Hiiii… Jamais !

— Pourquoi moi ?

— C'est pas pareil : c'est moi qui t'invite !

— Je sais pas…

— Cyrille a-a-a-a raison. Si tu veux co-co-co-connaître la mer, monte à bord. Son bateau est ben-ben-ben-ben stable.

— Y'a juste un défaut : y'est mouilleux, mais t'auras pas peur… Hiiii… Pis j'vas être là ! »

Le groupe s'est divisé vers les camionnettes. J'ai suivi Cyrille.

« J'aimerais ça, aller en mer, mais…

— Hiiii… Demain, on remonte le tiers des cages, ça fait qu'on va partir vers cinq heures et demie. Amène-toi, avec tes bottes pis ta tuque de laine, pis je t'embarque. Hiiii… »

Il a monté dans sa camionnette, a démarré.

« Je vais y penser, OK ?

— Cinq heures et demie, sur le quai. »

Un geste de la main, un peu de poussière et je me suis retrouvée seule sur la grève.

« J'm'en vas vous dire, mam'zelle Catherine : c'est-tu pas des belles vacances, ça, hein ? »

Le patron du bistro, survêtu de son chic tablier Aide-cuisinier et coiffé d'un idiot chapeau à filet sanitaire, épluche des carottes.

« Vous avez raison, Renaud. Même que Cyrille m'a invitée à la pêche, demain !

— Bonne idée ! Bonne idée ! Tu vas-tu y aller ? »

Économe en main, il frappe durement les carottes dont les épluchures orange jaillissent comme d'un volcan en éruption.

« Je n'ai pas encore décidé…

— Vas-y avant que la saison finisse ! Pis j'm'en vas vous dire que t'es ben chanceuse d'être invitée par Cyrille Bernard, parce qu'y aime pas ça, les touristes à bord. C'est ben ben rare qu'y'invite ! Tu vas aimer ça : le bateau, la houle, les homards… Pis le lever du soleil ! Le lever du soleil, y'est ben plus beau ici qu'à Bonaventure !

— Vous êtes enthousiaste, Renaud ! Voulez-vous embarquer ? Je peux demander à Cyrille… »

Il a levé l'arme du crime, qu'il secoue énergiquement de gauche à droite.

« Oh ! Non, mam'zelle Catherine, pas moi !

— Pourquoi ? »

Un morceau de carotte atterrit sur son chapeau idiot. Il continue, indifférent et concentré.

« Oh non, je veux pas y aller ! J'm'en vas vous dire rien qu'une affaire : c'est ben trop dangereux ! Ici, à tout bout de champ, y'a du monde qui meurt noyé. Tu pars en pêche de bonne humeur, pis là, le vent lève pis tu pognes le mal de mer, le bateau brasse, tu sais pus où te tenir, pis ça casse ! Ça se noye ! Y'a même des statistiques là-dessus, pour te dire le nombre ! Tu croiras pas ça, mais y'a plus de noyés que d'accidentés de la route ! Pis quand on ramasse des noyés, c'est pas beau beau, là… C'est gonflé pis bleu bleu. »

Dégoûté, il jette l'économe dans l'évier, envoie rudement les carottes dans une chaudière d'eau qui éclabousse jusqu'à son plan de travail, file livrer ladite chaudière à la cuisine, puis reparaît.

« À chaque année, mam'zelle Catherine, y'a des morts ! Des touristes, des pêcheurs, toutes sortes de noyés. Pis y'en vient de partout : du Nouveau-Brunswick surtout, mais aussi de Percé… C'est les courants qui font tourner les noyés dans la baie. Une fois, on a eu des jumeaux de Maria. Des jumeaux! Y'avaient les mêmes parents! C'est pas drôle, ça. Je le sais parce que, dans ma famille, on n'était pas pêcheur personne, mais j'ai perdu deux frères en canot… »

Attrapant une guenille, il entame le nettoyage de sa planche de bois. Il la frotte énergiquement, à deux mains, comme s'il entreprenait un massage cardiaque.

« En canot?

— Ça fait longtemps. J'm'en vas vous dire que c'est parce que ma mère m'a forcé à rentrer pour nourrir les poules, sinon je serais parti avec eux autres. On n'était pas vieux. On allait à la chasse à la perdrix, le long de la côte, avec des fusils à plomb. Mes frères sont partis sans moi, à cause des poules. Pis la bourrasque s'a levée pis y se sont retrouvés noyés. À trente pieds du bord, dans huit pieds d'eau, tu peux-tu croire ça, mam'zelle Catherine? »

Depuis un moment, deux clients font des signes, dans le fond du bistro, impatients.

« C'est triste. Je suis désolée.

— J'm'en vas vous dire rien qu'une affaire : dans ma famille, c'est pas ordinaire le nombre de drames de morts qu'on a eus! C'est à cause d'un arrière-arrière-grand-oncle qui a marié sa fille avec un cousin pis qui a pas payé la dispense. Tu sais-tu c'est quoi, la dispense, mam'zelle Catherine? C'était un papier pour avoir le droit de marier sa cousine. Pis lui, y'aurait dû payer. Le monde du village est venu deux fois pour faire le tintamarre pis, j'm'en vas vous dire, la troisième fois, comme y voulait toujours pas payer, y'ont fait un épouvantail empaillé du bonhomme pis y l'ont lancé du pont de la voie ferrée, tu sais où? Ici, en haut, où que le boiteux est mort, y'a deux ans. »

Les clients rappliquent, agités.

« Ça fait que j'm'en vas vous dire rien qu'une affaire : c'est depuis ce temps-là que, dans toutes mes générations d'antan, y'a eu des morts brutales. Moi, quand mon père s'est fait écraser par son tracteur, j'me suis tanné, j'suis allé chercher le curé pis on a exorcisé. »

Il tape de l'index droit sur le comptoir, comme un magistrat en démonstration.

« Vous avez exorcisé quoi ?

— La maison chez nous. Mais pas avec le curé d'ici, non, non ; j'm'en vas vous dire qu'on est allés chercher un curé béni.

— Un curé béni ?

— Le curé de Bonaventure, y'est béni pis y connaît sa job. Le monde du village qui voulait venir est venu pis j'm'en vas vous dire que ça a été toute une affaire de prières ! Après, on a fait le tour de la maison trois fois, avec le pot d'eau de Pâques pis le curé m'a fait verser l'eau de Pâques sur le rosier du coin que c'était l'arrière-arrière-grand-mère qui l'avait planté, pis là quoi ? Le rosier est mort sec deux semaines plus tard ! On était exorcisé ! À c't'heure, y'a pus personne qui meurt dans ma famille ! »

Il ôte son chapeau idiot, son tablier Aide-cuisinier qu'il plie amoureusement et va prendre la commande de ses clients impatientés. Je reste seule quelques minutes, avec le silence sur les bras. Il revient.

« Vous avez jamais pensé déménager, Renaud ?

— Pour aller où, mam'zelle Catherine ?

— Je sais pas… Vous éloigner de la mer…

— M'éloigner de la mer ? T'es pas sérieuse, mam'zelle Catherine ? La mer, c'est chez nous ! C'est pas parce qu'y'a eu des noyades que j'vas déménager ! Pis j'm'en vas vous dire que c'est même normal de se noyer ! Ça fait que c'est pas une raison pour pas y aller ! »

Il attrape des bières dans le frigo, des verres, un plateau.

« Aller où ?

— À la pêche, avec Cyrille ! Comme touriste, il faut que tu saches c'est quoi, la mer pis la noyade ! C'est ben sûr que moi, j'irais pas. Mais c'est une expérience, pis faut que tu vives tes expériences touristiques. Ça fait que j'm'en vas vous dire rien qu'une affaire : c'est une bonne idée d'aller avec Cyrille. Vas-y ! Avec lui, y'a pas de danger : sa famille a déjà payé !

— Comment ça, sa famille a déjà payé ? »

Il ouvre méthodiquement les bouteilles de bière.

« Cyrille, y'a perdu deux frères, lui aussi. Pis on les a jamais retrouvés. Les morts d'ici, c'est ben bizarre, mais je pense qu'y s'en vont vers la mer. C'est les courants qui font ça. Prendrais-tu une autre bière ?

— Cyrille a perdu deux frères ?

— Fais pas cette tête-là, mam'zelle Catherine. Dans toutes les familles, y'a des noyés : dans la mienne, dans celle à Cyrille…

— Et dans celle à Vital ? »

Il a détourné les yeux, sans répondre, puis est allé livrer des bières à la table du fond avant de reparaître devant moi.

« Pis j'm'en vas vous dire, les gars doivent lever leurs cages, là ?

— Cyrille commence à les remonter demain, oui. Il en fait un tiers à la fois.

— C'est mieux comme ça, c'est moins fatigant pour sa santé ! Pis c'est une maudite bonne idée que tu y ailles, mam'zelle Catherine !

— Je vais y penser… »

Il remet consciencieusement son chapeau idiot et son tablier Aide-cuisinier qu'il lisse du plat des deux mains, pendant que je dépose l'argent sur son comptoir.

« Bon. Je vous laisse, Renaud.

— Déjà ?

— Oui. Je vais aller marcher sur la plage.

— Tu viendras souper, si ça te tente ! J'm'en vas vous dire : y'aura du poisson, avec des p'tites carottes râpées à la main ! »

J'ai manqué le retour des Amérindiens. Je suis descendue trop tard au quai, à la mi-temps du soir, et je me suis assise à côté des bateaux de pêche. Vides, ils s'endormaient, bercés par la rondeur molle des vagues qui ronflaient contre le quai ; ils ont à peine ouvert un œil quand je suis arrivée. Ils s'en foutaient. Ils ont soupiré et se sont rendormis, gros chats lascifs sur le coussin bleu de l'eau. J'ai lu leur nom et me suis étiré les yeux jusqu'à l'horizon.

De l'autre côté du brise-lames, la baie, comme une vieille charmeuse de bas étage, avait enfilé sa robe de paillettes écarlates. Le spectacle du soir battait son plein. Sur la falaise, le couchant allumait les vitres des maisons tournées vers l'ouest. Elle était là. Quelque part. La femme qui m'avait accouchée regardait probablement ce spectacle-là, elle aussi.

Ça faisait quelques jours que j'étais arrivée et la mer commençait à faire son effet. Je voulais venir d'ici, moi aussi, depuis le creux tourbillonnant de mon sang jusqu'au bout des vagues. J'avais de la marée dans le corps et sûrement un peu de sel au fond des pupilles.

Là, sur ce quai défoncé du Ruisseau-Leblanc, j'ai pensé qu'il était peut-être temps de laisser couler l'amertume et la rancœur. Alors, j'ai décidé d'y aller, d'embarquer avec Cyrille et de lui demander s'il la connaissait. J'ai inspiré un grand coup dans le noir.

Rencontrer Marie Garant.

Y penser m'a apaisée. J'ai dû passer une bonne heure à imaginer cette rencontre, à tendre mes mains hors du connu pour sortir cette femme du purgatoire où je l'avais condamnée, à tenter de remettre sa photo dans le cadre de ma mémoire vierge.

Ils m'ont légué Pilar *et j'y suis allée.*

Plus tard, quand on me demandera ce que j'avais fait de ma soirée, j'aurai du mal à répondre autre chose que ça. Que j'avais ranimé de l'oubli, comme on retrouve une lampe d'étain égarée, qu'on la frotte pour lui redonner son lustre et en rallumer la mèche, la femme qui m'avait accouchée. Que j'avais été heureuse.

Ils m'ont légué Pilar, *et j'ai la mer à boire.*

Je suis rentrée tôt chez Guylaine, l'ai saluée vitement et suis montée me coucher. Pour la première fois depuis longtemps, j'avais hâte à quelque chose. Hâte au matin. Hâte de prendre la mer, de naviguer une pêche avec Cyrille, d'embarquer dans le paysage, et de rencontrer Marie Garant.

Ils m'ont légué Pilar. *Malgré ce qu'il faut payer à la mer, nous embarquons, toi, moi et tous les nôtres.*

*

« Hiiii… Salut la p'tite ! T'es venue, finalement !

— Ben oui !

— Mais on partira pas tout de suite.

— Comment ça ? Qu'est-ce qui se passe ?

— C'est Vital. Hiiii… Toi qui aimes ça, les histoires de pêche, tu vas en avoir toute une !

— Je comprends pas.

— Ça a l'air qu'y'a ramassé un noyé dans son filet… Hiiii… Y l'a dit dans sa radio marine. »

Ce qu'il faut payer à la mer.

« C'est qui, le mort ?

— Hiiii... Sûrement pas un de nous autres ; on est tous icitte ! Ben non, la p'tite, j'te niaise ; on le sait pas encore. Hiiii... Si Vital l'a pas dit, c'est qu'y doit pas le connaître. Ça doit être un touriste du Nouveau-Brunswick qui est allé faire du kayak pis qui s'est perdu. Ou un champion de natation qui s'est fait pogner par la marée. Hiiii... C'est tout le temps des histoires de même. »

Gérard est accoudé à la camionnette. Deux bateaux inconnus ont accosté au quai. Plus loin, un homme converse difficilement dans un radioémetteur.

« C'est qui tout ce monde-là ?

— Des gars de New Richmond. Y viennent voir. Avec un événement pareil, le homard peut ben attendre une heure ou deux. Hiiii... Les noyés, y tournent en rond dans la baie, ça fait qu'y'a des chances pour que ce soit quelqu'un de par chez eux... Pis lui, c'est le coroner Robichaud. Moi, j'y parle pas. Y m'écœure trop pour ça. »

Il a pourtant un air accueillant. Il tourne même un salut distrait vers moi, ce qui lui creuse une fossette formidable sous l'œil gauche. Cyrille se roule un pétard, même s'il est à peine six heures. Le coroner Robichaud l'ignore. Quelques hommes se sont plus ou moins rassemblés autour de la camionnette où Cyrille fanfaronne.

« En tout cas, hiiii... moi, c'est deboute. Je veux qu'on m'enterre deboute, pas empaillé, face à la mer.

— Rêve pas trop ; y'a personne icitte qui va vouloir t'empailler, mon Cyrille !

— Sur mon terrain, les yeux ouverts. C'est ça que j'ai dit à ma sœur. Hiiii... J'y ai dit : "Quand j'vas mourir, tu vas m'enterrer deboute, dans mon drap de mort, en avant du chalet." Je veux pouvoir regarder la mer longtemps après ma mort, vérifier si les cages à homards se remplissent au mois de mai, si le maquereau mord en août.

— Tu laisseras pas passer une pêche, hein Cyrille ?

— Non môssieur ! Hiiii... Je veux voir les grandes marées d'automne saler le quai. Pis le lever du soleil ! Je veux rien manquer ! »

Il tire une poffe. Les hommes rient, tranquilles. Rien ne presse.

À travers la fumée du joint se dessinent ses cheveux poivre et sel qui désertent progressivement son front ridé dans lequel s'est encastrée jadis une cicatrice profonde. Il inspire difficilement, mais parle sans arrêt.

« Cyrille, je veux pas te faire de peine, mais je crois qu'on n'a pas le droit de se faire enterrer ailleurs qu'au cimetière...

— Ma sœur aussi, elle pense ça. Elle, ça l'énerve, ce genre de caprice-là – c'est elle qui dit ça : un "caprice" ! Hiiii... Moi, ça m'intéresse pas les cimetières, la p'tite ! Y'a trop de monde, là-dedans ! Ah, c'est pas qu'y sont pas tranquilles, pour ça, y sont ben plus tranquilles que ben des vivants que je connais ! Mais justement : hiiii... je les trouve plates !

— Pourquoi tu te fais pas incinérer, Cyrille ? Après, ta sœur pourra jeter tes cendres au large.

— T'es-tu folle, la p'tite ? Hiiii... J'ai jamais aimé ça, la chaleur... »

Tout le monde rigole, sauf Gérard, l'aide-pêcheur à Cyrille, silencieux comme la grève après la pluie. Il ne disait presque rien depuis qu'il avait vendu son quota de pêche. Il avait cru faire un bon coup, avec deux cent mille dollars, mais, au bout de deux ans de préretraite, il avait dû se remettre au filet, dans l'équipe à Cyrille.

« Ça me fait penser que, le mois passé, j'ai vu des feux follets… T'as-tu déjà vu ça, des feux follets, la p'tite ?

— Non. »

Dans l'horizon, le bateau de Vital fait soudain une tache pâle qu'on montre vaguement du doigt ou du menton.

« C'est pas dur à voir… D'abord, y faut aller dans un cimetière où y'enterrent du monde. Hiiii… Pas un cimetière trop tranquille, là ! Un vrai cimetière où y'a de l'activité. L'idéal, c'est d'y aller au printemps, surtout si ça a beaucoup mouru pendant l'hiver. Hiiii… On dit-tu que ça a beaucoup meuru ou mouru ? Tu dois savoir ça, la p'tite ?

— Les deux se disent, Cyrille.

— Hiiii… En tout cas, au printemps, le congélateur est plein pis, un moment donné, quand la terre dégèle, y se décident à enterrer. C'est là que les feux follets sortent. Ça fait que t'attends les nuits qui suivent, t'espères que la lune sera pas trop pleine, hiiii… pis tu regardes ça. À mesure que les cadavres dégèlent, y se mettent à soupirer à pleins poumons. C'est comme des gaz, je crois ben, qui prennent en feu dès qu'y traversent la terre. Hiiii… Ça sort du sol pis, quand le vent leur donne des coups de balai, y montent la butte, pis s'enfuient dans le bois, du bord du rang 4. Hiiii… »

En s'approchant, le bateau se dessine de plus en plus. On écoute encore Cyrille, mais tout le monde regarde vers la mer.

« Moi, en tout cas, ma maison est à côté du cimetière, pis je vois ça à chaque année. Je veux pas être enterré avec eux autres. Hiiii… Tu veux-tu ben me dire ce que j'irais faire, enterré avec une bande de vieux pourris que je connais pas qui passeraient leur éternité à me soupirer dans le dos ? »

Cyrille se tait. Le bateau entre dans la marina, accoste et s'amarre. De toute évidence, Vital est enragé et Victor n'en mène pas large. La tête basse, ils saluent à peine les gens du quai, ne regardent pas Cyrille. Sur le fond plat du grand bateau de pêche, entre les bacs et les chaudières, repose un corps que les hommes ont recouvert d'une bâche.

Le coroner monte à bord.

« Hiiii… Robichaud, c'est aussi le docteur. C'est lui qui va constater le décès. »

Les pêcheurs relèvent la bâche. Depuis le quai, tout ce qu'on peut voir, c'est qu'il s'agit d'un corps entortillé dans un grand filet vert rapiécé de fils jaunes et roses.

« Y vont être forcés de le sortir tout emmailloté… »

Le coroner prend la parole, l'air officiel de celui qui joue son rôle.

« Faudrait qu'on attende l'enquêteur de la SQ, mais y'a personne de libre, à matin. Ça fait qu'il va falloir des hommes pour nous aider à transporter le corps avec le filet jusqu'au salon funéraire des frères Langevin.

— À pied ?

— Les frères Langevin sont à la pêche. Ils seront pas de retour avant deux ou trois heures. J'ai la clé du salon. Va falloir qu'on aille porter le corps dans leur frigidaire. Cyrille, va falloir que tu recules ta camionnette ici. »

L'interpellé sursaute.

« Hiiii… Pourquoi moi ?

— Parce que la boîte est vide.

— C'est ça : tu fais ton ouvrage comme y faut pis tu te ramasses à charroyer du cadavre ! Ça porte malheur, ces affaires-là ! Hiiii… Charroyer la mort, c'est pas fait pour les autos !

— Ni pour les bateaux, Saint-Ciboire de Câlisse, mais je l'ai quand même ramenée jusqu'icitte!

— Cyrille a pas tort: porter la mort, c'est pas fait pour les voitures...

— Gérard, tu le prendrais-tu dans ta camionnette, toi?

— Ma camionnette est due pour le garage...

— Écoute, Cyrille: on a besoin de toi, là. On va toujours ben pas attendre que le corps pourrisse au soleil! Va falloir l'emmener chez Langevin. Pis on a pas d'autre moyen. »

Le vieux pêcheur secoue la tête, comme pour se déplacer les idées. Il hésite un instant puis acquiesce, boudeur.

« Bon. Va falloir que tu recules ta camionnette sur la rampe d'embarquement, mais laisse dix pieds de libres, qu'on ait de la place pour bouger. Tous ceux qui sont capables de donner un coup de main, va falloir vous placer entre le bateau pis la camionnette, pis aider à remonter le filet. »

Cyrille a reculé la camionnette. Les pêcheurs se sont approchés. Vêtus de chemises de chasse à carreaux et de vieux jeans élimés par le sel, les hommes de la mer, costauds, le visage sillonné par les passages têtus du vent, les yeux dont il ne reste qu'une fente, à force de regarder le soleil en face et de chercher des bouées dans l'aube, la barbe noire et la casquette enfoncée, se sont avancés pêle-mêle vers le bateau de Vital pour en sortir le cadavre.

À l'approche de la mort, ils ont cessé leurs boutades et un silence opaque s'est installé. Cyrille s'est accoudé à la boîte, légèrement boudeur. Les hommes ont attrapé le bout du filet et ont commencé à tirer, maladroits et désordonnés.

« Tirez pas trop sur le filet! Faut pas maganer le corps! »

Le coroner Robichaud semblait empêtré. Personne ne savait trop comment s'y prendre. Soudain, quelqu'un a dû faire un geste brusque, car la tête a bougé. Le coroner a sursauté.

« Doucement ! Doucement avec Marie Garant !

— QUOI ? Hiiii… C'est Marie Garant ? Hiiii… »

Tout le monde s'est immobilisé. Cyrille s'est élancé sur le bateau en poussant les pêcheurs et est tombé à genoux devant la morte, le visage ravagé. Sans trop comprendre comment, je me suis retrouvée assise sur un des blocs de ciment dur qui jonchent le quai.

« Marie… Hiiii… Marie Garant… »

Il a relevé délicatement le corps froid contre lui et l'a bercé. Lent et doux comme la vague.

Si tu lis ceci, c'est que j'aurai bu la mer. Tu le diras à Cyrille que ça y est : moi aussi, j'ai bu la mer.

Les hommes, bottes de pêche et gants tachés, se sont détournés pour ravaler l'horizon. Il s'est fait en moi un silence tellement grand que mes oreilles en bourdonnaient, comme si la vie venait de me claquer une gifle au visage. Le souffle sifflant de Cyrille saccadait l'air. Son corps maigre, agenouillé au-dessus de la femme morte, s'était brisé, comme si une déferlante avait renversé le vieux pêcheur.

Le coroner faisait dos à la scène. Il jouait les personnages empreints de dignité officielle, mais il respirait à grands coups, en homme qui se retient de vomir. Vital a regardé Cyrille, l'air fâché ou honteux, avant de s'éloigner à l'avant du bateau pour ne plus revenir.

Victor s'est avancé. Il s'est signé devant la morte et s'est penché pour mettre la main sur l'épaule de Cyrille, lui dire quelque chose à voix basse. Cyrille a acquiescé, tenant toujours la morte contre sa poitrine. L'aide-pêcheur à Vital s'est redressé et s'est tourné vers le quai.

« On-on-on-on va faire un-un-un-un *Ave Maria.* »

Les hommes se sont signés et le bègue a entamé la prière.

« *Je-je-je-je vous salue Marie, ple-ple-ple-pleine de grâce, le seigneur est-est-est-est avec vous et Jésus, le-le-le-le fruit de vos entrailles est-est-est-est béni.*

— *Sainte Marie, mère de Dieu, priez pour nous, pauvres pêcheurs, maintenant et à l'heure de notre mort. Amen.* »

Ils se sont approchés, lentement. Ils ont pris doucement le corps des mains de Cyrille qui s'est relevé, trempé d'elle. Il est resté un moment immobile, hébété, à les regarder faire, puis il est sorti du bateau et s'est dirigé vers la camionnette. Au passage, il m'a jeté un regard vide d'homme dépouillé qui n'a plus d'endroit où échouer sa peine. J'ai pris ce regard et l'ai logé au fond de mes pupilles, là où il restera longtemps rangé comme l'image du désarroi.

Silencieux, les pêcheurs ont couché délicatement le corps de Marie Garant à l'arrière de la camionnette. Cyrille a pris son parka, l'a glissé sous la tête de la morte afin qu'elle repose sans heurt. Le filet, trop long, traînait au sol, mais personne n'a osé le rabattre sur le corps déjà emmailloté.

C'est ainsi que l'étrange cortège funèbre de Marie Garant a quitté le quai. Le coroner roulait en tête, suivi de la camionnette d'un Cyrille abattu qui transportait une femme âgée et délicate aux cheveux blancs emmêlés. Marie Garant. Celle que Cyrille aimait. Le filet entortillant le corps bleui de la morte débordait de la boîte. Quatre hommes, respectueusement, en ont pris les bords et ont porté cette traîne mortuaire hors du commun.

Je ne me suis relevée qu'à l'arrivée des Amérindiens, bien plus tard. Ils ont stationné leurs camionnettes à l'écart et se sont avancés, tranquilles, vers le quai, pendant que, sur le bateau de Vital, les opérations de nettoyage se terminaient. Le géant, Jérémie, m'a souri. J'ai eu si mal que je me suis détournée de la mer.

Les cages et les filets

Il a toujours détesté travailler l'été. L'été, les corps se décomposent plus rapidement, les odeurs envahissent violemment l'air et la putréfaction devient saisissante. Quand le soleil ramollit l'asphalte et que les vapeurs aqueuses rendent les contours flous, quand la sueur perle au coin des paupières et que la chemise vous colle à la peau, il faut imaginer ce qu'endurent les chairs mortes. Trouver un cadavre l'hiver n'est guère palpitant. L'été, c'est tout simplement dégueulasse.

En plus, la saison énerve, l'impatience grimpe avec la chaleur ; on tue plus l'été, c'est bien connu. Meurtres passionnels, familiaux, rage au volant… L'oisiveté estivale transforme le plus paisible vacancier en meurtrier déchaîné.

Sans parler des interrogatoires, dans des salles mal climatisées, les néons gris et bourdonnants, qui donnent un teint cireux. Quand t'en sors, tu vacilles quelques pas dans la lumière éblouissante avant de reprendre pied.

Non. Enquêteur, c'est un travail d'hiver. Depuis qu'il est arrivé au Québec, Joaquin Moralès en est convaincu. Cette année, pour la première fois, il a réussi à obtenir un mois de vacances. Il a fait du zèle, accumulé du temps, des années d'ancienneté, bossé sur des boulots dégueulasses, tout le tintouin, mais il a obtenu son mois d'estivalier. Farniente en vue ? Oui et non…

C'est qu'ils déménagent dans la Baie-des-Chaleurs, lui et sa femme. Sculpteure, elle a besoin d'espace, qu'elle dit. Les enfants sont partis de la maison, il a eu son transfert, et ça y est.

Sarah lui a demandé de partir en éclaireur, cinq jours à l'avance, histoire de nettoyer la baraque et d'attendre l'arrivée des meubles. Lui, il n'en voyait pas trop la nécessité, mais elle a insisté. Elle a dit que ça lui ferait du bien, rendu au mitan de sa vie, de se retrouver seul, quelques jours, question de faire le point.

Les femmes disent ça, dans leur « retour d'âge », qu'elles veulent partir en retraite fermée ou dans un tout-inclus avec les copines, dans le Sud, pour « se retrouver ». Lui, ces affaires-là, ça l'énerve. Il ne chasse pas, ne pêche pas et aller glander dans une retraire de p'tits prêtres… Quant à retourner au Mexique… Le pays a tellement changé depuis qu'il l'a quitté ! Chaque fois qu'il y a séjourné, au cours des dernières années, ça s'est mal passé. Il s'est fait voler par des brigands de Mexico, s'est perdu dans les rues touristiques de Cancún, s'est fait répondre en anglais par les gamins de son ancien quartier. Non, Joaquin Moralès ne cherche ni à creuser des racines inutiles ni à s'éloigner de sa femme.

Il ne nie pas, cependant, que la cinquantaine lui a donné une tape sur l'épaule dernièrement et, sans affirmer de façon péremptoire que l'andropause existe ailleurs que dans les livres, il se sent parfois pousser un germe de blues imprécis quelque part par-là. De là à « se retrouver » ? Ce n'est pas parce qu'il a des blues qu'il s'est perdu !

Mais bon. Sarah a insisté, alors, il a dit oui. Il lui dit souvent oui. C'est moins compliqué comme ça.

Il est parti vers trois heures du matin. Il ne dormait pas et, tant qu'à faire de la route, autant jouir du lever de soleil le long du fleuve. Cinq jours seul sur le bord de la mer… Sa femme va lui manquer, c'est certain. Il fera un peu de ménage, en l'attendant. Il pourrait aussi en profiter pour faire ses propres activités: jogger avant l'aube, observer les pêcheurs, laisser traîner ses bas sales dans le salon, écouter des films ennuyants remplis de pubs à la télé, manger des chips BBQ, s'asseoir à une terrasse pour siroter des tequilas de troisième catégorie et regarder les jolies touristes en bikini. Pourquoi pas? Se mettre sur l'accotement de la vie et regarder passer le train. Qu'on lui fiche la paix, les pieds sur le pouf, merci et bonsoir.

Cette perspective le fait sourire. La voiture et la remorque bourrées de bagages, il termine la route en sifflotant, comme un homme qui s'y voit déjà et qui, finalement, se dit qu'il a hâte d'arriver.

Mais voilà.

Il devait être autour de midi quand Joaquin Moralès a tourné vers le phare, du côté de l'Île-aux-Pirates. Dans la cour de sa nouvelle maison, une femme l'attend. Jeune cinquantaine, la mine ironique et les cheveux bruns émaillés de fils blancs retenus en tresse derrière ses épaules solides, Marlène Forest le regarde arriver, patiente. C'est la deuxième fois que Moralès voit sa nouvelle patronne. Il sort de la voiture.

« Un comité d'accueil? »

Elle arque un sourcil.

« Salut, sergent Moralès. Vous avez fait bonne route?

— Oui. »

Une poignée de main dans laquelle Moralès sent ses vacances s'effriter.

« Vous savez, y'en a qui se chicanent pour avoir l'exclusivité des dossiers. Pas moi. J'ai assez de travail pour en partager. En ce moment, il faut dire qu'on déborde un peu : en plus des morts ordinaires et des surplus d'été, on travaille sur une grosse affaire de drogue avec une équipe spéciale. L'équipe était censée nous enlever de l'ouvrage, mais vous savez ce que c'est : on les a toujours dans les pattes. On est bien contents que vous soyez là. »

Ça augure mal.

« Qui vous a dit que j'arrivais aujourd'hui ?

— Votre femme. On l'a appelée vers dix heures. Vous avez fermé votre cellulaire ?

— Je suis en vacances…

— La Gaspésie, c'est pas une place pour prendre des vacances, sergent Moralès. Surtout pas l'été. Vous avez demandé un transfert et je suis contente d'être la première à vous féliciter.

— Merci.

— Vous avez faim ?

— Ça peut attendre.

— De toute façon, vous avez pas le choix : faut aller voir le corps tout de suite si on veut qu'il parte pour l'autopsie cet après-midi.

— Pardon ?

— Le centre d'autopsie est à Montréal. C'est loin, mais on a toujours les résultats rapidement. Vous allez voir.

— Écoutez, madame… »

Nonchalante, elle marche vers l'auto, ouvre la portière.

« Lieutenant. Je pense que c'est préférable de prendre ma voiture, étant donné que la vôtre est bourrée jusqu'aux oreilles. Je vous ramènerai pas trop tard.

— J'ai fait une longue route, je dois préparer la maison… »

Elle se tourne vers lui.

« Pour l'arrivée de votre femme ? C'est romantique, sergent, mais on a un mort sur les bras et votre tapisserie peut attendre. Vous aurez vos vacances, inquiétez-vous pas. Mais une autre fois. Là, j'ai besoin de vous pour une enquête de routine. Sûrement pas un gros dossier, mais j'ai pus personne.

— J'imagine que…

— Imaginez le moins possible, sergent. Contentez-vous des faits. »

Elle s'assoit, claque la portière et Moralès finit par embarquer. Marlène Forest démarre. Un dernier coup d'œil à la maison, quand même, avant de se tourner vers la route.

« Vous avez vu le corps ?

— Non. On a eu une matinée de fous et quand j'ai su que vous arriviez, j'ai préféré vous attendre. »

Elle conduit sans urgence.

« M'attendre ?

— Caplan, c'est un petit village, sergent. Je connais le gars qui a trouvé le corps, c'est pas un rigolo. La nuit passée, y'a eu un vol dans le rang 4 et c'est sa masse qui a servi à défoncer la porte : ça fait qu'il a déjà eu droit à un interrogatoire avec une jeune policière un peu pédante. Il doit être à cran. Il paraît qu'il lui a crêpé le chignon, à la nouvelle, si vous voyez ce que je veux dire… »

Marlène Forest sourit, fière d'une petite vengeance.

« Bref, j'ai pensé que c'était pas utile qu'on lui fasse subir trois interrogatoires dans la même journée, vous comprenez ?

— C'est lui qui a volé ?

— Non, non. Pas en apparence. Lui, c'est un type bien qui prête ses outils et qui se retrouve dans une situation embêtante. Il a un tempérament, Vital, mais il faut quand même lui laisser une chance : il a ramassé un cadavre à l'aube et, en arrivant au quai, il a appris que ses outils avaient servi dans un cambriolage... Y'a de quoi fâcher un homme, non ? C'est juste pour vous dire que, même si on est loin de la ville, ça brasse quand même, à notre façon, vous comprenez ?

— On va où, là ?

— Le poste de police est à Bonaventure, mais on s'en va au salon funéraire des frères Langevin, à Caplan. Vital a trouvé le corps de bonne heure et les pêcheurs l'ont transporté là, en attendant le transfert au centre d'autopsie.

— Pourquoi ils l'ont pas laissé sur la scène du crime ?

— La scène du crime ? »

Elle refait son sourire moqueur.

« Regardez à gauche. »

La voiture roulait sur la 132, en direction ouest.

« Ils l'ont repêché dans un filet. La scène du crime, sergent Moralès, c'est la mer. »

« Marie Garant. »

Les statistiques de noyades estivales sont dominées par des hommes. Des nageurs ambitieux, des kayakistes excités, des pêcheurs soûls. Il s'attendait à une histoire d'imprudence, assortie d'une touriste aux yeux rouges et larmoyants dont il se serait débarrassé aux mains du psychologue de service.

Mais Marie Garant.

Une femme. Soixante ans, bleue et maigre, entortillée dans un filet à petites mailles, les cheveux blancs salis de sel, la peau délavée par la mer. Marie Garant. Quand le croque-mort

Langevin a ouvert, pourtant délicatement, un sac indifférent, le coroner Robichaud s'est empressé de ralentir son geste : « Doucement avec Marie Garant... »

Moralès enfile des gants, puis hésite : la toucher ? Chaque fois, c'est pareil : comment toucher la mort ? Surtout les femmes. Il a une sorte de pudeur liée au cadavre d'une femme. Vivante, elle pourrait refuser. « Ne retournez pas mon col, non, ne lisez pas la marque de mes vêtements, ne soulevez pas ma tête, ne prenez pas ma main, je vous l'interdis. » Morte, elle n'a plus rien à refuser. Les femmes mortes sont désarmées et Moralès en est gêné. On n'accepterait pas que n'importe qui déshabille le corps abandonné de notre mère. Moralès pose un geste doux, pour replacer les cheveux de Marie Garant qui sortent du filet. Dégager son visage ? Il n'ose pas. Il faut laisser à l'équipe d'autopsie le soin de la débarrasser de l'encombrante nasse qui la momifie.

Alors il la regarde, juste ça. Les lèvres minces, les paupières fermées, elle a replié les bras sur sa poitrine, comme si elle avait décidé que, pour mourir, il fallait prendre une position douce d'enfant bercé. Une blouse de coton sobre, bleue, dont les boutons ont sauté, probablement quand le corps s'est pris dans le filet. Des vêtements de bonne coupe. Un pantalon de coton, bleu aussi. Les pieds nus. Avait-elle des souliers qu'elle a perdus entre deux eaux ? Des sandales ? Des lunettes ? Pas de bijoux, de boucles d'oreilles, de bracelet, de bague, de collier, à moins que les pêcheurs l'aient volée. Des rides douces sillonnent ses tempes, mais elle ne donne pas une impression de fragilité. Plutôt de solidité, malgré sa féminité et son âge. Une force dégagée dans les épaules. De l'assurance et autre chose. Il la regarde encore, plus attentivement. Quoi ? Quelque chose qui gêne l'enquêteur. Et soudain, Joaquin comprend :

cette femme est heureuse. Il recule d'un pas. Ça le met mal à l'aise, autant de paix, de certitude dans le bonheur. Personne n'est aussi heureux, c'est impossible. Ni vivant, ni mort.

L'embaumeur Langevin referme le sac sur le corps de Marie Garant. Marlène Forest est restée dehors, à flatter le grand chien nordique des Langevin qui tenait une garde somnolente au coin du perron. Moralès constate qu'elle est en train de lui larguer l'enquête, trop contente de se libérer d'une histoire dans laquelle des gens de son village sont directement impliqués.

Les hommes n'ont presque rien dit, en sortant.

Moralès voulait aller voir le bateau de pêche mais Vital l'attendait au poste, pour l'interrogatoire, alors Marlène a insisté pour les amener, lui et le coroner, au poste de police de Bonaventure.

C'est encore elle qui conduit. Le coroner raconte. Il parle lentement, la gorge épaisse, comme s'il avait toujours Marie Garant sous les yeux.

« C'est l'équipe à Vital Bujold, du *Manic 5*, qui l'a repêchée. Vers cinq heures et quart. Ils ont remonté leur filet et elle était là, avec la plie et les étoiles de mer. Ils ont mis son corps dans le bateau et ils l'ont recouvert d'une bâche, pour pas le voir ou pour pas que le soleil le mange, je sais pas. Va falloir comprendre qu'ils l'ont ramené comme ça jusqu'à la marina. Vital, il doit aller sur ses soixante-huit ans. L'autre homme à bord, c'est Victor Ferlatte. Du même âge, à peu près. Ça fait des années qu'ils pêchent ensemble. »

Le coroner se tourne vers Moralès, le regarde attentivement. Lui faire confiance, à lui ? Marlène a insisté pour lui refiler l'enquête, elle qui sait combien l'histoire de Marie Garant est minée de controverses. Ça l'embête quand même qu'un étranger se mêle de leurs affaires. Mexicain, en plus... Il l'aura à l'œil, parce que le trouble et les chicanes, ça arrive vite dans des petits villages comme ici.

« C'est sûrement un accident, mais j'ai pas le choix, pour l'enquête. Vous allez voir que ce sera vite réglé. »

Assis à côté de lui sur la banquette arrière, Joaquin l'observe aussi. Un vieil homme qui ordonne une enquête sur une mort qui ne semble même pas suspecte, ça ressemble à une histoire d'amour trop triste.

Le coroner soupire.

« Vous souhaitez commencer par où ?

— Elle habitait Caplan ? »

Moralès n'a presque pas d'accent. Robichaud est surpris.

« Oui et non. Va falloir comprendre qu'elle voyageait beaucoup. En voilier. Elle possédait une maison sur la falaise, mais elle était partie depuis deux ans. Elle revenait du Sud, probablement, quand c'est arrivé. On a pas encore retrouvé le voilier, mais ça devrait se faire vite.

— Elle naviguait en solitaire ?

— Oui. Va falloir comprendre, sergent, que Marie Garant, c'était pas une femme ordinaire. À cinq ans, elle faisait déjà du voilier avec ses parents. Son père est mort, puis sa mère. À vingt ans, elle est partie seule en mer. Tout le monde était contre, mais allez donc lui courir après !

» Elle est restée longtemps partie. Quatre ans, cinq, peut-être. Va falloir comprendre qu'elle vivait probablement dangereusement. C'étaient des belles années : avec un passe-port canadien et un voilier stable, on pouvait sûrement faire un peu de commerce, si vous voyez ce que je veux dire... Le Sud devait lui rapporter pas mal. Mais je dis ça sans savoir. On en sait pas grand-chose, de Marie Garant, au fond. Quand on y pense, on sait pas grand-chose de sa propre famille. Pis pas grand-chose de soi non plus…

» Toujours est-il qu'elle est revenue. Une belle femme. Elle avait des robes de couleurs, riait sans gêne et buvait du rhum. Va falloir comprendre qu'on avait pas vu ça souvent… Elle s'est mariée pis elle est tombée veuve assez vite. Après, elle s'est mise à faire des simagrées. J'ai pensé qu'elle était devenue folle. Peut-être qu'elle l'était avant. Peut-être qu'on l'est tous un peu, quand la vie nous arrache le cœur.

— Quelles simagrées ?

— Elle sortait dans les bars, donnait des coups de pied, sacrait, crachait à terre… Des simagrées.

— Crachait à terre ?

— Va falloir comprendre que c'était pas tout à fait une bonne fréquentation, si vous voyez ce que je veux dire. Elle a passé sa vie à descendre dans le Sud pis à revenir. Elle pouvait disparaître pendant des années. On savait jamais quand elle partait ou quand elle revenait.

— Donc, tout le monde ignorait que Marie Garant était rentrée en Gaspésie ?

— Va falloir que je réponde que personne savait. Du moins à ma connaissance.

— Il me faudra un bilan médical, le testament…

— Je vous fournirai le bilan médical, j'étais son médecin de famille. Elle était malade, mais contrôlée par une bonne médication. Je vous donnerai les détails. Je vais aller trouver le notaire pour le testament. C'est un ami, il va le sortir vite.

— La liste des gens qui l'ont connue, aimée, détestée…

— Elle vivait pas tellement avec nous autres. Elle devait revenir juste par nostalgie. La nostalgie, c'est populaire par ici…

— On peut savoir quels bateaux étaient en mer, cette nuit-là ?

— Y'a pas de contrôle de trafic marin.

— Et les conditions météorologiques des trois derniers jours ?

— Oui. Marlène va s'occuper de vous faire sortir ça.

— Il faudrait trouver le voilier. Il y a un gardien de phare, une marina, un poste de la garde côtière par ici ?

— À Rivière-au-Renard.

— Il faut voir si elle a lancé un appel de détresse.

— Marlène va s'occuper de ça, hein, Marlène ?

— Oui, coroner.

— Si vous me signez le mandat de perquisition, je vais aller visiter sa maison. »

Ils étaient arrivés au poste de police. Le coroner a levé la tête et Marlène est sortie, discrètement.

« Va falloir comprendre, sergent, qu'y'a pas grand-chose d'ordinaire dans le village… Vous venez juste d'arriver, vous pouvez pas savoir… J'ai ordonné une enquête parce que je pouvais pas faire autrement. Quelqu'un qui décède, il faut donner des raisons et je suis assez vieux pour savoir qu'on s'en tire pas avec une entourloupette de paperasse devant les autorités. Moi, j'aurais rien demandé. Ça arrive, une vieille femme qui meurt en mer… Surtout qu'elle vivait sur son voilier. Elle revenait du Sud et ça faisait des mois qu'on l'avait pas vue, ça fait que sa maison est inhabitée. C'est le voilier qu'il faudra trouver. Mais pour ça, il va falloir trouver où elle s'ancrait quand elle venait dans le coin, ce qui est impossible à deviner parce que Marie Garant a toujours été une femme têtue et insaisissable.

» Ici, va falloir comprendre que la mer donne à manger, mais que chaque famille paye une redevance de vie aux eaux.

La noyade, c'est fréquent. Un pêcheur, un enfant insouciant… À chaque fois, il faut ouvrir une enquête. Pis qu'est-ce qu'on trouve ? Un accident, une maladresse, une malchance. C'est ça, la vie sur le bord de l'eau. Pourtant, on arrive pas à se passer de la mer. Voyez, moi, je suis né avec la mer dans ma cour ; j'ai joué dedans toute ma jeunesse. Le temps de mes études en ville, elle m'a tellement manqué que j'y suis revenu et que je suis pas arrivé, jamais, à quitter le village.

» Va falloir comprendre que la mer, c'est tout ça : la vague qui t'amène au large et te ramène. Un roulis d'indécisions, mais tu restes là, hypnotisé et captif. Jusqu'au jour où elle te choisit… J'imagine que c'est ça, la passion… Une vague de fond qui t'amène plus loin que tu pensais et qui te rejette sur le sable dur, comme un vieux con. »

Il a fermé les yeux pour revoir Marie Garant sur l'écran éteint de ses paupières.

« Demain, vous aurez votre papier. Demain. Aujourd'hui, je suis vieux et fatigué. J'ai pas envie que n'importe qui entre n'importe comment dans la maison de Marie Garant.

— Pardon ? »

Un vague geste de la main qui efface les images du passé.

« Langevin va emmener son corps à Montréal, pour l'autopsie. Commencez par interroger Vital Bujold. Il attend depuis des heures. Après, vous irez placer vos valises dans votre nouvelle maison. Demain, vous entrerez chez Marie Garant. »

Surpris, Moralès se demande s'il doit réagir. Exiger d'aller visiter cette maison. Tout de suite. Montrer qu'il sait mener une enquête, imposer son rythme aux horloges gaspésiennes. Mais il hésite. Et, le temps de l'hésitation, il est déjà trop tard.

« Vous savez, sergent… On dit sergent ou enquêteur ? Saint-Ciboire de Câlisse que j'ai l'air innocent, mais j'ai eu une grosse journée. Pis la saison est pas payante. Saint-Ciboire de Câlisse qu'elle est pas payante ! Vous êtes pas d'icitte, vous, vous pouvez pas savoir… Pis c'est rendu qu'on ramasse des cadavres dans nos filets ! »

Vital Bujold était à peine rentré chez lui, après sa pêche désastreuse, qu'il avait été appelé au poste de police de Bonaventure où il doit, la malchance existe, subir son deuxième interrogatoire de la journée. Pas nerveux, mais évidemment exaspéré, il a surtout envie d'être ailleurs. Il se contient. Moralès s'assoit en face de lui. Être ailleurs est un luxe de vacancier.

« Voulez-vous me raconter comment ça s'est passé ?

— J'ai pas grand-chose à dire. Je suis parti à la pêche vers quatre heures et quart. Je pars tout le temps avant les autres, surtout les Amérindiens ! Vous les avez pas vus, vous : les Amérindiens sont partis juste à six heures ! On n'a rien contre eux autres, mais y'ont jamais eu le tour avec la marée !

— Et alors ? »

Le pêcheur soupire. Il a quinze ans de plus que Moralès, il est plus grand, plus fort, taillé dans de la glaise dure et tourné vers le large. Moralès l'envie, soudain. Cette carrure, cette puissance d'homme qui sait où il est.

« J'ai commencé à lever mes cages. Trois homards à matin. Même pas des gros ! Saint-Ciboire de Câlisse ! On est à veille de payer pour aller pêcher ! Quand je suis arrivé au filet… Je tends rien qu'un filet. Pour mes appâts. Des fois, je pogne un peu de plie ou ben une poule d'eau que je vends en même temps que le homard. Quand y'en a. »

Sa chaise est loin de la table. Il fait des gestes simples, en parlant. Francs.

« Toujours qu'en ramassant la bouée, pour remonter le filet, Victor a crié : "On a pogné quelque chose de gros – ça tire !" Y l'a pas crié de même, y l'a crié en bégayant, mais c'est la même affaire. Ça fait que je suis allé lui donner un coup de main, pour m'assurer de rien casser, pis Victor a dit qu'y voyait quelque chose de bizarre. Ça aussi, y l'a dit en bégayant. Y bégaye tout le temps, dans tout ce qu'y dit. Quand y'était jeune, y'est tombé dans un puits. Depuis ce temps-là, y bégaye dans chaque phrase. Moi, je le connais d'avant son accident, mais je me suis habitué. Je suis patient, j'attends la fin parce qu'y aime pas ça qu'on finisse ses phrases à sa place.

— Continuez, s'il vous plaît. »

Le pêcheur lève un sourcil que Moralès attrape au passage. Il l'a bousculé inutilement, il le sait, mais c'est un jour chanceux pour personne.

« Y'a pas grand-chose à dire, Saint-Ciboire de Câlisse ! On a vite vu que c'était un corps, ça fait qu'on l'a monté à bord. On l'a pas reconnu tout de suite parce qu'on l'avait pris du bord des pieds. On a fait ben attention pour le remonter à bras, correct, même si c'était pas le fun. Saint-Ciboire de Câlisse ! Je sais pas comment vous faites, dans la police ! Pis les croque-morts non plus. C'est ben pour dire : chaque homme est fait pour sa job…

— Si vous le dites… »

Autre sourcil, peut-être méprisant.

« Ça fait qu'on l'a mis sur le pont pis on a étendu une bâche dessus. Le matin, les oiseaux nous tournent pas mal autour ; y aiment ça qu'on leur envoie nos déchets de poissons. On voulait pas que les mouettes viennent nous picosser le cadavre dans la face.

— Ensuite ?

— Ben, après, j'ai appelé la garde côtière. Y sont à Rivière-au-Renard, ça fait qu'y se déplacent pas souvent. D'habitude, y envoient le coroner; y'a un bateau pis y'aime ça jouer les polices bénévoles. Faut croire que ça fait leur affaire parce que c'est tout le temps lui qu'y'appellent. Là, y'avait pas grand-chose à faire : y nous ont dit de rentrer, même si on n'avait pas fini de lever les cages. C'est ça qu'on a fait. De toute façon, on voulait pas travailler avec ça à bord. On lui a fait attention, même si c'était une folle.

— Une folle ? »

Le pêcheur s'est échappé. Il a été plus franc qu'il l'aurait voulu. Trop tard.

« Une manière de dire. Une femme toujours en vadrouille dans d'autres pays. Elle partait, on pensait qu'elle reviendrait pus, pis – *bang!* – un matin, son bateau était là !

— Ça vous dérangeait qu'elle parte en voyage ? Ou qu'elle revienne ?

— Vous venez d'où, vous ? »

Moralès a l'habitude.

« De Longueuil. »

Vital Bujold hoche la tête.

« Je dis pas qu'on est fou parce qu'on va dans un autre pays. Je dis qu'elle était folle parce qu'elle avait des drôles de comportements. Enragée. Elle débarquait de son voilier pis elle se déchaînait sur le varech. À grands coups de pied ! Qui c'est qui veut kicker du varech ? Personne ! Ça prend ben une Saint-Ciboire de Câlisse de folle pour faire des niaiseries pareilles !

— Vous n'aimiez pas Marie Garant…

— C'est pas moi en particulier; elle était pas aimée en général, Marie Garant. Mais c'était pas une raison pour qu'on veuille la voir morte ! Je voudrais pas que vous pensiez des affaires ! Moi, je l'ai juste ramassée. À son âge, ça vaut pus la peine de demander sa mort. Pis, à mon âge, Saint-Ciboire de Câlisse, on a appris à pas tuer. On sait que la mort va arriver toute seule. Mais faut pas s'en faire avec ça : une vieille qui s'est noyée en tombant de son voilier, ça vous fera pas une grosse enquête. Pour le reste, c'est mort et enterré.

— Qu'est-ce qui est mort et enterré ?

— Rien.

— Racontez-moi quand même…

— Que je vous raconte… ? »

Vital avance sur sa chaise, pose les mains à plat sur la table, comme s'il s'apprêtait à partir. Quelque chose l'exaspère. Quoi ? Joaquin Moralès cherche : qu'est-ce qui peut impatienter cet homme ? Si Vital se fâche, il dira peut-être quelque chose de pertinent. Peut-être pas. Il n'a pas une tête de type qu'on influence facilement.

Le pêcheur le regarde, se maîtrise, replie ses mains sur lui.

« Ben… Vous savez, enquêteur, dans le passé, c'était pas pareil… Prenez la pêche, par exemple, c'est pus comme avant… Avant, la baie était pleine et les pêcheurs en attrapaient, du poisson ! Au printemps, on faisait cinq, six tas de harengs, de dix, douze pieds de haut. On remplissait les charrettes pis on allait étendre ça dans les champs ; ça servait d'engrais pour les patates. À c't'heure, y prennent de l'éperlan. Ça change pas le goût… Mais c'est pour dire qu'y reste pus de harengs ! Pus de morue non plus ! »

Futé, le pêcheur. Il couleuvre.

« Le lien, avec la morte ?

— Ben… C'est juste pour dire que tout a changé. La mer est rendue vide. Vide, vide, vide. Saint-Ciboire de Câlisse !

Y manque même de l'eau! Avant, y'avait ben plus d'eau que ça! Pis des noyades... Des noyades à rendre fou n'importe qui... Des fois, on se disait que ça se pouvait pas autant d'accidents. Moi, j'ai tout le temps pensé que la mer pouvait pas avaler autant de monde, mais les enquêtes l'ont toujours prouvé: noyades naturelles, accidents...

— Qu'est-ce qu'il s'est passé, avec Marie Garant?

— Faut comprendre, sergent: le passé, c'était autre chose. Prenez les marées, par exemple... Avant, les marées étaient plus grandes; au printemps pis à l'automne, y'avait des grandes marées. Les vieux disaient que la mer était lourde. L'eau était autrement, la vague épaisse, pleine de sel – elle laissait des marques sur le quai. D'ailleurs, ce quai-là, y devait être construit droit, mais le gars, l'ingénieur, y'est mort au bout de cent pieds. Noyade. Ça fait qu'y l'ont courbé pis ça a donné ça. L'entrée se remplit de sable tout le temps parce qu'y'a une manière de tourbillon qui se forme là...

— Vous ne me parlez pas de la mort de Marie Garant!

— Je fais rien que ça, enquêteur. C'est juste que j'englobe large; je fais pas dans le détail, moi. Quand j'étais jeune, ma mère me disait: "T'as les yeux plus grands que le corps!" Même affaire, avec la mer: c'est pas vrai qu'elle a faim de même! C'est pas vrai que la mer est coupable de tout. Elle est morte de peine, ma mère. Si elle avait vu ça, à matin... Saint-Ciboire de Câlisse ! C'est ben pour dire! On sait jamais ce que la mer va jeter dans nos filets...

— ...

— Bon. Ben, si vous avez pus de questions, je vais aller arranger mon bateau pour demain... »

Mauvaise journée. Moralès l'ignore encore, mais il n'a pas fini de s'en prendre plein la gueule avec la Gaspésie. Sans parler de Sarah… Comment ça se fait qu'elle ne répond pas ?

Peu de temps après l'interrogatoire, Moralès s'est fait reconduire chez lui par Marlène Forest. Or, en arrivant devant la porte, il s'est aperçu qu'il avait oublié les clés de sa nouvelle demeure à Longueuil… Il a tenté d'appeler Sarah, pour savoir si elle connaissait l'emplacement d'un éventuel double, mais elle ne répondait pas. Ni sur la ligne de la maison ni sur son cellulaire. Moralès tique. Ce n'est pas que ça va mal, avec Sarah, non.

C'est juste que… Comment dire ?

Trente ans plus tôt, Joaquin Moralès avait rencontré celle qui allait devenir la femme de sa vie. Jeune recrue de la ville de Mexico, il exerçait ses patrouilles policières de nuit, en étudiant le métier d'enquêteur à l'*Instituto para la Seguridad y la Democracia* de jour. Il avait vingt-deux ans, sifflait les filles en minijupe, passait ses vacances sur les plages de Cancún et rêvait d'une traînée d'enfants bronzés courant nus dans l'eau cristalline des Caraïbes. Représentant des forces de l'ordre au cœur des belles années 1970 dans un pays alors devenu dépôt de drogues diverses pour l'Amérique du Nord, il portait le rêve de la justice et l'âme du superhéros. Issu d'une famille probe, droite et débordante de bonnes intentions, Joaquin Moralès était né pour tirer la veuve et l'orphelin hors de leurs haillons poisseux et leur offrir des tenues de bal. Il voulait punir la cruauté, réparer la route cassée de la justice, devenir l'acteur adulé, quoique discret, d'une odyssée moderne. Sur son front luisait la vertu, et la probité fleurissait sa boutonnière.

Un soir de juin où Mexico dormait, confiante sous la garde du vaillant agent Moralès, ce dernier avait, en patrouillant à proximité de l'Aéroport international Benito-Juárez, surpris une jeune femme qui, en pleurs, tentait désespérément de se faire comprendre par des passants aussi bienveillants que peu francophones.

Le patrouilleur Moralès avait garé sa voiture et s'était approché de la belle jeune fille en larmes. Il avait entendu tellement d'histoires salaces sur les touristes blanches en quête d'aventures que, bien qu'il s'en empêchât, il la trouva fort désirable. À dix-huit ans, les yeux trempés de désespoir et la jupe paysanne fripée, Sarah Blanchard était l'image même de l'orpheline en détresse qui titille l'âme de poète des superhéros en puissance. Et leur corps aussi.

Bombant un torse aussi salvateur que gringalet, Joaquin Moralès se fraya un chemin jusqu'à la demoiselle. Que se passait-il ? À l'aide de signes éloquents et d'un anglais douteux, elle lui fit comprendre qu'elle voulait téléphoner à l'étranger, mais ignorait comment y parvenir, les appareils mexicains lui déblatérant un inextricable charabia espagnol qu'elle n'arrivait pas à décoder.

En fait, Sarah Blanchard s'était mise dans un pétrin que seule sa fougueuse jeunesse pouvait, sinon justifier, du moins expliquer. Fille unique de banlieusards accomplis, elle avait décidé, après une chicane corsée avec sa maman, de vivre une rébellion d'aspirante bohême adepte des illusions enfumées du *Peace and Love*. Fuguant du foyer familial comme une collégienne en mal d'aventures, elle s'était embarquée, sûre que les voyages forment la jeunesse, sur le premier vol en direction du Mexique où l'attendait, avait-elle toujours affirmé par la suite, un enthousiaste écrivailleur qui l'avait bombardée de lettres d'amour. Le jeune homme lui avait laissé des instructions pour se rendre de l'aéroport jusqu'à sa garçonnière, mais Sarah Blanchard, débutante dans le métier de la fugue autant que dans celui de l'amour, s'était trompée d'aéroport et avait acheté un vol en direction de Mexico plutôt que de Cancún. Tous les pays ne sont pas si petits que ça pour ceux qui s'aiment d'un aussi grand amour…

Elle n'avait constaté sa méprise qu'une fois arrivée à destination et, dans le tourbillon pestilentiel de cette ville suffocante, s'était désespérée. Quelle folie que cette mode de la liberté et des voyages ! Quelle drogue idiote avait-elle aspiré pour partir sur un coup de tête ? Que faisait-elle ici ? Crise d'angoisse et panique à la clé, elle voulut acheter un billet pour un vol de retour. Elle s'était précipitée au comptoir, mais, comble d'un malheur qui n'arrive jamais seul, l'argent lui manquait. Tremblements, larmes, désarroi, elle était sortie de l'aéroport et avait marché mécaniquement jusqu'à un coin de rue. Au mépris de tout orgueil juvénile, elle s'était jetée sur la première cabine téléphonique où, vingt minutes et moult mouchoirs plus tard, le futur sergent Moralès était arrivé à sa rescousse.

Avec l'aide bienfaitrice dudit Moralès, Sarah Blanchard parvint à rejoindre sa mère et à se trouver une pension sobre, propre et sécuritaire où elle passa trois jours avant qu'arrive l'argent des protecteurs parentaux qui lui permit enfin d'acheter son billet pour rentrer au bercail.

Entre-temps, le jeune patrouilleur Moralès abusa-t-il de ses fonctions pour séduire la jeune fugueuse ? Que nenni ! Ce fut plutôt le contraire qui advint. Sarah Blanchard, honteuse d'autant de disgrâce devant un si bel, si jeune, si bronzé et si musclé agent de la paix mexicain, voulut montrer, elle qui s'affichait si librement libérée, fumant des cigarettes en pleine rue et portant des blouses translucides sans gêne ni brassière, que la petite banlieusarde était aussi une femme. Elle avait, par ailleurs, chapardé quelques condoms dans le tiroir de la table de chevet du père d'une amie, condoms qu'elle avait rangés, à tout hasard, dans son sac à main. Le deuxième soir, alors que le patrouilleur Moralès était venu la retrouver pour l'amener souper en ville, il avait remarqué que la nubile Québécoise avait exposé, dans la coquette et proprette chambrette qu'elle avait louée, les trois capotes en guise, croyait-elle, de subtile invitation. Le patrouilleur Moralès, ne reculant devant aucun obstacle pour mener à bien sa tâche de servir l'honnête citoyenne jusqu'au bout, finit par faire exploser les trois susmentionnées et défraîchies capotes dans la nuit d'amour fougueux qui suivit l'épicé repas mexicain.

C'est ainsi que, en ce temps de libération sexuelle, Sarah Blanchard perdit, en même temps que ses aspirations au voyage, une virginité devenue désuète, ridicule, voire encombrante. C'est également ainsi qu'elle rentra chez elle, découvrit qu'elle était enceinte, que sa mère contacta l'*Instituto para la Seguridad y la Democracia*, dénonça le jeune policier qui, probe autant que fier, offrit des cigares à tout le monde, ramassa ses pénates et débarqua au Québec à la Noël afin d'épouser l'engrossée demoiselle.

C'est enfin ainsi que Joaquin Moralès devint citoyen canadien, apprit à détester le gris de novembre, les engelures de février, l'odeur sucrée et pestilentielle des cabanes à sucre et, occasionnellement, à utiliser quelques blasphèmes bien d'ici. Il apprit le français presque sans accent, devint fin policier puis brillant enquêteur. On vantait même à l'occasion son sens de l'observation et sa patience de faucon qui tourne autour de ses proies et fait craquer les plus rudes.

Par-dessus tout, Joaquin Moralès avait aimé Sarah Blanchard. Passionnément. Dès son arrivée au Québec, le bonheur d'être père et de retrouver sa jolie Blanche larmoyante était monté en lui comme une bouffée d'épices suaves, et cela rendit sa vie lumineuse à tel point que Sarah Blanchard, cédant à son charme du Sud autant qu'à son âme salvatrice, l'avait également aimé d'un amour fougueux pendant des années.

Mais voilà.

Deux enfants et trente ans de mariage plus tard, Joaquin Moralès se fracasse le nez contre les incertitudes de la cinquantaine. Est-ce normal d'avoir, par moments, des hésitations, des blues, des… des doutes ?

Pourquoi Sarah ne répond-elle pas au téléphone ? Elle a insisté pour qu'il parte cinq jours avant elle… Il se demande maintenant s'il n'y a pas anguille sous roche. Puis il secoue la tête. L'éloignement, la fatigue de la route, l'ironie de sa patronne et l'interrogatoire inutile lui embrouillent les idées. *Il ne faut pas s'en faire*, qu'il se dit. Elle va rappeler plus tard.

Il monte dans sa voiture encore pliée jusqu'aux essieux par le poids des bagages et file jusqu'au bateau de Vital Bujold. Il saute à bord, en fait le tour, inutilement. Qu'est-ce que Vital cache ? Le pêcheur couleuvre, c'est clair, et Moralès se doute qu'il n'est pas à veille de lui arracher la vérité. Marlène Forest doit rire tout bas de lui avoir fourgué cette morte-là…

Enfin, la nuit tombant sur le quai, il se souvient qu'il a faim et, remarquant la lumière d'un bistro, il retourne à sa voiture et se précipite sur le dernier restaurant ouvert du village.

« Ah ben, j'm'en vas vous dire que c'est pas parce que je veux pas vous accommoder, mais la cuisine est fermée à c't'heure-ci.

— Des toasts, du fromage... Vous avez rien ? »

Renaud le regarde de haut en bas.

« J'm'en vas vous dire : êtes-vous touriste ? Vous logez où ?

— J'ai acheté la maison des Vigneault, du côté de l'Île-aux-Pirates.

— Ah ! C'est vous, l'inspecteur de police ?

— Sergent Moralès, oui.

— Pis, j'm'en vas vous dire : vous venez d'où ? Du Mexique ? Punta Cana ?

— De Longueuil.

— Ah. Ben, j'aurais pas cru... »

Au comptoir, un homme au col romain tourne une tête lente vers Moralès.

« Ben, j'm'en vas vous dire que c'est pas tous les jours qu'on a un nouvel inspecteur de Longueuil à Caplan, ça fait que je m'en vas vous dire que je peux vous faire réchauffer une pizza, si vous voulez. Y'a eu une erreur de commande pis elle est restée au frigidaire. Tenez, venez vous asseoir au comptoir qu'on jase... »

Joaquin ne répond pas. Il vérifie ses textos. Pas de nouvelles de Sarah. Peut-être que l'enquêteur devrait profiter de la manne des potins du village, mais il n'a plus envie de rien. Pas ce soir.

« La pizza, oui. Mais je vais plutôt m'asseoir près de la fenêtre. Merci.

— Ah. »

Le silence tombe à plat.

« Ben, assisez-vous où vous voulez, debord ! »

Moralès commande une bière et file à la fenêtre pendant que Renaud enfile un chapeau idiot, un tablier Aide-cuisinier et va faire un tapage d'enfer dans la cuisine, comme s'il assassinait lui-même un pepperoni particulièrement virulent.

Trouver le voilier. Fouiller la maison. Vérifier le testament. Attendre les résultats de l'autopsie. Ce sera un dossier vite réglé. Alors, qu'est-ce qui peut bien impatienter Moralès à ce point-là, tout d'un coup ? Marlène ? Vital Bujold ? Ses vacances ratées ? Sarah ?

« Vous travaillez sur la mort de Marie Garant ? »

Joaquin Moralès a failli avoir une attaque. Renaud est revenu en douce, comme un espion de série B, avant de faire exploser sa phrase. Il pose la bière sur la table.

« Oui… »

Le patron jette un œil à la ronde puis se penche, confident, à l'oreille de Moralès.

« Je pourrais vous en raconter, des affaires, moi, parce que je suis au courant de tout ce qui se passe ici, inspecteur…

— Ah. Oui… Très bien. Merci. »

Il y a un type comme ça dans chaque enquête et, ce soir, Moralès tombe pile dessus. Sacrée de mauvaise journée.

« J'm'en vas vous dire que je vous ferais pas perdre votre temps…

— Vous étiez ami de Marie Garant ?

— Non !

— Ennemi ?

— Chut ! Pas ici ! »

Moralès regarde autour : à part le curé à demi ivre au comptoir, le bistro est vide.

« Pourquoi ?

— J'm'en vas vous dire ben des affaires, mais rien qu'au poste de police, dans une vraie "interview", inspecteur de police Moralès…

— Vous voulez que je vous fasse venir en interrogatoire ?

— Ben ça dépend…

— Ça dépend de quoi ?

— Ça dépend si vous voulez avoir la vérité vraie…

— Très bien. Demain après-midi ?

— J'm'en vas vous dire que je peux pas demain, parce que c'est ben occupant, un bistro comme ici pis que j'ai les journées pleines pis que je veux ben répondre à vos questions, mais faudrait pas que ça dérange mon horaire… Après-demain ?

— Très bien. Quatorze heures.

— Ça serait mieux le matin, avant l'ouverture.

— Très bien. Neuf heures trente.

— Bon. J'm'en vas vous dire : allez-vous me convoquer ?

— Non. Vous n'aurez qu'à passer au poste.

— Pis voulez-vous me laisser votre carte, au cas où j'aurais des informations urgentes ?

— Vous pouvez appeler au poste et laisser un message.

— Pis si vous êtes pas là ?

— C'est pas ma pizza qui sent le brûlé ? »

Renaud part au pas de course.

Moralès se tourne vers la fenêtre que l'opacité de la nuit a transformée en miroir. La table semble s'allonger, les couverts se multiplient, la bière se dédouble et son jumeau apparaît, en transparence. Il déteste ça. Être face à lui-même et se demander ce qu'il fait là, dans l'antichambre de nulle part, à attendre un coup de fil et une pizza brûlée.

Dehors, une fissure de lune fait craquer la mer et la vitre redevient translucide. Une silhouette marche lentement jusqu'au milieu du sillon lumineux qui gratte l'eau de son ongle géant. Moralès l'observe. Elle remonte vers l'auberge, hésite, se tourne vers la plage.

« J'm'en vas vous dire, c'est mademoiselle Day…

— Ah. »

Renaud pose la pizza sur la table. Les coins noircis ont été grattés au couteau.

« C'est une touriste qui habite chez Guylaine, la couturière…

— Renaud ? »

Au comptoir, l'homme au col romain interpelle le patron du bistro.

« … pis il faudrait que je vous dise rien qu'une affaire…

— Renaud !

— … c'est que…

— RENAUD ! »

Le curé veut un autre verre. Tout de suite.

« On en reparlera en interview… »

Le patron du bistro s'éloigne en faisant un clin d'œil entendu au policier fatigué. Moralès entame sa pizza. Il épie la silhouette féminine et solitaire qui se découpe comme une ombre chinoise sur du papier de riz. Elle remonte, lente et délicate, vers l'est. Et il la perd de vue. Pourquoi Sarah ne rappelle-t-elle pas ? Depuis quelques mois, on dirait que les fils de sa vie lui glissent des mains, se prennent dans ses pieds, lui entortillent les chevilles et le font trébucher. Il a les blues, la vague impression d'être vieux et… comment dire ?

Un nuage avale le croissant de lune, et il ne reste plus, dans la fenêtre redevenue miroir par l'obscurité, que le reflet fatigué de son propre visage. Joaquin Moralès se regarde. Cinquante-deux ans. Le poivre et sel du temps ont strié ses cheveux d'étoiles filantes. Certains disent que ça lui donne un certain charme. Il croise son propre regard. Vieux et… ridicule.

Puis il baisse les yeux.

2
Le tracé des cartes

L'Alberto (1974)

Quand O'Neil Poirier est revenu d'Anticosti, sept jours plus tard, le voilier était immobile, silencieux, fermé, encore amarré au quai, là où lui et ses hommes l'avaient laissé.

Le pêcheur a accosté *L'Alberto* et il est allé voir le gars de l'entrepôt à poissons, pour lui demander… Ah, oui, y'avait eu une femme, avec un bébé, dans le voilier. Mais elle avait à faire en ville, paraît, et un des livreurs les avait pris à bord de sa camionnette de poissonnerie, elle et le poupon, ça faisait ben deux ou trois jours de ça. C'était-tu mardi ou mercredi ? Pauvre livreur, pogné avec une femme et un naissant à bord, si c'est pas un trouble ! Mais elle payait bien, paraît, et le livreur venait de se marier. Il était pas riche et ça avait fait son affaire. Tu sais de qui je parle, O'Neil ? Daraîche, le grand sec qui dit jamais un mot ? Ben c'est ça : c'est lui qui est parti avec la fille pis le bébé. Quand est-ce qu'ils reviennent ? Lui, il est rentré hier. Ça y'a pris du temps en ville, la camionnette a fait défaut. La transmission était usée, paraît. Y'aurait pu avoir un accident. T'imagines, avec un naissant ? Ç'aurait été un trouble ! Elle, on sait pas quand est-ce qu'elle va revenir. Daraîche lui a laissé son horaire et elle a dit qu'elle le contacterait, paraît.

Pour l'heure, avait ajouté le gars de l'entrepôt, le patron trouvait que le voilier était dans les jambes, ça fait qu'ils pensaient le changer de place, l'amener au bout du quai. O'Neil Poirier a répliqué que les cargos de la mine de Schefferville faisaient des grosses vagues, que ça risquait de faire monter le voilier contre le quai. Et de le couler. Le gars de la poissonnerie a haussé les épaules: eux autres, ils s'en foutaient, ils voulaient juste débarquer le poisson sans trouble, pis là, le voilier faisait du trouble. Poirier a dit que c'était lui qui l'avait amarré là et que, avec ses hommes, il s'en chargerait.

C'est ce qu'ils ont fait. Ils ont vidé *L'Alberto* de sa pêche et ont mis le sloop à leur épaule, sans faire de casse. Après, ils l'ont hâlé lentement jusqu'au centre de la baie, pour dégager le quai, la rampe de mise à l'eau et l'éloigner de la sortie des cargos. Ils l'ont toué jusqu'à la zone de pêche aux homards. Si les petits bateaux de pêche pouvaient passer là, le voilier aurait assez d'eau, lui aussi. Ils ont mouillé l'ancre un peu à l'écart et ils ont tiré sur l'aussière, avec *L'Alberto*, pour être ben certains qu'elle chasserait pas et, comme la nuit était chaude, Poirier a couché sur le pont, au cas où. Le surlendemain, quand les hommes sont repartis, le sloop était toujours à la même place. Ils avaient ajouté une deuxième ancre à *Pilar* (Poirier avait noté le nom du voilier dans sa tête, au cas où), une de *L'Alberto* qui pourrait tenir par gros temps et à laquelle ils avaient installé un bidon assujetti d'un orin; si la femme arrivait en leur absence et souhaitait repartir sans les attendre (ce que craignait O'Neil), elle aurait juste à larguer l'amarre et les gars, au retour, pourraient récupérer l'ancre grâce au bidon flottant.

Mais *L'Alberto* a eu le temps de pêcher presque tout son été, de naviguer et de vendre sa saison avant que la jeune mère revienne, regagne son voilier et qu'O'Neil puisse enfin lui parler.

Le tracé des cartes (2007)

Cyrille, il disait que toute vérité est mouvante et insaisissable. Ceux qui vont en mer le savent : ce qui est déposé sur la vague se brise et se reconstruit constamment. Autrement. Il disait que le vent, le courant et la houle sont insatiables et qu'il faut être vigilant, même sur une mer d'huile. « *Ce qui est là maintenant te fera mentir dans dix minutes.* » Il disait que nous n'existions que grâce au mensonge émouvant de la vie.

Jusque-là, j'avais accepté, dans l'envers du malgré moi, que le hasard me donne une destinée et que l'incompréhensible m'arrive. Mais quand Cyrille est tombé à genoux devant le corps de Marie Garant emmailloté dans le filet, j'avoue que j'ai manqué de souffle pour l'*Ave Maria*.

J'ai erré un bon moment avant de me décider puis j'ai sonné, à l'heure noire où les loups sortent, à la porte du curé Leblanc. Une ampoule faible, protégée d'une fixture douteuse, attirait un joyeux lot de mouches estivales dans son halo jaunâtre. L'une d'elles, prise au piège du globe, bourdonnait fébrilement. J'ai attendu. J'avais compris qu'il buvait souvent un coup du côté du bistro ; ça ne me dérangeait pas de le déranger. Je cherchais quelqu'un pour m'éclairer et, en tant que curé, il devait avoir des réponses. Sur la vitre en verre dépoli, un dessin représentait une colombe volant vers un triangle de lumière. J'ai sonné de nouveau.

Le curé Leblanc a fini par ouvrir, m'a regardée, l'air éberlué, et s'est coincé dans l'embrasure. Son haleine avinée le devançait d'à peu près un mètre. Les genoux douteux, il s'appuyait sur la poignée qui le supportait vaillamment.

« Excusez-moi de vous déranger, monsieur le curé, mais j'ai besoin de parler à quelqu'un.

— En vérité, je ne suis plus en état d'être quelqu'un, mademoiselle Day…

— Garant. Je m'appelle Catherine Garant. Marie Garant était ma mère. »

Il s'est gratté la nuque.

« Vous êtes ici pour une prière ou pour un potin ? »

Nous restions accrochés au cadre de porte, moi pour entrer, lui pour m'expulser.

« Je n'aurais pas dû vous mentir. Je vous demande pardon… Je… Je traverse des moments difficiles. Je suis venue en Gaspésie pour rencontrer ma mère, mais… Elle est morte. Je… Je suis sans réponses et je… Je me sens seule.

— Que voulez-vous que j'y fasse ?

— Je sais pas… M'accueillir ? Vous avez fait des vœux de…

— Le seul vœu que j'ai fait, mademoiselle Garant, c'est de pouvoir boire mon verre tranquille avant d'aller me coucher !

— Vous êtes soûl.

— En vérité, ça arrive. Même aux alcooliques. Vous n'allez quand même pas me reprocher de chercher un expédient au malheur, vous qui venez cogner ici en pleine nuit ? »

J'ai hésité un instant, le temps de m'impatienter. Puis je me suis redressée.

« Ben justement, monsieur le curé ! Votre verre, vous le boirez demain ! Parce que moi, j'ai payé ma dîme toute ma vie pour une église où je n'ai jamais mis les pieds et, le seul soir où je viens demander de l'aide, vous ne me mettrez pas dehors ! Le reste de l'année, vous cuverez tant que vous voudrez, mais, ce soir, il est hors de question que l'homme de Dieu se cache en arrière de son bar de vin de messe pour me refuser…

— Pour vous refuser quoi, chère enfant ?

— Une explication ! Je suis venue en Gaspésie pour rencontrer ma mère, mon père, un amoureux, quelqu'un ! Quelqu'un qui aurait des réponses ! Mais personne ne se pointe au rendez-vous et je reste là, les mains vides… Même vous, vous ne voulez pas me parler ! »

Il a lâché une poignée gémissante et a reculé de cinq pas vacillants pour aller s'asseoir dans l'escalier. Il a soupiré. Les marches avaient été usées par des pas pesants. La rampe gardait des traces de doigts, et les fentes du bois donnaient l'impression que des chats griffus s'y étaient agrippés pour monter à l'étage. Les murs étaient de ce blanc fatigué que les décoratrices appellent coquille d'œuf – moi, j'aurais dit un blanc terne, sale. Un blanc triste. L'habit noir du curé Leblanc s'harmonisait avec l'ensemble : pantalon froissé, ceinture épuisée, col romain douteux sur une chemise cernée.

« Catherine, vous cognez à la mauvaise porte.

— Renaud m'a raconté qu'un prêtre avait béni sa maison et que, depuis ce temps-là… »

Il a passé une main ridée sur son front dégarni et m'a regardée avec compassion. Enfin.

« C'est ça que vous voulez : un miracle ? En vérité, vous arrivez ici à une heure pas possible avec vos petits mensonges, malheureuse comme une mer d'hiver, et vous voudriez que je vous bénisse pour pouvoir dormir en paix ? Mais, ma pauvre enfant, qui dort en paix de nos jours ? Qui ? Nommez-moi quelqu'un capable de dormir sur ses deux oreilles !

— Je comprends pas… »

Il s'est levé, manifestement pour me remettre de l'autre côté de la porte vitrée.

« C'est ça, le Mystère de la foi : on ne comprend pas, mais on continue à vivre quand même !

— Vous n'êtes pas drôle, avec vos mystères !

— Drôle ? Rentrez chez vous, Catherine Day, fille de Marie Garant : le mystère reste entier, mais dormez en paix : au nom du Père, du Fils et du Saint-Esprit, vous êtes sauvée !

— *Alléluia* ?

— Arrêtez de chercher et comprenez que la vie est une chance ! Assumez-la ! Aimez un homme, enfantez, ou imitez votre mère et partez, mais affrontez-vous sans moi ! »

Il m'a poussée vers la sortie avec plus de fermeté que je ne l'aurais cru capable. En reculant malgré moi, j'ai joué ma dernière carte.

« Ma mère vient de mourir et c'est tout ce que vous trouvez à me dire ?

— Oui.

— Alors parlez-moi de mon père ! C'est qui, mon père ?

— Je ne vous mentirai pas, Catherine : vous n'avez plus de mère et le seul père que vous pouvez espérer trouver ici, c'est Dieu. L'homme qui est devant vous n'a rien d'autre à dire !

— C'est injuste !

— Bonne nuit à vous aussi ! »

Il a refermé la porte et je me suis retrouvée dans le halo jaunâtre de la lampe sale. La mouche, toujours prisonnière de la fixture translucide, frappait en vain l'ampoule grésillante.

*

Depuis qu'une femme lui a joué dans le cœur, Yves Carle ne dort presque plus. Il rôde. Ça fait quinze ans que ça dure et Thérèse dit que l'hiver, c'est pire.

« Pas endurable ! Pis, en plus, ça doit pas être bon pour sa santé ! »

Lui, il hausse les épaules, lève les bras au ciel.

« Tu t'inquiètes pour rien ! Après trois pontages, j'ai le cœur en téflon ! »

Il étire ce sourire tendre, presque timide, auquel elle ne résiste pas.

« Tu vas pas demander le divorce ?

— T'es-tu fou ?! On est ben trop vieux pour divorcer ! Ça serait ben trop de trouble ! »

Ainsi, chaque nuit, aux heures les plus noires, quand les aiguilles de l'horloge se tournent vers la droite, Yves Carles se réveille, fixe le plafond, repère la respiration nocturne de Thérèse et sort du lit. Sa journée commence.

Au détour du printemps, Yves a attendu la fonte des glaces comme l'érable espère la sève. Aux temps brumeux d'avril, il a fait le guet. Installé sur la galerie, il a scruté patiemment l'ouverture des eaux, jusqu'à ce que l'été arrive et que la mer s'abandonne. Maintenant, c'est l'habitude : quand la Voie lactée lui trace la route, il hisse les voiles et ne revient qu'après avoir salué les pêcheurs. Thérèse dit que c'est pas mieux, qu'elle se réveille aux demi-heures et s'inquiète qu'il lui arrive malheur ; elle ajoute que, finalement, peu importe l'âge, un homme, « Ça laisse jamais dormir une femme en paix ! »

Cette nuit-là où j'ai sonné en vain à la porte du Seigneur, Yves Carle est allé en mer. Frappé d'insomnie par l'aiguille des petites heures, il a largué les amarres de la terre et a hissé le rideau de la grand-voile dans le firmament étoilé. La lune battait son plein et il savait ce qu'il cherchait.

Il avait appris la découverte du corps de Marie Garant et n'avait eu que ça en tête. Marie repêchée. Et *Pilar*? Coulé? Yves Carle avait imaginé le bateau renversé, les voiles sous l'eau, lourdes et déployées. Et le reste: les assiettes, les verres de plastique flottant dans la coque à l'envers, les outils, les cartes, les pointes sèches traversant l'onde, s'écrasant pesamment contre les parois latérales, le plancher qui se détache... *Pilar* coulé? Il n'y avait pas eu assez de nœuds dans le vent pour coucher le voilier et, s'il y avait eu une voie d'eau dans la coque, Marie aurait appelé la garde côtière... À moins qu'elle soit tombée du voilier et que *Pilar* ait continué sa route sans elle.

Yves Carles était resté sur cette hypothèse.

Il avait tracé l'itinéraire des possibles sur la carte marine. Les rumeurs affirmaient qu'elle n'était pas défigurée, ce qui indiquait qu'elle avait passé peu de temps sous l'eau. Il avait vérifié la *Table des marées*, l'*Atlas des courants*, s'était couché, pour ne pas énerver Thérèse, et avait attendu l'heure d'y aller.

Le vent était d'ouest, cette nuit-là, quinze à dix-sept nœuds. Yves s'est rendu au Banc-des-Fous en moins de trois heures. Les chicanes de clochers entre le clan Bonaventure-Caplan et celui de Paspébiac sont bien connues, alors ce serait pas étonnant que les marins paspéyas aient vu le voilier et joué les aveugles. Mais Yves Carle se demande pourquoi ceux de Caplan n'ont pas mis l'enquêteur sur la bonne piste. Comme si personne n'avait voulu retrouver le voilier... Trop de souvenirs, peut-être. Ou ils ont peur.

Le marin contourne la pointe de New Carlisle, longe la falaise. Il sait que le voilier sera là. Pourtant, quand il le voit, de loin, il doute, souhaitant que le cauchemar ne soit qu'un rêve. La bôme ballote de gauche à droite et le capot de descente est ouvert. Yves vire de bord, en fait le tour. Une fois, deux fois. Il affale les voiles, mouille l'ancre.

Il se penche dans la descente, attrape l'émetteur VHF.

« Garde côtière de Rivière-au-Renard, garde côtière de Rivière-au-Renard, garde côtière de Rivière-au-Renard, ici *Vol de Nuit*, *Vol de Nuit*, *Vol de Nuit*. Répondez. »

Le gars de la garde côtière réagit tout de suite.

« *Vol de Nuit*, ici la garde côtière de Rivière-au-Renard. À vous. »

À cette heure-là, les appels ne doivent pas pleuvoir.

« J'ai trouvé un voilier abandonné nommé *Pilar*. La police de Bonaventure doit sûrement le chercher parce que sa propriétaire a été retrouvée noyée hier. À vous. »

Yves Carle, soudain, se sent vieux. Fatigué. Le garde côtier lui demande sa position, de rester sur place, de ne pas toucher au voilier. D'attendre.

Yves Carles sort son cellulaire de sa poche, compose le numéro de la maison. Sa main tremble.

« Allô ? »

Elle a du sommeil et de l'inquiétude plein la voix.

« Thérèse ? C'est Yves.

— Yves ? T'es où ? Est-ce qu'il t'est arrivé quelque chose ?

— Inquiète-toi pas. J'appelle juste pour te dire… ben… que je t'aime encore. »

Un silence se suspend à la nuit. Il ferme les yeux.

« T'as trouvé *Pilar* ?

— Oui.

— Ça me fait de la peine, à moi aussi. »

Il rouvre les yeux.

« Yves ?
— Oui ?
— Je...
— Je sais, Thérèse. Je sais. Rendors-toi, maintenant. »

Peu encline à faire sortir ses hommes la nuit pour aller remorquer un voilier abandonné, la garde côtière de Rivière-au-Renard a refilé le halage au poste de la police de Bonaventure puisque, après tout, l'affaire Marie Garant reposait entre ses mains. Ledit poste, n'ayant pour effectif nocturne que deux équipes déjà en vadrouille sur le territoire, a pris l'initiative d'appeler le coroner Robichaud, bien connu pour ses activités de bénévolat médical en mer et son implication souvent intempestive dans les dossiers de la police.

C'est pour ça que, peu de temps après, Yves Carle a vu le cruiser du coroner Robichaud arriver avec, pour seul équipage, le voisin de Robichaud, Marc Lapierre, un guide de pêche sportive sur la Bonaventure. Yves n'a jamais aimé ce Lapierre. Il est trop maigre, il grince des os et regarde hypocritement à terre quand il vous parle.

« *Vol de Nuit*, *Vol de Nuit*, *Vol de Nuit*, ici *La Mer Veille*, *La Mer Veille*, *La Mer Veille*. Répondez. »

Yves soupire, attrape l'émetteur VHF.

« *La Mer Veille*, ici *Vol de Nuit*. À vous.
— Yves ? As-tu approché le voilier ? À vous.
— Non, coroner. J'ai pas bougé d'ici. À vous.
— Parfait. On s'en occupe. Mais reste pas loin. *La Mer Veille*, terminé.
— *Vol de Nuit*, terminé. »

Yves Carle hausse les épaules. Se faire un café, peut-être ? Le soleil se lève sans peine sur la baie. L'eau est lisse, aplatie ;

le vent est tombé dessus. Il faudra rentrer à moteur. Le cruiser du coroner fait un train d'enfer, répercuté en écho tapageur dans le matin. En général, les voiliers détestent ce genre de bateaux à moteur. C'est connu. Et réciproque.

Yves Carle s'était bien promis de ne pas s'en mêler davantage, mais, voyant le coroner approcher de *Pilar* et sauter sur le voilier de la morte, il attrape d'instinct l'émetteur VHF.

« *Pilar*, *Pilar*, *Pilar*, ici *Vol de Nuit*. Répondez !

— *Vol de Nuit*, ici *Pilar*. À vous. »

La voix d'un homme identifiant *Pilar* écœure Yves Carle, il voudrait cracher à terre.

« Écoutez coroner, je suis pas sûr que c'est une bonne idée d'embarquer sur le voilier de Marie Garant. Il vaudrait mieux laisser la police faire son travail. À vous.

— *Vol de Nuit*, va falloir que tu comprennes qu'il faut que je ramène ce voilier-là, pour l'enquête. Pis tu vas revenir avec nous autres parce que t'es un témoin dans l'affaire. *Pilar*, terminé.

— *Vol de Nuit*, terminé. »

Yves Carle raccroche l'émetteur d'un geste enragé et maudit le coroner Robichaud. Il le regarde étarquer les écoutes de grand-voile pour immobiliser la bôme, mettre le moteur en marche et barrer lui-même *Pilar* vers le Ruisseau-Leblanc. Effronté !

Le vieux marin passe une main lente sur son front. Ce qu'ils feront de *Pilar*, maintenant… Yves met le moteur en marche, relève l'ancre et les suit docilement jusqu'au Ruisseau-Leblanc. Lapierre, à bord du cruiser, a pris les devants, et le voilà qui attend sur le quai, à côté d'une camionnette.

Yves mouille l'ancre à bonne distance. Témoin, peut-être, participant, le moins possible. Le coroner avance le voilier vers la rampe de mise à l'eau où Lapierre recule un ber sur roues qu'il a pris Dieu seul sait où. Et ils sortent *Pilar*.

Il faut un maudit aplomb pour sortir un tel sloop de la vague. Yves Carle détourne les yeux. Il a mal, en silence, dos à l'aube. Même Thérèse, qui déteste la voile, comprendrait. Il descend dans le carré, prépare son café.

Pilar, c'était le voilier qui partait. Ce ne sont pas tous les bateaux qui y vont, mais *Pilar* naviguait loin. Pour partir, il faut souffrir du monde au point de s'en larguer. Yves Carle en sait quelque chose. Si Thérèse avait voulu, il serait parti, lui aussi. Il l'aurait emmenée. Ils auraient vu les eaux transparentes, les îles rocailleuses ; ils auraient appris à manger le poisson exotique. Si Thérèse avait aimé la voile, ç'aurait été plus… plus facile.

Yves ressort dans le cockpit, le café à la main.

C'est l'heure où les guillemots sifflent sur l'onde, l'heure où les sifflements glissent contre le plat de l'eau et secouent le silence pour réveiller le jour.

Il lève les yeux. *Pilar*, à terre, sur un ber roulant.

La mer est vide.

« *Vol de Nuit*, *Vol de Nuit*, *Vol de Nuit*, ici *La Mer Veille*. Répondez. »

Yves Carle étire une main lasse.

« Ici *Vol de Nuit*. À vous.

— Yves, va falloir que tu descendes à quai pour rencontrer l'enquêteur de police Moralès. À vous.

— Terminé. »

Yves Carle, c'est sûr et certain, va finir son café avant de mettre pied à terre.

Moralès, lui, ne fut réveillé que vers six heures, heure à laquelle un homme taciturne autant que monosyllabique vint sonner à sa porte avant d'aller, en compagnie de deux autres techniciens comateux caféinant leurs bâillements engourdis dans une camionnette banalisée, relever les empreintes à bord dudit *Pilar*. L'homme ne s'est pas excusé et paraissait même contrarié d'avoir à se taper la sale corvée de réveiller l'enquêteur parce que, disait-il, le coroner n'avait pas réussi à le rejoindre sur son cellulaire.

Moralès remercia vaguement le technicien qui haussa les épaules avant de retourner au boulot. Le téléphone n'était pas parvenu à réveiller Moralès parce que ce dernier l'avait délibérément abandonné dans la poche de sa veste. Il était rentré tard, avait dû rudoyer une fenêtre pour pénétrer chez lui. Puis il avait vidé la voiture et la remorque en pleine nuit, empilant tant bien que mal les boîtes un peu partout, dans un ordre séculairement masculin, avant de s'échouer dans son lit, épuisé, au moment où Yves Carle prenait la mer. Il s'était endormi en boudant le mutisme de sa femme.

Maudissant Marie Garant, le coroner et les trois gars de l'équipe technique, Moralès se doucha, se cogna les pieds sur les boîtes, constata qu'il n'avait pas de café, alla au-devant du sloop sans déjeuner. En descendant la côte du Ruisseau-Leblanc, il marqua un mouvement de surprise : quelqu'un avait sorti le voilier de l'eau. Pourquoi ? Trente pieds de coque. Il n'a jamais vu ça. Il s'étonne de la grandeur, du poids apparent, de l'élégance du voilier.

Il sort de sa voiture, jette un œil à la ronde. Les pêcheurs sont absents et, à l'ancre, un autre voilier berce sa silhouette dans l'aube des vagues.

Le coroner Robichaud s'avance vers lui du pas décidé de celui qui a mené les opérations pendant la nuit.

« Va falloir que je vous dise, sergent, que j'ai ramené le bateau moi-même. Les trois gars de l'équipe technique que vous avez rencontrés ont prélevé les empreintes et vous ont laissé une boîte d'affaires dans le cockpit, pour que vous voyiez ce qu'ils ont prévu d'envoyer au labo. Va falloir que vous vous chargiez d'amener ça au poste. »

Moralès se dit qu'il manque ici sa deuxième occasion de remettre le coroner à sa place, de lui rappeler qui mène cette enquête et combien il faut éviter de flanquer des empreintes inutiles partout. Mais il ne parle pas. On ne brusque pas un village dans lequel on s'installe.

« Va falloir que je vous dise qu'ils sont partis déjeuner et qu'ils vont vous attendre à la maison de Marie Garant. Je vous ai mis l'adresse ici, sur le mandat de perquisition que vous m'avez demandé hier. »

Le coroner tend à Moralès une enveloppe que celui-ci dépose dans sa voiture.

« Va falloir que j'appelle le notaire pour qu'il vous sorte le testament.

— Je pourrai m'en charger plus tard, coroner…

— Non, non, c'est un de mes amis, on a l'habitude ! Va falloir que je vous présente Yves Carle. C'est lui qui a trouvé *Pilar*. Il connaît les voiliers, il pourra le visiter avec vous. »

Moralès se tourne vers le nouveau venu. La soixantaine avancée, il a le regard perdu dans la nostalgie.

« Sergent Joaquin Moralès. Enquêteur de la SQ. »

Un doux hochement de tête d'Yves Carle et Moralès se sent ronflant, cravaté serré dans son titre empesé.

« Yves, va falloir que tu dises à l'enquêteur que la bôme était pas sécurisée.

— La bôme était pas sécurisée, sergent. »

Satisfait, le coroner s'éloigne et disparaît dans sa voiture.

Seul avec Yves Carle, Moralès se sent une fois de plus ridicule, sans savoir pourquoi.

« Vous connaissez les bateaux ?

— Un peu.

— Vous pouvez me parler de celui-ci ?

— C'est un Alberg 30. Un grand marin.

— J'aimerais que vous le visitiez avec moi. »

Le marin hoche la tête.

Moralès ramasse un sac dans sa voiture.

« Il faut enfiler des gants et des chaussettes aseptisées pour éviter de contaminer les lieux. »

Yves Carle acquiesce encore. En silence, ils enfilent les kits de plastique, grimpent à bord. Une boîte remplie d'objets ensachés choisis par l'équipe technique attend dans le cockpit. Pour le reste, Moralès ne reconnaît rien. Il visite son premier voilier : des câbles, des poulies, des petits tableaux électroniques, une grosse boussole. Rien d'aussi excitant que ce qu'annoncent les publicités de voyages dans les Caraïbes.

« C'est quoi, la bôme ? »

Yves Carle se tient debout, sur le banc bâbord.

« C'est la partie horizontale du mât, ici, qui soutient le bas de la grand-voile.

— Le coroner disait qu'elle n'était pas sécurisée…

— Quand on relâche les écoutes de grand-voile, derrière vous, ça donne du mou aux cordages et la bôme ballote d'un bord à l'autre.

— Ah. »

Il n'est pas jasant.

« Elle pourrait me jeter à l'eau ?

— Oui. Dans un virement inattendu, elle pourrait vous taper la tête et vous jeter à l'eau. »

Toujours cette impression d'être maladroit devant le marin qui se penche soudain et observe des traces noires sur le pont. Moralès va au-devant de la question.

« C'est l'équipe technique qui a fait ça. Ce sont des relevés d'empreintes. »

Yves Carle hoche la tête. L'enquêteur lui a fait mettre des gants et enfiler des sacs en plastique sur ses souliers, mais ce sont eux qui ont sali le voilier, l'ont fouillé, ont relevé les empreintes de Marie Garant sur le bois salé du temps. Et toutes les autres. Celles qu'ils ont trouvées.

« On entre ?

— Oui, oui. Allons-y. »

L'homme de la mer descend le premier dans le voilier de la morte, posant délicatement ses yeux pâles sur la table à cartes, la cuisinette, la cabine de Marie Garant, dans la pince. L'enquêteur Moralès entre, imposant dans cet espace réduit, au moment où Yves s'arrête devant la couchette du barreur, l'air surpris. Il étire la tête, examine le lit, arque un sourcil.

« Vous voyez quelque chose d'anormal ?

— Non. Rien d'anormal, sergent. »

Même impression qu'hier, avec le pêcheur Bujold. Le vieux marin lui cache quelque chose. C'est désagréable, mais il a eu sa leçon : les Gaspésiens ne diront que ce qu'ils veulent.

Moralès observe à son tour. Que cherche-t-il ? L'aiguille indicielle qui pointerait un coupable, le détail éclairant la piste d'un suspect, une preuve que l'équipe technique aurait oubliée ? Non, en fait et malgré le déménagement, la fatigue, la route, les ennuis quotidiens, Moralès sait pertinemment que la théorie de l'accident est la plus plausible. Bien sûr, il ne faut rien exclure, vous diront-ils dans toutes les écoles de police du monde entier : du suicide au coup monté, tout est possible, mais quel intérêt de toujours se disperser en vagues présomptions ? Jeune, il traquait tout. Désormais, il a compris : c'est tellement d'efforts pour si peu de résultats inattendus ! Ah, bien sûr, il arrive qu'une enquête sorte du commun, c'est vrai, mais habituellement…

Moralès prend son temps, pendant qu'Yves Carle, appuyé contre l'escalier, attend. C'est que Joaquin n'aborde pas les espaces des femmes comme ceux des hommes. Chez elles, ça fourmille d'objets, de souvenirs, c'est vivant. Chez les belles femmes, des tissus de couleurs, des photos exotiques, de la vaisselle de porcelaine. C'est fou ce qu'une femme peut mettre de beauté et de confort dans son intérieur ! Les univers d'hommes sont généralement plus sobres ou plus bordéliques. Moralès l'a remarqué : certains affichent le vide en témoignage de l'absence, d'autres le trop-plein comme un débordement à venir. Leurs souffrances sont latentes et explosives : meurtre ou suicide. Parfois les deux. Moralès trouve que les hommes sont tristes. Et violents. Il préfère enquêter dans l'espace des femmes.

Celui-ci est un mystère de silence. L'intérieur du voilier est étroit, mais confortable. Le long de la coque, des équipets contiennent tout un bataclan d'objets essentiels : vaisselle en plastique, livres d'instructions nautiques, trousse de premiers soins. Tout est rangé dans un ordre pratique, posé là par le quotidien. Des signes de féminité ? Moralès cherche, curieux et presque avide, des indices d'elle. Marie Garant. Que connaît-il des femmes de mer ? Rien.

Il avance vers la pince dont la porte est ouverte. Un lit, un minuscule placard sur le côté. Il l'ouvre : des vêtements. Sobres. Quelques couleurs sans flafla. Ce qu'il faut pour être belle, sans exagérer. Une légère odeur de parfum salé, de corps, un cheveu blanc sur l'épaule d'une blouse verte... Il referme le placard, ému. Joaquin s'ennuie de la féminité. Les gestes tendres, les caresses intimes, la jupe froissée qu'il relevait pendant qu'elle déboutonnait sa chemise, la sueur entre les seins et autre chose, aussi. Quand elle avait peur du noir ou des souris, quand elle s'inquiétait de son maquillage, quand elle pleurait d'un vrai chagrin. Les femmes ne font plus ça, aujourd'hui. La féminité, ce n'est plus à la mode. Elles sont devenues féministes, fortes, indépendantes. Quand elles font l'amour, elles se font jouir elles-mêmes. Elles veulent tout contrôler. Et Moralès se sent inutile. Vieux, et ridicule.

L'enquêteur recule, se retourne, regarde la couchette du barreur. Vide. Il ouvre les rangements du carré. Des câbles, des outils, un vrac de litres d'huile, de pièces de rechange et de modes d'emploi dans les tiroirs. Des objets étranges, aussi : compas, pointes sèches, règle de cras qu'on voit dans les photos en noir et blanc de livres de mer et dont Moralès serait bien embêté d'expliquer l'utilité. C'est si peu délicat, si peu féminin qu'il a presque mal pour elle, la Marie Garant sans homme, solitaire sur l'eau de la mer.

« Sous les coussins, les bancs renferment les réservoirs d'eau potable. »

Moralès se tourne vers Yves Carle, presque surpris de le trouver encore là.

« Ah. Merci. »

Il lève les coussins, ouvre les coffres. Des boîtes de nourriture, des cannages et le réservoir à eau, oui. Une idée lui vient et il retourne dans la cabine de Marie Garant, lève le matelas du lit et ouvre le coffre : des sacs en tissu. Yves Carle, toujours appuyé dans l'escalier, n'avance même pas, comme s'il savait l'ordre immuable des objets marins.

« Les voiles de rechange. Probablement un spi. C'est une voile complexe à utiliser et, comme elle était seule et âgée, elle devait pas s'en servir souvent.

— Ah. »

Joaquin Moralès sent une vague déception l'envahir. Si peu d'indices d'elle…

« Dans le plancher, y'a les pompes de cale…

— Merci. Ça ira. L'équipe technique a déjà fait le tour, de toute façon. On peut sortir. »

Les hommes remontent dans le cockpit.

« Ça aussi, c'est un coffre ? »

Joaquin ouvre le siège du cockpit et lève un sourcil interrogateur vers Yves Carle.

« Pare-battage, amarres, palan, ceintures de sécurité, harnais, pompe manuelle, barre franche de secours, canot de survie… Tout est normal. »

Moralès referme le coffre, regarde de nouveau Yves Carle.

« Vous l'avez trouvé où ?

— Il était à l'ancre, du côté de Paspébiac.

— Qu'est-ce qu'il y a, là ?

— Un haut-fond.

— Vous êtes marin. Vous croyez qu'il y a une raison pour laquelle Marie Garant s'est ancrée sur ce haut-fond ? Si elle revenait du Sud, Paspébiac n'était pas nécessairement sur sa route, non ? Alors pourquoi aller là plutôt que de rentrer directement ? »

Yves Carle hausse les épaules et descend du voilier. Moralès lui passe la boîte d'objets, mais le coroner, qui revient au pas de course, s'en empare et, encombré, finit par la poser par terre. C'est lui qui prend la parole, évidemment, et Moralès se dit qu'il faudra trouver comment s'en défaire poliment.

« Yves a trouvé le bateau au Banc-des-Fous. Va falloir que tu nous dises ce que tu faisais là…

— Je naviguais, coroner. Tout le monde sait que je navigue surtout la nuit.

— Le Banc-des-Fous, c'est un haut-fond. Les dealers et les amoureux s'y donnaient rendez-vous. Va falloir comprendre, sergent, que c'est assez clair : Marie Garant ancre son voilier là pour se reposer du gros temps, fait un faux mouvement, une mauvaise vague lui envoie la bôme sur la tête, elle perd l'équilibre et tombe par-dessus bord… »

Yves jette un sourire ironique comme une claque au visage du coroner. Il intervient, c'est plus fort que lui.

« Croyez ce que vous voulez, mais y'a aucun voilier qui va s'abriter du mauvais temps sur des hauts-fonds ! C'est trop dangereux. À cause de la houle, la quille risque de taper contre des rochers et de démolir la coque. Quand le mauvais temps arrive, un voilier doit être soit amarré à la marina, soit loin de la côte. N'importe quel vrai marin sait ça. Vous enquêtez sur une femme qui savait naviguer, essayez de ne pas l'oublier. »

Yves Carle se tait, baisse la tête en homme qui juge qu'il en a assez dit et qu'on déduira le reste par soi-même. Le coroner refuse de lâcher prise.

« Va falloir comprendre que tous les marins respectaient Marie Garant, mais que personne est à l'abri d'une maladresse. Maintenant, sergent, on va se parler du testament. Le notaire peut pas l'ouvrir sans avoir retracé les héritiers. Il m'a donné le nom d'une héritière, mais il a pas réussi à la rejoindre chez elle. »

Yves Carle relève la tête. Une héritière. Une fille !

« Il dit que va falloir l'appeler. Que vous voudrez peut-être le faire vous-même. »

Yves s'éloigne doucement. Au fond, ça ne le regarde pas et il a envie de rentrer. Tout d'un coup, il entend quelque chose et fait signe à l'enquêteur.

« S'cusez-moi… Y'a un téléphone qui sonne dans votre voiture…

— Merde ! »

Moralès s'élance vers son auto, attrape sa veste, la viraille dans tous les sens, trouve l'appareil, enfin, décroche.

« Allô ?

— J'm'en vas vous dire rien qu'une affaire, monsieur l'inspecteur, que c'est Renaud Boissonneau. Pis que je vous attends, à votre poste, pour l'interview…

— Monsieur Boissonneau ? On a rendez-vous demain, pas aujourd'hui !

— J'm'en vas vous dire que vous faites attendre un témoin-clé…

— Un témoin-clé ? Mais qu'est-ce que vous… »

Brouhaha sur la ligne.

« Sergent Moralès ? Ici le lieutenant Forest. Vous faites attendre un témoin-clé depuis déjà un bon moment. »

Renaud lui a refilé Marlène ! Ce sacré bon Dieu d'enquiquineur doit être en train de faire tout un tapage au poste !

« Lieutenant Forest, nous avons retrouvé le voilier de la morte et…

— En Gaspésie, sergent Moralès, les gens comptent davantage que les objets, et l'équipe technique a affirmé avoir quitté les lieux y'a plus d'une heure maintenant, alors… »

Moralès tourne la tête, et qu'est-ce qu'il voit ? Le coroner Robichaud en train de congédier Yves Carle ! Moralès lui fait signe, va discrètement au-devant du vieux marin, met la main sur le téléphone.

« Attendez-moi une seconde, monsieur Carle…

— Excusez-moi, sergent, mais j'ai rien à ajouter et ma femme m'attend. »

Dans le cellulaire, Marlène Forest n'a pas que ça à faire.

« M'écoutez-vous, Moralès ? »

L'enquêteur recule.

« Oui, lieutenant Forest. »

Il regarde, impuissant, le coroner Robichaud saluer vaguement, du revers de la main comme s'il le chassait, un Yves Carle qui repart vers le large, en oubliant d'enlever les sacs qui recouvrent ses souliers.

« Dans dix minutes, au poste. C'est clair ? »

Elle raccroche.

Moralès vérifie son cellulaire pendant que le coroner insiste pour s'en mêler.

« Va falloir que je vous dise qu'en parlant au notaire Chiasson, je vous ai noté le nom et les numéros de l'héritière – chez elle et à son travail – et qu'il va falloir… »

Sarah lui a envoyé trois messages. Des textos.

Robichaud tend vers Moralès un papier que l'enquêteur attrape d'une main.

« Merci. Je vais l'appeler tout à l'heure.

— Pourquoi pas tout de suite ? »

Sarah écrit qu'elle a besoin de temps. Qu'elle a des projets personnels. Qu'elle devra peut-être retarder son arrivée. Moralès ramasse la boîte d'objets prélevés par l'équipe technique. Qu'est-ce que ça veut dire, « *besoin de temps ?* »

Il flanque la boîte dans le coffre de son auto, lourdement suivi du coroner.

« Va falloir que je vous dise, sergent, que je peux vous être utile. Vous savez, quand on connaît pas la place… »

Joaquin Moralès s'installe derrière le volant. Sa femme a des « *projets personnels* » ? Quels « projets personnels » ? Il salue le coroner d'un geste.

« Merci pour tout, monsieur Robichaud, mais je dois partir, j'ai une interview à faire.

— Une interview ? Moralès, vous allez pas mettre les journalistes dans l'enquête, toujours ? Ici, c'est pas comme à Montréal ou au Mexique ! Va falloir qu'on parle des implications… »

Il démarre. Ça veut dire quoi, « *retarder* » son arrivée ? Cinq jours de solitude, ça ne lui suffit pas ? Serait-il en train de jouer le dindon de la farce dans une comédie de déménagement ? Il remonte la côte du Ruisseau-Leblanc.

Robichaud finira sa phrase tout seul.

S'il a rêvé, hier et donc jadis, d'un drink rose pâle au bord des vagues, Joaquin Moralès ne prie plus, en arrivant au poste de police de Bonaventure, que pour un café chaud dans un verre en carton.

« J'm'en vas vous dire : allez-vous m'amener dans une vraie salle d'interview ? Parce qu'y fait un peu chaud ici. Avez-vous un local avec une vitre en miroir ? Je jure de dire toute la vérité, rien que la vérité pis c'est quoi, déjà, le reste de la formule ? »

Suivant les consignes de la préposée à l'accueil, il a trouvé Renaud Boissonneau en grande conversation avec le lieutenant Forest dans la cuisinette surchauffée aménagée plein sud, local sur-vitré dont les fenêtres semblent scellées pour l'éternité. Le lieutenant Forest joue fièrement son rôle d'hôtesse officielle devant l'homme qui lui sert, depuis vingt ans au moins, la moitié de ses repas estivaux. La cafetière est vide, évidemment.

« Lieutenant ? Pourriez-vous m'indiquer où est mon bureau ?

— Votre bureau, sergent Moralès ? Ah. Oui… C'est que vous étiez pas supposé arriver si tôt et… »

Soudain, derrière Moralès, la porte de la cuisinette s'ouvre en coup de vent. Immédiatement, Renaud Boissonneau se désintéresse des deux autres, se détourne sans plus de façon de Marlène pour se tordre le cou vers la nouvelle venue.

« Ah ben, ah ben, si c'est pas la p'tite Joannie ! T'es rendue policière ?! J'm'en vas vous dire rien qu'une affaire que ça te fait ben en maudit, la police ! »

Renfrognée, Marlène Forest revient vers Moralès qui, par réflexe, s'est lui aussi momentanément dilaté les pupilles dans le décolleté de la recrue de l'année.

« Moralès, c'est pas votre téléphone qui sonne ?

— Hum ? Heu… Ah, oui ! »

Boudeuse, Forest décampe vers les tréfonds des bureaux pendant que Moralès s'écarte de trois pas pour répondre.

« Allô ?

— Sergent Moralès ? C'est l'équipe technique… On est à la maison de Marie Garant pis on vous attend…

— Merde ! Je vous ai oubliés !

— Qu'est-ce qu'on fait ? On entre ? »

Dans le coin de la cuisinette, Renaud Boissonneau, de dos, s'anime vertement avec la petite Joannie.

« Heu… »

Moralès se demande encore pourquoi Robichaud a hésité, hier, avant de lui donner accès à la maison : cachotterie de chauvin, abus de pouvoir, réelle lassitude de vieil homme ou autre chose ? La maison de Marie Garant, il veut la voir par lui-même avant que l'équipe technique y entre et sabote les lieux.

« Le temps est en train de se couvrir pis on est écœurés de rien faire. »

Le témoin-clé Boissonneau ne démord pas de la jolie policière ; il semble vouloir entreprendre Joannie sur le chiffre d'affaires du bistro depuis les derniers arrivages de touristes.

« Heu… Non.

— Comment, non ? »

L'enquêteur avance prudemment vers la sortie de secours.

« Attendez-moi… »

Le témoin-clé est toujours de dos. Rapide, Moralès franchit lestement la sortie de secours et se retrouve dans le stationnement.

« J'arrive dans cinq minutes. »

Dans la camionnette blanche stationnée chez Marie Garant, les trois techniciens attendent l'enquêteur. Ils ne sont pas du genre zélé, non. En plus, la matinée est moche. La pluie s'y est mise d'un coup et fait maintenant un rideau de douche autour de leur véhicule ; ils voient à peine la mer, au bout de la jetée.

« Paraît qu'on va encore avoir un été de pluie.

— Ah oui ?

— Oui.

— L'année prochaine, je pense que j'vas prendre mes vacances en septembre.

— Hum. »

Ça sent le café froid, les beignes durs. Ils attendent le sergent Moralès qui décidera s'il faut ou non prélever les empreintes dans la maison de Marie Garant. Une vieille Toyota tourne justement dans l'entrée.

« C'est lui, le nouveau ?

— Ça a l'air à ça.

— Vient d'où ?

— Montréal, je pense.

— Tu l'as vu à matin ?

— Hum.

— Y'a l'air de quoi ?

— Comme les autres. »

Moralès sort de son auto, court vers la camionnette sous l'ondée. Le passager baisse sa fenêtre à moitié.

« Vous avez un habit aseptisé pour moi ?

— Passes-y un kit. »

L'habit aseptisé dans un sac scellé passe par la fenêtre.

« Je vais voir et je reviens vous chercher.

— Comme vous voulez. »

Moralès galope sous la pluie jusqu'à la galerie où il enlève son blouson détrempé et enfile l'habit.

La fenêtre de la camionnette remonte.

« Trouvera rien.

— Laisse-le faire.

— Hum.

— Y'est pas d'icitte, lui, hein ?

— Mexique, peut-être…

— Mais y parle pas d'accent… »

Haussements d'épaules.

« Y'est arrivé quand ?

— Cette semaine. »

À travers la vitre, ils voient vaguement l'enquêteur qui a réussi à ouvrir la porte et qui entre dans la maison.

« Y'est encore zélé.

— Hum.

— Y vient de déménager.

— Tout seul ?

— Sa femme est censée venir le rejoindre.

— Viendra pas.

— Hum. »

La buée couvre les vitres, peu à peu, sous le martèlement irrégulier de l'ondée.

« C'est qui qui s'est fait voler, dans le rang 4 ?

— Dans le rang 4 ? C'est Clément.

— Y'ont pris quoi ?

— Paraît qu'y'avait de l'argent dans un coffre.

— Hum.

— Sont partis avec le coffre ?

— Non. L'ont sorti dehors pis l'ont ouvert.

— Hum.

— Y'ont ouvert ça comment ?

— La police a retrouvé une masse dans le fossé.

— Ah oui ?

— La masse à Vital Bujold.

— C'est pas Vital qui a fait ça ?

— Ben non. Tu sais comment y'est, Vital : y prête ses outils. Ben c'est ça.

— Hum.

— Mais là… À qui y'a prêté sa masse ?

— Sais pas. Veut pas le dire. Y'a dit qu'y le dirait à la police, si la police lui posait la question.

— Pis ?

— Ça a l'air que la fille qui l'a interrogé y'a pas demandé.

— Ah non ?

— Tu connais Vital : y dit qu'elle avait trop de stock autour de la taille.

— Du stock ?

— Sais pas. Son gun, son badge, sa matraque. Du stock.

— Ça doit être la p'tite blonde qui l'a interrogé. Comment qu'elle s'appelle, déjà ?

— Joannie.

— Hum.

— Pars le moteur, on voit pus rien.

— Mets la chaufferette. »

Le moteur roule doucement, la pluie ralentit sa cadence.

« Tiens, v'là l'enquêteur. Y sort. Y'a rien trouvé.

— Qu'est-ce qui fait ?

— Y parle au téléphone.

— Hum.

— Ouvre la fenêtre, voir… »

La fenêtre s'entrouvre.

« Qu'est-ce qui dit ?

— Y se chicane.

— Hum.

— S'engueule avec sa femme. Elle a des “projets personnels”, paraît…

— Elle viendra pas.

— Hum.

— Pas l'air content.

— Hum.

— Attention : y'arrive… »

La pluie laisse filtrer une accalmie, le temps que Moralès rejoigne la camionnette d'un pas enragé.

« Pis ?
— On oublie ça. On ne trouvera rien ici.
— Hum.
— Ça va, sergent ?
— Pourquoi ?
— Pour rien.
— Comme ça.
— Bon. Salut ! »
La vitre remonte. Joaquin Moralès file vers sa voiture.
« Elle viendra pas. »
Et la camionnette quitte la cour.

Saint-Ciboire de Câlisse ! Il déteste ça. Parler à sa femme sur ses heures de travail. Depuis qu'il a un cellulaire, c'est inévitable. La plupart de ses collègues de la ville aiment entendre la voix de leur bien-aimée leur murmurer des petites choses sans importance dans le creux de l'oreille : « *T'oublies pas de passer au dépanneur, hein ? J'ai loué un film…* » Moralès, lui, trouve cette manie détestable. C'est indélicat de parler de pintes de lait ou de films de filles quand l'alentour pleure et crie au meurtre. Quand le sordide de l'humanité réclame toute ton attention, le futile devrait savoir attendre.

Il stationne sa voiture devant l'antique maison du notaire, franchit d'un pas furieux le perron trop long et sonne à la porte.

Pourquoi a-t-elle laissé de pareils messages ? Évidemment, il l'a rappelée ! Et qu'est-ce que ça a donné ? Rien ! Sinon qu'ils se sont violemment disputés, qu'il a mal examiné la maison de Marie Garant et que, au moment où le notaire Chiasson ouvre la porte, l'enquêteur Moralès est enragé noir.

Il admet qu'il a été maladroit quand il a dit à sa femme qu'il était hors de question qu'elle retarde son arrivée pour des « projets personnels » probablement futiles, mais est-on toujours délicat quand on est bouleversé ?

Le voilà maintenant aux prises avec un vieux notaire qui, à cheval sur l'étalon de ses principes, refuse de dévoiler le testament en l'absence de l'héritière.

« Monsieur Chiasson, un de mes collègues du poste de police de Bonaventure tente actuellement de repérer Catherine Garant via l'utilisation de ses cartes bancaires, mais ça peut prendre du temps… »

Le notaire secoue négativement la tête.

Sarah a affirmé que son mari ne s'intéressait jamais à elle, qu'il préférait les mortes (carrément : « Tu préfères les mortes, Joaquin ! »). Il a répondu, cinglant, que les cadavres étaient parfois moins froids que sa propre femme, et elle lui a violemment raccroché la ligne au nez.

« Vous êtes bien pressé, sergent Moralès. Vous vous apprêtez à piétiner l'intimité des femmes Garant en lisant, sans leur autorisation, le testament de la mère à sa fille.

— Monsieur Chiasson, si vous m'empêchez de lire ce testament, je considérerai que vous faites de l'obstruction dans l'avancement d'une enquête policière. »

Le notaire Chiasson (et ses trois mentons), c'est tout à son honneur, hésite encore une bonne minute en silence avant d'ouvrir le premier tiroir à sa droite, dont il sort une enveloppe cachetée. Il prend tout son temps. Moralès ne bronche pas.

Le testament de Marie Garant est bref. Elle lègue tous ses avoirs à sa fille, Catherine Garant. Une lettre accompagne le testament. Moralès regrette tellement d'avoir rappelé Sarah sur ses heures de travail ! Il fait signe au notaire d'ouvrir la lettre.

Après un grognement d'ours, le notaire fend méticuleusement l'enveloppe et lit silencieusement la missive en plissant ses gras mentons qui deviennent, progressivement, de larges sourires de contentement profond. L'enquêteur fulmine.

« Pourquoi vous souriez ?

— Pour rien. C'est votre enquête, après tout…

— Qu'est-ce qui se passe ? »

Le notaire tend la lettre d'une main aussi boudinée que doucereuse à un Joaquin Moralès plus assassin que justicier.

« Rien. C'est seulement que… »

Le débonnaire vieillard accentue le geste d'un petit rire ironique.

« Cette lettre, c'est un poème… »

« Je voudrais parler à madame Garant, s'il vous plaît.

— C'est pour du résidentiel ou du commercial ?

— Ni l'un ni l'autre. Je suis enquêteur de police et je dois absolument rejoindre madame Garant.

— Un instant, je vous passe monsieur Lapointe. »

Moralès se coltine la musique d'ambiance en se balançant frénétiquement dans la chaise de Marlène. Il essaie de se calmer.

Son témoin-clé est retourné au bistro, après avoir dénoncé le comportement odieux de « l'inspecteur mexicain de Longueuil » à sa supérieure. Mais le lieutenant Forest n'a pas relevé la faute, trop heureuse d'avoir vu le témoin-clé, si entiché de cette pimbêche de petite blonde, se faire éconduire par un collègue. Elle s'est contentée d'offrir temporairement son bureau à Moralès, lui promettant qu'il pourrait s'installer dans le sien propre d'ici quelques jours. C'est que le dernier retraité tarde à libérer la place. Il flâne, pas pressé de partir, jase dans les corridors, vidant la cafetière au lieu de ramasser ses photos de famille. Marlène hésite à pousser l'indolent traînard vers la porte. C'est bien connu, les retraités dépressifs ont tendance à jouer du flingue contre eux-mêmes, et le lieutenant Forest ne veut pas de drame entre les murs de son poste de police. Moralès a affirmé qu'il comprenait la situation. Rien de tout ça ne serait arrivé si on l'avait laissé déménager en paix. On l'a embauché trop rapidement, c'est clair, et l'engrenage est bourré de sable.

« Paul Lapointe.

— Sergent Joaquin Moralès, enquêteur au poste de police de Bonaventure. Je cherche à retracer une femme nommée Catherine Garant. On m'a dit qu'elle travaillait chez vous.

— Travaillait, c'est le bon mot. Catherine est actuellement en congé. »

Et voilà ! Moralès s'est toujours méfié des héritiers !

« Elle reviendra bientôt ?

— Je doute qu'elle revienne.

— Pourquoi ? »

L'architecte pose son crayon. Il porte une chemise bleue à fines rayures, sans cravate, sans veston. Il a déboutonné et retroussé ses manches.

« Catherine nous a quittés suite à des deuils successifs. Elle a ramassé ses crayons et a transféré ses dossiers à un collègue. Si elle reprend le dessin, ça sera sûrement à son propre compte. Pour l'instant, elle doit traverser des moments difficiles. »

Ça énerve Moralès, cette réplique. Des « *moments difficiles* » ! Qui ne traverse pas des « moments difficiles » ? Ils ont tous des « moments difficiles » : les morts, les assassins, les collègues de bureau… Et lui, est-ce qu'il n'en a pas, des « moments difficiles » ? C'est pas une raison pour tuer sa famille et disparaître dans la nature !

« Vous savez où je peux la joindre ?

— Vous avez appelé chez elle ?

— Évidemment.

— Aucune idée. »

Il faut poursuivre l'interrogatoire, même si l'enquêteur n'a pas la tête à ça : fréquentations, amis, ennemis, depuis combien de temps travaillait-elle pour vous…

« Vous dites… heu… qu'elle a traversé des… des “moments difficiles” ?

— Vague à l'âme, crise de la trentaine, vous connaissez les femmes… »

Moralès soupire. Il se sent las, tout d'un coup.

« De moins en moins. Et vous ?

— Non, pas tant que ça…

— Vous êtes marié ?

— Ça fait au moins quarante ans que le mariage n'est plus à la mode, sergent. Vivre à deux non plus. Ça fait presque vingt ans que j'aime la même femme, mais l'amour non plus, ce n'est pas tendance. Nous formons un couple moderne, chacun son appartement.

— Vous êtes fidèle ? »

L'architecte tourne sa chaise vers le mont Royal et la croix dessus.

« Fidèle ? Qu'est-ce que ça veut dire ?

— Vous avez eu une liaison avec Catherine ?

— J'aimerais pouvoir répondre oui.

— C'est une belle femme ?

— Oui.

— Elle a des… heu… amis particuliers ? Des amants ? Un amoureux ?

— Je ne sais pas exactement pourquoi vous cherchez Catherine, et peut-être que ce que je vais vous dire n'a rien à voir avec votre enquête… »

La lumière, au coin de la rue Saint-Laurent, vire au vert.

« Il y a trois ans et demi, une de mes employées a perdu sa mère. Isabelle Arcand. C'est ma secrétaire. Elle est jeune, elle a à peine vingt-cinq ans, mais elle est compétente.

— Belle ?

— Très belle. Blonde, avec le physique qui va avec. Faut pas faire dans les préjugés, sergent : mes clients sont surtout des hommes et ils aiment admirer une belle femme quand ils vont dans un bureau. C'est normal. Je n'engagerais pas une idiote pour autant. Isabelle travaille bien. Mais vous savez, les femmes, quand vous en avez deux jeunes et belles dans le même bureau, ça se critique. »

Moralès revoit le sourire vainqueur de Marlène évoquant l'instant où la recrue s'était fait éconduire par Vital.

« Catherine la détestait ?

— Ce n'est pas qu'elles se haïssent, elles revendiquent seulement leur territoire.

— Catherine était jalouse parce que vous aviez une relation avec Isabelle ?

— Non.

— Je ne suis pas certain de comprendre…

— Quand Isabelle a perdu sa mère, elle a bourré sa maison des objets dont elle a hérité : bibelots, vaisselle, photos, livres. Vous savez de quoi je parle : le barda qu'une mère peut vous léguer pour vous encombrer. Isabelle a tout pris. Faut la comprendre : elle est fille unique, elle ne voulait pas laisser ça à n'importe qui. Elle a rempli son quatre et demi. »

De l'autre côté de la vitre, deux éducatrices en garderie trimballent des enfants en maillots jaunes. Retour du parc. La journée achève, Lapointe les laisse passer avant de continuer. De toute façon, Moralès aussi a besoin de temps.

« Vous savez, sergent, il y en a qui disent que les jeunes cherchent l'amour, d'autres, la liberté. Si vous voulez mon avis, c'est n'importe quoi tout ça. Ils vivent des aventures, ils vont en voyage, ils font la fête, mais, quand ils rentrent chez eux, les jeunes se sentent seuls. Démunis. Ils ne le diront pas parce qu'ils ont trop de fierté, mais ils ont surtout besoin de réconfort. »

Joaquin Moralès a fermé la porte. Sur le mur de Marlène, la photo d'un chat beige est épinglée. Et lui ? Où sont ses propres garçons ?

« Le comportement d'Isabelle, je pouvais le comprendre. C'est celui de Catherine que je n'ai pas saisi. Quand elle a perdu ses parents, croyez-le ou non, elle n'a rien gardé. En quelques semaines, elle a tout vendu : la maison, le jardin, les meubles et les objets dessus. Tout. »

Et Sarah ? Où est-elle ? Non, ne pas penser à Sarah. Ni aux meubles absents ni au fatras de boîtes, de chicanes, d'incompréhensions qui s'en vient.

« Elle s'est déracinée d'un coup et est allée jusqu'au bout du néant, comme quand on descend dans le couloir de la morgue, vous savez, quand c'est peint en gris, que les néons souffrent et que, malgré soi, il faut avancer, parce que la descente aux enfers est parfois un passage obligé... Isabelle est allée lui parler parce qu'on sait que Catherine n'a personne. Pas de grands-parents, d'oncles, de frères ni de sœurs, juste un appartement blanc et zen. Tellement zen. Mais Catherine l'a mise à la porte. La semaine suivante, elle a remis sa démission. »

Lapointe pose les yeux sur l'acajou du bureau. La lettre y était restée pendant trois jours avant qu'il l'accepte.

« Je vous raconte ça, sergent, uniquement pour vous dire que Catherine n'est pas en fuite. Plutôt en quête ou peut-être en vacances. Mais c'est sûrement normal qu'elle prenne l'air. Ici, que voulez-vous qu'elle trouve ? Des nuits surchauffées par l'été, un salon silencieux, de l'asphalte brûlant, des bars anonymes, des bouteilles de rhum blanc ? »

Trois cyclistes passent à toute allure, croisent Saint-Laurent sur un feu jaune.

Et Joaquin, il trouvera quoi, seul dans cette Gaspésie qui l'accueille à rebrousse-poil ?

« Merci, monsieur Lapointe, c'est tout ce que je voulais savoir.

— Sergent Moralès ?

— Oui ?

— Catherine n'est sûrement pas différente des autres. En ce moment, elle doit surtout chercher du réconfort quelque part… »

Dérives de vent

Je me suis assise dans la chaise berçante. Une chaise en bois, toute blanche d'être rongée par le vent salé, qui bat la mesure par soirs de grand vent.

À distance, on apercevait, dans l'épaisse humidité du jour, les contours indéfinis de *Pilar* qui, en cale sèche, avait une mine de chien battu. Je n'avais pas encore eu le courage de descendre le voir. Est-ce que c'est ça qu'on sera ? Des corps minces et blafards gisants, endeuillés de la mer, sur le sol dur de l'été ? Sommes-nous voués à ça ? Devenir des cales sèches ?

Le ciel s'ennuageait, promettant une pluie lasse. La mer frappait fort les cailloux de la grève qui brisaient leur bruit de verre à mes pieds. Les goélands cassaient les carcasses crispées des crabes sur les rochers. Grise et lourde, sans soleil ni enfant, la mer n'est-elle qu'un tombeau fermé et silencieux qui secoue ses ossements de corail ?

« T'apprends à te bercer ? Hiiii…

— Oui.

— Tu y arrives ?

— …

— Me semble que tu brasses sec.

— Je t'attendais, Cyrille, mais, si tu veux avoir la paix, je te laisse tranquille…

— Non. Hiiii… Reste. Mais on va aller dans le chalet. L'air est trempe. Hiiii… Il va mouiller.

— OK.

— Tu veux-tu apporter la berçante ?

— Oui. »

Nous sommes entrés. Il m'a prêté un drap de laine et je me suis enveloppé les épaules comme une vieille femme avant de me caler dans la berçante de bois.

« Le ciel est plein d'eau. Hiiii… »

Un vent frais faisait trembler les moustiquaires et s'engouffrait dans les fentes du chalet. Cyrille a mis l'eau du thé à chauffer, puis il s'est assis à la table pour égrener son hasch. Il posait ses gestes en mouvements définitifs, lentement. Ça me calmait. On n'était pas pressés. Il ne se passerait rien, de toute façon.

C'était le jour, mais il faisait pénombre dans le chalet. Cyrille s'est levé, a versé le thé, allumé deux chandelles blanches qu'il a déposées sur la table. Son souffle, la pluie, le crachat des vagues. Il se rassoit face à la fenêtre. Nous fumons ensemble.

« C'était elle, la femme avec laquelle tu couchais pas en cuillère ? »

La pluie se met à tomber sans finesse. Elle s'aplatit contre le perron de bois, la grève, la vague qui s'étend d'un coup comme un animal battu par un maître furieux.

Il écrase le joint dans le cendrier et, en un soupir las, s'appuie au dossier de sa chaise. Ses mains inutiles. Il boit une dernière gorgée de thé, pose sa tasse sur la table puis se relève, ramasse le cendrier qu'il nettoie au-dessus de l'évier.

Il est maigre. Sa chemise à carreaux bleus trop lourde pour la saison flotte autour de lui, fait des plis ronds en entrant dans son pantalon. Sa ceinture de cuir a été resserrée de deux trous. Il a maigri dernièrement, ça se voit à l'usure du cuir. Il repose le cendrier sur le comptoir et, hypnotisé par la fenêtre, il s'avance jusqu'à appuyer son front contre la vitre.

L'eau glisse sur la tôle et s'écrase dans les sillons qu'elle s'est creusés entre deux rangées de chrysanthèmes abattus et ensablés.

« Ce voilier-là, hiiii… j'ai passé ma vie à l'attendre. »

Son souffle sifflant embue la vitre. Depuis le chalet, on ne voit que la pointe du mât.

« Hiiii… Juste en haut, là, c'est le coin de sa galerie…

— Sa galerie ?

— La maison de bois, avant l'Île-aux-Pirates, c'est la maison de Marie Garant. »

Il se tourne vers le large blanchi par la pluie.

« Quand elle est partie, la première fois… hiiii… je sais même pas si elle avait vingt ans. Elle avait pus de famille. Son père travaillait au chantier naval. Y'était Breton d'origine pis y dessinait des bateaux. Quand y'est mort, Marie devait avoir… hiiii… pas ben ben plus que onze, douze ans. Les Anglais de New Richmond ont engagé sa mère comme femme de ménage, mais c'était juste pour la cacher parce que, tu sais quoi ? Hiiii… Elle savait dessiner des bateaux. À moteur pis à voile. Son mari lui avait tout appris pis les Anglais la faisaient dessiner en cachette, hiiii… pour pas avoir l'air d'engager une femme architecte. »

Une vague molle dans le brouillard.

« Hiiii… Mais, elle aussi, elle est morte, pis je te jure que Marie Garant était pas assez vieille pour ça. Dix-huit, vingt ans… Elle a laissé passer l'hiver en se débattant avec les paperasses d'héritage pis, quand le printemps est arrivé, elle a décidé d'aller tirer son bord ailleurs. C'était en mai. Le soleil était beau, mais le vent faisait pas de cadeau. Hiiii… On était en pêche quand elle est partie. J'ai vu son voilier prendre vers le large pis j'ai pas été capable de lui envoyer la main. Demande-moi pas pourquoi. C'est peut-être pour ça que je me souviens tellement de ce jour-là, parce que je l'ai pas saluée. »

Ses regards raniment les images irisées du passé et la beauté fardée des souvenirs.

« Hiiii… J'étais pas vieux, la p'tite, mais je te jure que les yeux m'avaient poussé vite pour voir les femmes ! Pis Marie Garant, en plus, elle naviguait ! T'imagines pas ce que c'est, pour un fils de pêcheur, qu'une belle jeune femme qui lève des voiles comme si de rien n'était ! Hiiii… »

Il revient vers la table, tire une chaise près de moi, juste en biais pour voir la mer, s'y assoit, droit et fatigué. Il dépose ses mains sur ses genoux. Des feuilles d'automne fragiles et fripées.

« Je pensais qu'elle reviendrait jamais. J'imagine que tous ceux qui attendent une femme pensent la même affaire. Hiiii… Mais quand celle que t'aimes est en mer, c'est pire. »

Sa voix était triste, mais je ne pouvais rien pour lui, moi qui pouvais si peu pour moi-même.

« Je te mentirais si je te disais que j'ai passé cinq ans à l'attendre. Hiiii… Quand on est jeune, on sait pas comment faire, pour attendre, pis on est trop pressé par la vie ; ça fait que, sans le savoir, on s'occupe à autre chose. Moi, j'ai fait comme les autres : hiiii… j'ai appris à faire du bicycle sur les marches du perron de l'église, à voler de la réglisse chez l'ancien bonhomme Sicotte, à embrasser mes cousines en arrière du cabanon chez mon père, pis j'imagine que j'ai dû aller à l'école, pour passer les journées d'hiver… Hiiii… J'étais adolescent, j'avais les pieds trop longs pis je pensais que la vie, ça prendrait des années à se faire. »

Cyrille se relève. Il tourne, indécis, les yeux vers la pointe du mât, puis vers l'évier. Il reprend le cendrier sur le comptoir, le place sur la table, fouille dans sa poche, sort son hasch, revient s'asseoir.

« Hiiii… T'as pas froid, la p'tite ? T'es correcte ?

— Correcte.

— J'vas me rouler un médicament. T'en veux-tu ?

— Non, merci. C'est assez pour moi.

— Ma sœur dit rien, hiiii… mais elle aime pas ça que je fume à la maison. »

Comme un vieux devin, il se penche sur ses herbes, se roule sa magie et remplit le chalet de cette fumée blanche qui trace l'envers du décor.

« Marie Garant… elle est revenue ?

— Hiiii… Mets-en qu'elle est revenue ! Elle est revenue le jour de la Saint-Jean-Baptiste ! »

Dans ce temps-là, c'était l'habitude de fêter la Saint-Jean-Baptiste sur la grève, en bas. Les filles enfilaient leur manteau d'été et allaient s'asseoir dans les bateaux pavanés d'occasion et de guirlandes multicolores. Les hommes glissaient des flasques douteuses dans le revers de leur veste et faisaient les farauds, racontant les premières pêches, reluquant les belles en bourgeons d'été, leur offrant, en cachette, un p'tit coup de gnôle.

Il y avait une manière de promenade, à côté du frigidaire à poissons, où, l'après-midi, on montait des tables, pour le buffet. Les femmes faisaient des pâtés de crustacés et des tartes aux fraises pendant que les hommes, sur des feux improvisés, s'occupaient des grillades. L'ancien curé disait la messe dans un froufrou de soutane au vent, puis ceux qu'on savait musiciens sortaient leurs instruments. On dansait tard, directement sur le quai.

Le jour où Marie est revenue, c'est Cyrille qui l'a dit, le village se préparait pour la Saint-Jean-Baptiste. Dans le milieu de l'après-midi, les hommes s'occupaient à ouvrir les premières bouteilles de bière quand le plus vieux des frères Bernard a montré le sud-est avec son index gauche : « R'gardez : y'a un voilier qui s'en vient ! »

Au fur et à mesure que le sloop approchait, les jumelles se passaient de mains en mains. Cette coque élégante qui filait ses quatre nœuds tranquilles vers Caplan, est-ce que c'était *Pilar* ? Dans le cœur des pêcheurs, le silence s'est fait.

« Ça devait faire quatre ou cinq ans que Marie Garant était partie, mais on l'avait pas oubliée. Hiiii… Je dis "on", la p'tite, parce que chez nous on était trois gars pis que les trois gars, on a aimé rien qu'une seule femme ! Hiiii… On pouvait pas parler pis se faire battre le cœur en même temps, tu comprends ben ! »

Elle a pris tout son temps d'après-midi. Vers seize heures, elle a affalé la grand-voile et s'est avancée, mouchoir de poche à l'étai, vers le vieux quai de bois. C'était bien elle. Marie Garant. Les hommes l'attendaient, pour l'aider à s'amarrer.

« Pis après… hiiii… elle a sauté sur le quai… »

Ce que les années avaient fait de beauté de Marie Garant, Cyrille n'avait plus assez de mots pour le dire. Tous, ils avançaient sur ses lèvres, reculaient et se retiraient, timides de leur trop peu devant son autant.

Quand Marie Garant est revenue, l'été de ses vingt-trois ans, et qu'elle a mis le pied sur le quai du Ruisseau-Leblanc, la Saint-Jean a fait place à son retour ; c'était pour elle, aurait-on dit, qu'on avait décoré le quai et préparé le feu de joie, pour elle, les bouteilles et le homard, pour elle aussi, le sermon du curé qui, mêlant son enthousiasme d'homme à une Bible déconstruite, évoquait l'enfant prodigue et l'agneau sacrifié ; pour elle que la voix déchirée du Baptiste aurait crié quarante jours dans le désert.

À entendre Cyrille, on aurait pu croire que, cet été-là, le village avait battu au rythme cardiaque de Marie Garant.

Elle avait de l'argent. Où l'avait-elle pris, comment l'avait-elle amassé ? Mystère ou secret de contrebande, on s'en foutait un peu. Elle a rénové, repeint, réaménagé en beauté la maison paternelle. Et tout le monde s'offrait pour l'aider.

Les hommes avaient troqué, même en pêche, leurs allures de mardi barbu pour de larges cravates seyantes. Tous, jusqu'au plus radin, laissaient en cachette, à la porte de Marie, un crabe, une morue ou un homard et, à l'occasion, un fruit ou deux, piqué d'un mot doux que leur mère, sœur ou cousine avait corrigé de ses fautes en échange d'un service qui occuperait l'amoureux transi des soirs durant.

Cet été-là, à la poissonnerie, le homard se vendait avec des rubans de dentelle autour des pinces et le village entier avait cessé de blasphémer. Les femmes avaient raccourci coquettement leurs jupes de quelques centimètres, les sous-vêtements de coton relâché avaient fait place aux dessous légers, aux corsages colorés. À en croire Cyrille, le retour de Marie Garant avait ouvert Caplan à l'excitation, aux frissons sur les cuisses et aux soupirs renouvelés dans les chambres des parents dont les portes se garnissaient de verrous neufs pour se prémunir de l'œil avide des enfants survoltés.

Même en enlevant les superlatifs dont la nostalgie revêt les fiancées de jadis, il restait, dans le discours du pêcheur, assez d'enthousiasme pour comprendre combien belle avait été Marie Garant et combien son rire devait évoquer l'or tendre de la jeunesse et de l'espoir accomplis.

« Tu l'as aimée, Cyrille ?

— Hiiii... Comment j'aurais fait pour pas l'aimer, la p'tite ? »

Veille-moi, Cyrille.

La pluie sature l'air d'une humidité que les chandelles brûlent doucement. Il se tourne vers moi. De l'autre côté de mon épaule, la fenêtre embuée camoufle le voilier à terre, mais nous savons qu'il est là.

« Pourquoi tu l'as pas épousée ?

— Hiiii... C'est mon frère qui l'a mariée. C'est lui qu'elle a choisi. »

Son frère ? Cyrille serait mon oncle ?

« Ils ont eu combien d'enfants ?

— Zéro. Marie a jamais eu d'enfant. »

J'ai baissé les yeux. Si lui, le vieux pêcheur amoureux, ne savait pas que j'existais, qui donc le saurait ?

Il a passé sa grande main lourde sur le bois de la table, pour patiner le temps, a secoué la tête et regardé l'heure. Nous avions perdu l'horloge, et moi davantage. La pluie avait fait tomber la nuit plus vite que prévu et la pénombre donnait au chalet une allure grisonnante de novembre.

« Hiiii... Faut que je rentre souper, la p'tite ; ma sœur m'attend pis elle me sermonne quand je suis en retard. »

Je me suis ressaisie.

« T'habites avec ta sœur, Cyrille ?

— Oui. J'ai vendu ma maison l'an passé. Hiiii... C'était trop d'entretien. Ma sœur est restée vieille fille pis elle a gardé celle de mes parents. Hiiii... Y'a assez de place pour nous deux pis, quand on se chicane, je viens au chalet.

— Veux-tu que je remette la chaise dehors ?

— Non, non. Laisse-la là. Hiiii... T'en vas-tu chez Guylaine ?

— Oui. »

On est sortis sur la galerie. La pluie faisait écran devant nous.

« Je vais acheter un plat tout fait chez Sicotte et le faire réchauffer à l'auberge.

— Sont bons, les plats à Sicotte. Même ma sœur en fait pas d'aussi bons. As-tu goûté sa chaudrée de palourdes ? Hiiii... T'essayeras ça, tu vas voir !

— OK. »

Nous avons marché jusqu'au bout du perron et, juste avant de traverser le rideau de pluie, il s'est tourné vers moi.

« C'est bon d'aimer quelqu'un, la p'tite. Faudrait que tu t'y mettes, toi aussi. Hiiii...

— On verra...

— Je l'ai peut-être pas mariée, hiiii... mais aimer Marie Garant, ça a été toute ma vie. »

Le sens du courant

Le lendemain matin, Joaquin Moralès, de nouveau installé de façon bancale dans l'étroite cuisinette surchauffée du poste de police de Bonaventure, apprit une nouvelle qui ne l'étonna guère : la veille, l'héritière avait retiré de l'argent au guichet du coin.

Comment se faisait-il que, dans ce village de douze cents âmes (cimetière compris), personne n'ait parlé d'elle à l'enquêteur ? Le soleil se levait dans le brouillard et le ciel aspirait de grands morceaux de brume jusqu'à lui. Si elle avait eu un chalet dans le coin, on le lui aurait dit. À moins qu'elle ne soit pas connue…

Et si elle était venue en touriste ?

Boissonneau ! L'interview… C'était quoi, déjà, le nom que le témoin-clé lui avait mentionné, concernant ses révélations de premier ordre ? Si ç'avait été Garant, il l'aurait retenu. Moralès attrape son carnet, remonte la liste des numéros griffonnés, cherche son téléphone, constate qu'il l'a oublié dans sa voiture, sort du poste, croise le lieutenant Forest (« Vous êtes pas encore en train de vous enfuir, Moralès ? »), trouve le cellulaire, revient en sueur dans la cuisinette surchauffée d'où il compose le numéro du bistro.

« Oui, allô ?

— Monsieur Boissonneau, ici le sergent Moralès.

— J'm'en vas vous dire : vous avez ben l'air essoufflé !

— Je me demandais, monsieur Boissonneau, c'était quoi, déjà, le nom de la touriste dont vous m'avez parlé l'autre soir ?

— Ah ben, je vois pas de qui que vous voulez parler…

— Mais oui : la fille sur laquelle vous vouliez que je vous interroge…

— Moi, enquêteur, j'm'en vas vous dire que, hier, vous m'avez posé un sacré lapin pis que je suis allé virer pour rien au poste de police parce que, quand j'ai cherché où était l'interview, l'intervieweur était disparu ! Ça fait que, sur le chemin du retour, j'ai oublié de quoi que je voulais vous parler ! C'est ben pour dire, mais la route, ça t'aplatit une mémoire que c'est pas des farces ! »

Maudit Boissonneau !

« Écoutez, Renaud, je suis désolé : vous savez, dans les enquêtes de police, on est souvent appelé en urgence. Vous avez raison : je n'aurais pas dû partir si vite. Mais avouez que vous étiez pas si mal, avec la belle Joannie…

— Imaginez pas des affaires !

— Je n'imagine rien… Mais j'ai besoin de savoir : cette femme dont vous vouliez me parler, c'est bien Catherine Garant ? Où m'avez-vous dit qu'elle logeait ?

— Catherine Garant ? Non, ça me rappelle rien… Pis j'm'en vas vous dire, inspecteur, comme ça, au téléphone… On sait pas, mais ça se peut qu'on soye sur écoute, pis c'est des informations confidentielles…

— Impossible. Je suis en train de cuire dans la cuisinette du poste de Bonaventure.

— Qui c'est qui peut me le prouver? Qui c'est qui me dit que vous êtes pas en otage? Peut-être que je mets votre vie en danger, en racontant des affaires… Ah, j'm'en vas vous dire que c'est trop risqué. Vous aviez juste à me faire l'interview, hier. »

Le sergent Moralès tourne en rond comme un lion dans une cage de verre.

« Et si j'allais vous voir, au bistro?

— Ben là, inspecteur, c'est pas que ça me ferait pas plaisir, mais un bistro, c'est ben prenant, ça fait que j'm'en vas vous dire: faudra prendre rendez-vous.

— Pardon?

— Rappelez-moi, mettons, pas avant vingt-quatre à quarante-huit heures, OK? Pis j'm'en vas vous dire: Bonne chance, là! »

Il a raccroché.

Joaquin Moralès regarde sa montre: le matin est à peine entamé qu'il bouille littéralement dans la cuisinette. Marlène doit rire dans un coin. Il refouille dans son calepin, compose un numéro et, rapidement, on lui passe Paul Lapointe.

« Ici le sergent Moralès. On s'est parlé au sujet d'une de vos employées, Catherine Garant.

— Catherine, oui… Je suis heureux que vous me rappeliez, sergent.

— Heureux? Pourquoi?

— C'est une façon de parler… »

Moralès s'en doutait. Qui a envie de lui parler, ces temps-ci? Même sa femme ne répond plus au téléphone! Elle a peut-être raison. Quand t'es enquêteur, tu finis peut-être par dialoguer davantage avec les morts qu'avec les vivants. Les morts s'exposent sans détour, alors que les vivants protègent avec férocité le banal secret de leur imposture. Ils cachent toujours quelque chose. Moralès s'en méfie.

« J'aimerais que vous me parliez de Catherine Garant. De ses parents. Vous avez mentionné, hier, qu'ils étaient décédés…

— Oui.

— Morts naturelles ?

— Son père a été mortellement frappé par une voiture, il y a deux ans. Sa mère est décédée quelques mois plus tard, de chagrin. Un chagrin naturel, oui.

— Quand vous parlez de sa mère… Vous parlez de Marie Garant ?

— Non, sergent. Je parle de Madeleine Laporte. »

Et voilà où le nœud de l'histoire laisse enfin s'échapper un fil. Moralès s'assoit et attrape un crayon.

« Je ne suis pas certain de comprendre…

— Catherine Garant a été adoptée.

— Adoptée ?

— Ce n'était pas une adoption légale. Plutôt une mise sous tutelle.

— Par les services sociaux ? »

La secrétaire entre discrètement, mais Paul Lapointe lui fait signe de sortir, respire un large coup et s'appuie contre le dossier de sa chaise.

« Non. Par la mère elle-même. Un jour, ça a sonné à la porte d'en avant. Madeleine est allée répondre. C'était une femme, jeune. Elle avait un bébé dans les bras et elle voulait parler à François. Madeleine s'est viré le cœur à l'envers, vous comprenez : elle était infertile et, sur le coup, elle a cru que son mari était allé faire un bébé ailleurs… Les femmes se font vite des histoires.

— Peut-être.

— Vous êtes marié, monsieur Moralès ?

— Oui.

— Évidemment. Et fidèle ?

— Oui.

— Mais votre femme vous fait des crises…

— …

— Vous ne répondez pas. Elle doit vous faire des crises. »

Moralès tourne sa chaise vers la fenêtre. De l'autre côté de la rue, l'église de Bonaventure ouvre ses portes rouges à l'air frais de la baie.

« C'était lui, le père ?

— Non. Madeleine a eu peur pour rien. François avait connu Marie Garant quand ils étaient enfants, dans la Baie-des-Chaleurs. La mère de Marie Garant avait travaillé pour ses parents, si j'ai bien compris. Ils ne s'étaient pas revus depuis plus de dix ans, parce que la mère de François s'était installée à Montréal.

— Et elle voulait lui confier son bébé ? À lui ? »

Moralès se dit qu'il en voit trop, certains jours.

« À eux, oui. Elle ne voulait pas laisser le bébé en adoption. Elle disait que, s'il arrivait malheur aux parents, le bébé serait envoyé Dieu seul sait où et elle le perdrait de vue. Mais elle le leur confiait, à toute fin pratique, pour… pour tout le temps.

— Pour tout le temps ?

— C'est ce qu'elle a dit.

— Ils ont accepté ?

— Oui. Madeleine était infertile, je vous l'ai mentionné. Ils ont beaucoup aimé Catherine. Comme leur fille.

— Catherine a revu sa mère biologique ? »

Paul Lapointe tique. Il n'aime pas ces mots-là : « *mère biologique* ». On dirait une mécanique accoucheuse.

« Pas que je sache. »

Moralès pense à ses garçons. Ça fait combien de temps qu'il ne les a pas vus ? Deux semaines ? Mais des garçons, ce n'est pas pareil. S'il avait une fille, il voudrait savoir ce qu'elle fait, qui elle voit. Des gars, ça s'organise.

« Et le père ?

— Quel père ?

— Le père biologique de Catherine ? Marie Garant l'a mentionné ?

— Pas à ma connaissance. Elle avait un baptistaire, quand elle est arrivée, mais les informations étaient fausses.

— Fausses ?

— Je vous dis ce que j'en sais, sergent. Seule Marie Garant pourrait vous en apprendre davantage…

— Marie Garant a été retrouvée morte cette semaine.

— Ah. Et vous croyez que Catherine…

— Je ne crois rien, monsieur Lapointe. J'enquête.

— Je vois… Vous avez trouvé Catherine ?

— Pas encore.

— Vous savez, sergent, y'a une chose qui ne m'étonnerait pas : c'est qu'elle soit en Gaspésie.

— Elle serait venue chercher sa mère biologique ?

— Sa mère biologique ? Non…

— Son père ?

— Pourquoi elle voudrait les voir ?

— Pour les connaître.

— Est-ce qu'on connaît vraiment sa mère, enquêteur ? Ses parents, ses enfants… sa femme ? Est-ce qu'on se connaît soi-même ?

— Alors, qu'est-ce qu'elle est venue faire en Gaspésie ? »

Lapointe regarde ses souliers. Chic. Vernis.

« Catherine est une femme étrange, sergent. Elle travaillait bien, mais…

— Mais ?

— Il y a quelque chose de trop grand, en elle. D'inassouvissable. Comme si le quotidien était trop étroit pour elle. Je m'attendais à ce qu'elle parte un jour.

— Monsieur Lapointe ?

— Oui ?

— Comment s'appelait votre ami, le père de Catherine Garant ?

— Il s'appelait François Day. C'était un grand architecte. »

Day. Bingo ! C'est le nom donné par Boissonneau. Catherine Day. Et elle loge à l'atelier de couture !

J'ai glissé ma main le long de la coque et mon cœur s'est coincé dans ma gorge. Le voilier de ma mère. *Pilar*. C'est donc ainsi que tu accostes à moi ? Sans échelle, impossible de monter à bord.

Je suis entrée au café où j'ai déjeuné seule. Vital, au large, remontait ses cages. Cyrille était introuvable. Même la serveuse rouquine était en congé. Je me suis étirée un long moment, j'attendais que les Amérindiens reviennent.

La marée descendait dangereusement bas quand ils se sont faufilés dans le chenal et j'ai souri, malgré moi. Ils ont accosté, se sont amarrés. Des cages étaient empilées sur le pont. L'un d'eux a reculé une camionnette et le spectacle a commencé.

Sur le quai, les cages se sont mises à apparaître, soulevées par la puissance du géant amérindien qui les déposait, à bout de bras, avec cette délicatesse étonnante qui n'appartient qu'aux hommes très forts. Deux aides-pêcheurs assuraient la suite des opérations, prenaient les cages pour les placer dans la camionnette. Il devait y en avoir une quarantaine. Le géant amérindien les a toutes sorties comme s'il s'agissait de casseaux de fraises.

J'ai payé mon déjeuner et j'ai avancé mon matin échevelé devant lui, Jérémie, pour le regarder travailler, avec sa force d'homme et son silence opaque. Il a terminé son ouvrage, a enlevé ses gants, ses bottes, sa salopette, le foulard rouge qui retenait ses cheveux longs, s'est essuyé les mains et m'a saluée.

J'ai rougi jusqu'au cou et je suis partie marcher le long de la mer.

Trois agates. Des vraies. Mais je ne les ai pas ramassées. J'ai pris mon temps pour remonter vers l'auberge, étirant le sentier de la plage jusqu'au bout. La mer berçait des vagues très calmes, ce matin-là, et je me disais que je n'existais pas. C'est uniquement à ça que je pensais : ici, je n'existe pas, je ne suis personne et on n'attend rien de moi.

Mais je me trompais.

Quand je suis arrivée dans la cour de l'auberge, c'était le branle-bas de combat. Toutes mes affaires avaient été brutalement jetées dehors, pêle-mêle dans le stationnement. Renaud, désemparé, tenait une garde nerveuse à côté de ce paquet de tissus féminins dont il semblait craindre l'assaut imminent. Le curé, à genoux, ramassait des vêtements qu'il tentait maladroitement de plier pour les faire entrer dans la valise. Dans un vieux baril de métal, plus loin, Guylaine faisait brûler quelque chose en maudissant tous les saints du Ciel.

« Qu'est-ce qui se passe ? »

Renaud faisait des cent pas nerveux.

« J'm'en vas vous dire, ça me fait pas plaisir, faut pas penser ça, mam'zelle Catherine, mais t'aurais pas dû. »

Je me suis penchée pour ramasser mes affaires éparpillées.

« J'aurais pas dû quoi, Renaud ?

— T'aurais pas dû demander Marie Garant ! Parce que j'm'en vas vous dire rien qu'une affaire : la police trouve pas ça drôle ! »

Je me suis redressée, comme une barre de fer.

« Renaud ? Vous avez dit à l'enquêteur de police que je cherchais Marie Garant ? »

Il est tombé rouge d'un coup.

« Ben… Y voulait me faire une interview, mais j'ai dit que je pouvais pas. Pis j'm'en vas vous dire que j'ai pas fait exprès pour te dénoncer, mais y'a demandé si on avait un suspect !

— Quoi ? Vous avez dit que j'étais un suspect ? »

Honteux, il regardait autour, sans oser lever un œil sur moi. Un enfant pris au piège.

« Y'a déduit le reste tout seul, mam'zelle Catherine, je le jure !

— Vous m'avez mise dans un sale pétrin, Renaud !

— Ben j'm'en vas vous dire que t'aurais pas dû nous mentir !

— Vous mentir ? Quand est-ce que je vous ai menti ?

— J'm'en vas vous dire : ton nom, c'est-tu Catherine Day ou Catherine Garant ? »

Le curé s'est relevé et, dans un geste de pudeur, s'est rangé pour que je finisse de ramasser mes vêtements. À grandes brassées, j'ai enfourné mes choses en vrac dans l'auto.

« En vérité, nous n'avons rien dévoilé, Catherine. L'enquêteur a trouvé seul et il est descendu au Point de

Couture, pour voir si vous y étiez. En ce moment, il doit vous chercher au café du Havre. Il va sûrement revenir. Prenez vos affaires et allez-vous-en !

— M'en aller où ? »

Le curé était visiblement dépité. Renaud aussi, mais j'étais incapable de le réconforter.

« J'm'en vas vous dire que toi, au moins, t'as rien perdu…

— Vous avez perdu quelque chose, Renaud ?

— Non, pas moi. Mais regarde Guylaine : elle est en train de brûler tes draps pis tes serviettes. »

Toute ma vie gisait en désordre dans le coffre arrière d'une voiture et on brûlait mes restes pestiférés dans un baril rouillé.

« En vérité, partez avant qu'il revienne ! »

Il faut dire les choses comme elles sont : ça va de mal en pis pour Moralès. Le refuge gaspésien qui devait abriter ses amours en semi-retraite prend de plus en plus des allures de garçonnière isolée.

Un message est entré sur le cellulaire, pendant qu'il parlait à Lapointe.

Joaquin, j'ai besoin de plus de temps que prévu…

Qu'est-ce que ça veut dire ? Qu'est-ce qu'un homme peut répliquer à ça ?

Il est passé au Point de Couture, a, de toute évidence, heurté Guylaine Leblanc en lui parlant de Catherine Garant, est descendu au café du Havre où on lui a assuré que ladite touriste venait de partir et il remonte maintenant vers l'auberge.

Je n'irai pas te rejoindre. Pas tout de suite, en tout cas.

Moralès est découragé. Il a tout accepté, même la Gaspésie, et voilà qu'elle l'abandonne ! Qu'est-ce qu'il faut faire quand ton épouse te largue ? Tenter de la reconquérir ? Comment on fait, déjà, pour séduire une femme ? Tout ça lui semble lointain, perdu dans le temps, les nuits blanches, les suspects et les enquêtes. Il court entre les cris et les crimes. Il a les mains pleines, mais les bras vides et le corps désemparé. Comment ça se fait que t'arrives à cinquante ans en homme seul et que tu cherches tes miettes de chemin en Petit Poucet, avec des haillons d'amour que le sentier a déchirés ? Comment ça se fait que tu prévois l'ensemble du futur, mais que l'imprévu t'arrive quand même en grenade ? Qu'il t'explose ?

« *Est-ce qu'on se connaît soi-même ?* » L'architecte avait raison. Il aurait pu le lui dire, à Lapointe, que lui-même ne se connaissait plus, qu'il était vieux et ridicule, et que la voix de Sarah résonnait en étrangère sur le répondeur grincheux du cellulaire. « *Je t'envoie le trousseau de clés par courrier express.* » Les clés. Sans elle. Où est-elle ?

Et Marie Garant ? Qu'est-ce qui a bien pu la pousser à partir au loin, tout ce temps ? Qu'est-ce qu'elle fuyait ? Qu'est-ce qui a amené sa fille en Gaspésie ? Bon sang ! Qu'est-ce qui pousse tant de femmes à partir ?

C'est peut-être ça que Catherine Garant est venue chercher : des réponses. Ses parents adoptifs meurent et elle se donne la permission de venir ici pour rassembler les morceaux de sa vie. Parce qu'on n'arrive pas à s'habituer aux questions sans réponse. Joaquin en sait quelque chose, il s'est fait enquêteur exprès pour ça : trouver des réponses. Mais combien de dossiers en suspens ? Et Sarah ?

Moralès est tellement absorbé qu'il entre trop vite et freine d'un coup dans l'entrée de l'auberge, asphyxiant Renaud et le curé dans un nuage compact de poussière de gravier. Ça s'est fait si brusquement que les deux hommes, qui discutaient au bas de l'escalier, ont cru que l'enquêteur roulerait par terre et braquerait sur eux une arme de poing. Renaud, stressé à mort, lève les mains en l'air, très haut, comme s'il venait de se faire surprendre en train de dépecer un cadavre avec son couteau neuf.

« Où est-elle ?

— En vérité, vous êtes bien nerveux !

— Je cherche Catherine Garant et on me fait tourner en rond ! Je veux savoir où elle est !

— Catherine Garant ? »

Devant l'aplomb du curé, Renaud baisse maladroitement les bras et secoue sa fierté salie.

« J'm'en vas vous dire qu'on a pas rencontré personne qui a dit s'appeler Catherine Garant. Non. Pas dernièrement, en tout cas… »

Moralès se retient. Ni Renaud ni le curé n'ont envie de la lui faire facile.

« Alors où est Catherine Day ?

— Catherine Day… Ah ! J'm'en vas vous dire : la touriste ? Une fille gentille, hein, m'sieur le curé ?

— Polie, en vérité.

— Ah oui. Pour ça, elle est…

— Où est-elle ?

— J'm'en vas vous dire : elle est partie, je crois ben.

— Partie ? Comment ça, partie ?

— Oui, partie. J'm'en vas vous dire rien qu'une affaire : on dirait que vous avez pas le tour avec les femmes, inspecteur…

— Enquêteur ! Je suis enquêteur de police, pas inspecteur des aliments !

— Nerveux de même, c'est pas étonnant que les femmes vous laissent tout seul ! »

Moralès se détourne d'eux et se dirige vers l'entrée pour se faufiler dans l'auberge mais les deux hommes de Caplan, jouant des pieds autant que des genoux, bloquent l'escalier, créant une frénétique gigue à trois qui finit par relever de la pantomime italienne.

« Monsieur Boissonneau, vous faites de l'obstruction dans la bonne marche d'une enquête de police !

— En tant que représentant de Dieu et homme de confiance dans ce village, je puis vous assurer, *enquêteur* Moralès, que je ne vois pas en quoi monsieur Boissonneau vous obstrue dans l'enquête qui vous échappe. On dirait même, en vérité, que vous vous obstruez tout seul…

— Je la trouverai avec ou sans votre aide ! Laissez-moi passer ! Je vais demander à l'équipe technique de faire un relevé d'empreintes…

— Votre relevé, enquêteur, il serait, en vérité, comment dire… inutile ! »

La bataille cesse instantanément.

« Pardon ?

— Mademoiselle Day était malade.

— J'm'en vas vous dire : infectée, même. Infectée ben raide.

— Infectée par quoi ?

— En vérité, on l'ignore. Des maladies de femme, vous comprenez… Mais assez grave pour nécessiter non seulement un départ immédiat, mais aussi une désinfection complète des lieux.

— J'm'en vas vous dire rien qu'une affaire : y'en aura pus, de microbes !

— Quoi ? Vous êtes en train de faire disparaître les empreintes d'une femme suspectée de meurtre ?

— De meurtre ?

— M'sieur l'curé, y'a eu un meurtre au village ? Qui c'est qui a été assassiné ?

— Je ne peux pas voir, Renaud… »

Moralès tente une dernière esquive pour entrer dans l'auberge, mais Renaud et le curé barrent obstinément l'escalier.

« Inspecteur, j'm'en vas vous dire : vous voulez quand même pas pogner des microbes, là ? Vous risquez d'être ben malade…

— Qu'est-ce que vous faites ? Des menaces, de l'intimidation ?

— Des grands mots tout ça. En vérité, nous voulons surtout protéger Guylaine des microbes dans votre genre. Elle a la santé fragile, voyez-vous, et vous êtes un peu trop nerveux pour elle… Nous vous protégeons vous aussi, en vérité, car, si la situation dégénérait, vous seriez sans doute, par votre maladresse, responsable d'une intrusion sans mandat. Vous êtes en probation ici ou c'est un poste permanent ? »

Quoi faire ? Appeler au poste ? Qui viendrait l'aider ? Marlène ? Elle rirait de lui. Les gars de l'équipe technique ? Le temps de convaincre ces flancs mous de lui prêter main-forte, tout aura été nettoyé.

Soudain, Moralès en a assez. Assez du déménagement, des questions détournées, des histoires de pêche, des coups de fil, des suspects, de la Gaspésie. De Sarah. Assez. Il se tourne vers la mer et sa colère se mue en découragement, en lassitude. Il court après quoi qui lui échappe tout le temps ?

« Ah ! Mon Dieu ! »

Renaud fait sursauter tout le monde du bord du quotidien.

« J'm'en vas vous dire qu'y'est déjà onze heures passées ! Faut que j'aille ouvrir le bistro ! »

Il abandonne l'auberge comme on laisse tomber une vieille guenille et part vers le bistro d'un pas rapide, haché. Le curé Leblanc s'approche de Moralès.

« La Gaspésie, ce n'est pas un pays de tout repos, enquêteur. En vérité, on ne fonctionne pas comme en ville, ici. Vous vous habituerez. En attendant, venez, on va aller dîner. »

Et Joaquin Moralès acquiesce.

Le midi est humide, trop ensoleillé après le sale temps d'hier. L'enquêteur s'est rappelé, en marchant vers le bistro, qu'il déteste travailler l'été. Sans un mot, les deux hommes s'installent du côté de l'église. Le curé commande deux bières. Joaquin, tu étais venu ici pour quoi, déjà ? Pour ça, non ? Glisser, perdre du terrain, et abandonner.

« Je me demande, en vérité : comment les enquêteurs de Montréal font-ils pour retracer un coupable ? »

Les bières arrivent, glacées, les bouteilles sont trempées de leur voile condensé.

« Ben oui, j'm'en vas vous dire : c'est-tu ben différent de la campagne ?

— Renaud, apporte-nous donc deux pizzas aux fruits de mer. Vous n'êtes pas allergique aux fruits de mer, enquêteur Moralès, n'est-ce pas ?

— Non.

— Alors, il faut goûter. »

Dépité, Renaud tourne le dos dans un mouvement théâtral du torchon, comme s'il mimait un renvoi définitif.

« Pourquoi cette question, monsieur le curé ?

— En vérité, c'est à moi que revient de présider, dans cette paroisse, les cérémonies funéraires. Habituellement, il me semble que le bilan d'autopsie arrive à peu près en même temps que le corps. Or le corps de Marie Garant n'est pas encore revenu à Caplan, ce qui me laisse croire que vous n'avez pas de bilan d'autopsie. De plus, vous n'avez pas eu le temps de faire des interrogatoires bien poussés, à ce qu'on m'a dit…

— Vous avez manqué votre carrière, monsieur le curé : vous auriez dû vous faire enquêteur !

— Je vous dis tout ça, monsieur Moralès, car je trouve votre acharnement envers Guylaine Leblanc et envers Catherine Day complètement déraisonnable. Ou vous attendez d'avoir de vrais mandats pour leur ficher une trouille de la mort ou, en bon enquêteur intelligent, vous laissez les femmes de ce village un peu tranquilles, au lieu de les accuser de n'importe quoi et de leur courir après comme un chien enragé. »

Moralès ouvre la bouche mais n'arrive pas à répondre. Qu'est-ce qui lui a tant fait croire, en effet, qu'il y avait eu meurtre ? Les apparences laissent plutôt supposer qu'il s'agit d'un accident. Est-ce que sa colère envers Sarah l'aurait fait dérailler ? Combien de fois avait-il répété à des novices que les sentiments personnels brusquaient les enquêtes ?

Renaud revient, dépose avec brusquerie les deux pizzas sur la table.

« J'm'en vas vous dire : bon appétit, là ! »

Il retourne, boudeur, derrière le comptoir.

C'est à ce moment-là que le coroner Robichaud en profite pour franchir, lestement malgré son poids, les quelques marches du bistro et passer la porte d'un air printanier.

« Coroner Robichaud ! Venez donc vous asseoir avec nous ! Nous en profiterons pour commander un p'tit verre de rouge !

— C'est pas de refus, monsieur le curé !

— Renaud ! »

Mais l'affluence du midi a créé un tourbillon et le patron du bistro, probablement coincé entre son chapeau idiot et son tablier Aide-cuisinier, prend un moment pour arriver. Le coroner Robichaud salue Moralès et se tire une chaise.

« En vérité, nous discutions de l'enquête, monsieur Moralès et moi. Dites-moi donc sincèrement ce que vous en pensez, vous qui avez ramené le voilier.

— Va falloir que je vous dise, monsieur le curé, qu'on arrivera pas à un autre constat que celui de l'accident. Quand j'ai mis le pied sur le bateau, la première affaire que j'ai vue, c'est que la bôme était relâchée : ça fait que…

— Hiiii… C'est vous, l'enquêteur venu de Montréal pour élucider les circonstances de la mort de Marie Garant ? »

Moralès, qui n'a pas dit un mot depuis l'arrivée du coroner, se lève d'un bloc et se retrouve face à face avec un grand pêcheur efflanqué qui est entré sans qu'il y porte attention.

« Oui.

— Sergent Moralès, va falloir que je vous présente Cyrille Bernard, de Caplan. »

Cyrille se fiche complètement des présentations, du curé, du coroner. Il ne regarde que Moralès.

« Ça fait des années que je pêche icitte pis j'ai rien qu'une affaire à vous dire, enquêteur, c'est que, tout ça, c'est rien que des maudites menteries ! Hiiii… Marie Garant aurait pas oublié d'arrimer la bôme pis la mer la connaît depuis assez longtemps pour pas lui taper sur la tête !

— Va falloir que je te dise, Cyrille, que c'est pas des histoires de pêcheurs qui vont changer le cours logique d'une enquête formelle menée avec rigueur.

— Hiiii… Pis moi, va falloir que je te dise, coroner : va donc te faire foutre ! »

La mer battait son tapis éclatant contre l'ardoise dure de la falaise où sont gravés les visages fantomatiques des échoués. Éblouie par la transparence du soleil, brusquée par les cris des goélands, chassée par le désordre nerveux du monde, je ne m'en irais pas sans savoir. Le doc m'avait prescrit d'aller jusqu'au bout, de me dépasser, de ne plus traîner en route de moi-même, alors je ne partirais pas d'ici sans réponse. Pour aller où, d'ailleurs ?

La veille, Cyrille m'avait pointé la maison sur la falaise, aussi n'ai-je pas hésité. En sortant de la cour de Guylaine, j'ai pris à droite sur la grand-route, à droite sur le rang de l'Île, puis encore à droite là où le gravier se sépare en deux pour longer la côte en deux directions opposées. Cinq cents mètres sous les épinettes et elle est apparue. En bois, avec une galerie sur trois faces. Très blanche.

De tous les scénarios que mon enfance avait construits, jamais je n'avais imaginé arriver en fugitive chez ma mère. À l'arrière, il manquait une barrure à la fenêtre de la cuisine d'été. J'ai pu l'ouvrir, l'enjamber sans permission.

Me voilà chez toi, Marie Garant. À forcer ton entrée.

J'ai fait le tour en touchant partout. J'ai erré, étrangère, en cherchant un sens aux pièces de la maison. Je n'avais aucun souvenir associé aux lambris de bois dur. Jamais dévalé cet escalier en courant, jamais vidé le bas du garde-manger ni dormi sous une pile de manteaux de fourrure un soir de Noël. Mes souvenirs d'enfance étaient magnifiques, parfaits, alors pourquoi ressentais-je du chagrin à l'idée de n'avoir pas pu jouir de ceux que la maison évoquait – et qui n'avaient jamais existé ? Car il se passait ceci d'étrange que j'étais nostalgique de ce que je n'avais jamais connu. C'était un passé impossible et aussi mort que cette femme au teint livide retournée par la mer. Comment se faisait-il, alors, qu'il me manquait si intensément, moi que ma famille adoptive avait toujours comblée ?

Dans le salon, d'anciennes cartes maritimes tapissaient le mur : la Gaspésie, la côte est américaine, la mer des Caraïbes. Un hamac suspendu séparait la pièce en deux, par la diagonale. Dans la salle à manger, un autre hamac était replié sur un crochet. Au deuxième étage, une chambre nuptiale. Des livres marins empoussiérés, des vêtements chauds, une pellicule de bruine salée sur les vitres, rien de très personnel.

L'autre chambre, plus petite, avait été préparée pour un enfant. Il y avait, dans les tiroirs, des objets d'une étonnante banalité : des coquillages, des pierres ramassées sur la plage, des morceaux de bois blanchis par le sel. Des objets sans lieu ni date, désormais vidés de leurs souvenirs. Il y avait encore des roches poncées par la mer sur le rebord de la fenêtre, des bouts de bois salés. Et une chaise berçante. Une chaise qui attend, qui a été posée là par un homme qui a souri à une femme, qui lui a déployé toute sa tendresse pour l'y amener, l'y asseoir, pour lui faire un enfant, peut-être, ou vouloir.

J'ai refermé les portes du haut. Pour moi aussi, le hamac suffirait. J'ai descendu l'escalier et c'est là que je l'ai vue. Sur le palier, une photo. Une femme dans la quarantaine et une jeune fille de dix-sept ou dix-huit ans, en noir et blanc, dos à la mer. Ma grand-mère et ma mère à bord de leur voilier et mon visage à moi en reflet dans la vitre. Moi, Catherine Garant, nez à nez avec les miennes. Trois générations de femmes qui se regardent.

Je suis restée longtemps debout devant cette photo. Dehors, la mer frappait toujours la falaise.

Soudain, j'ai entendu une voiture s'avancer. J'ai filé vers la fenêtre. La camionnette de Cyrille est arrivée par le chemin de gravier. Il s'est stationné à l'ombre des grands arbres avant de s'amener avec un sac dans les mains.

« Hiiii… J'ai pensé que t'avais peut-être faim…

— Tu m'as apporté de la bouffe, Cyrille ?

— Du pain, du café, du beurre pis des œufs.

— Je vais brancher le frigidaire…

— Pis, hiiii… mets un chaudron d'eau sur le poêle, j'ai deux homards pour dîner. T'as pas dîné, toujours ?

— …

— Y sera pas dit que, dans la maison de ta mère, on va se mettre à mal manger ! »

Je me suis tournée d'un bloc. Il me fixe tellement fort que ça me fait mal.

« Qui te l'a dit ?

— Le notaire Chiasson. Hiiii… Après, je t'ai cherchée. Renaud raconte que Guylaine t'a chassée de l'auberge. J'ai pensé que tu devais être icitte. »

Un long moment de silence, haché de vagues et de questionnements, s'étend entre nous.

« Hiiii… On va manger les homards avant qu'y vieillissent. »

Cyrille me devance dans la cuisine. Il me montre comment faire cuire le crustacé, en lui caressant d'abord le front.

« Ça va lui mettre la chair plus tendre ! »

Puis nous mangeons dans la cuisine, les fenêtres grandes ouvertes sur la baie.

« Y veut que t'ailles le voir demain. Hiiii…

— Qui ?

— Le notaire.

— Pourquoi ?

— Arrête de te battre avec les pinces ! Hiiii… Tiens, pogne le couteau pis mets la pointe juste là, dans le petit triangle… Bon, vas-y, pousse doucement en tournant. »

Un vent chaud balaie l'air immobile de la cuisine, la ranime.

« C'est pas parce qu'on hérite qu'on a le droit de massacrer des homards !

— Quoi ?

— Hiiii… Y dit que t'as hérité.

— Hérité ? De quoi ?

— De la maison, la p'tite ! Qu'est-ce que tu veux de plus ? Une navette spatiale ? Hiiii… T'as hérité d'un bout de terre en Gaspésie.

— …

— Qu'est-ce que tu vas faire avec ?

— Sais pas. »

Je ramasse le reste des carapaces et nettoie la table pendant que Cyrille, consciencieux dans ses habitudes, se roule un pétard. Nous nous assoyons dehors.

« T'habites où ?

— Montréal. »

Il ricane doucement en soufflant de la fumée.

« Qu'est-ce qu'il y a ?

— Rien. C'est juste que hiiii… chez vous, le fleuve, c'est une rivière !

— Oui.

— C'est quoi, le métier de ton père ?

— Architecte. »

Il hoche la tête, lentement.

« Mes parents étaient architectes, Cyrille. Les deux.

— Hiiii… Comment ça, les deux ?

— Marie Garant m'a laissée en garde légale chez eux quand j'étais bébé.

— Chez le fils Day ?

— Oui. Si ça se trouve, mon père biologique, c'est sûrement un homme d'ici, mais j'ai pas vu de photo de lui dans la maison... »

Il tire une longue inspiration sur le joint avant de répliquer.

« Sont encore vivants, tes parents de Montréal ?

— Non.

— C'est pour ça que t'es venue ? Hiiii... Tes parents sont morts, t'as appris que t'étais adoptée pis t'as voulu rencontrer ta mère ?

— Pas adoptée. En garde légale. Je l'ai pas "appris". Je l'ai toujours su.

— T'es venue pour rencontrer ta mère pis elle est arrivée morte... Hiiii... Tu dois être déçue... »

Je hausse les épaules. La colère, la frustration me montent dans le sang comme une marée d'eaux noires. Oui, c'est vrai : je suis venue en Gaspésie pour rencontrer ma mère, pour parler à Marie Garant, et sa mort me prive de tout.

« Pas déçue, enragée !

— Y'a pas de raison. Hiiii... C'était quelqu'un de bien, ta mère.

— Et mon père ? C'est qui ? »

Il s'étouffe dans sa poffe de marie-jeanne, tousse un long moment et pichenotte le reste du joint qui va s'écraser quelque part sous les marches du perron. Il laisse passer deux vagues, le temps que la mer, qui secoue la grève sans hargne, abatte les souvenirs sur le sable comme une main de cartes victorieuse.

« Hiiii... C'est... compliqué.

— Pourquoi ? Elle était courailleuse ?

— Ta mère couchait pas avec n'importe qui ! Hiiii…

— OK. Alors, explique-moi !

— Qu'est-ce qui était écrit sur ton baptistaire ?

— Alberto.

— Hiiii… Alberto ?

— Est-ce que c'est le nom de ton frère, Cyrille ?

— J'ai-tu une tête d'Italien ? Ben non, c'est pas mon frère ! Hiiii…

— C'est qui ?

— Je le sais pas !

— Écoute, Cyrille… Renaud me l'a dit que Marie Garant était pas aimée, au village. Je l'ai vu aussi dans l'expression de Vital quand il a ramené le corps, et Guylaine m'a chassée ! Faudrait bien un jour que quelqu'un m'explique ce qui s'est passé, au lieu de me faire accroire qu'elle était merveilleuse et belle et fine, tu trouves pas ? »

Il secoue la tête, découragé.

« Pourquoi tu veux pas m'en parler ? »

Il se lève.

« Hiiii… Je pense que c'est pas le bon jour, pour t'aider…

— Pas le bon jour ? Pour qui ? Pour toi ou pour moi ? »

Raide, il descend l'escalier, blessé dans tout son amour.

« Cyrille ! Je quitterai pas la Gaspésie sans savoir qui est mon père ! »

Il hésite.

« Hiiii… T'as quel âge, la p'tite ?

— Vingt-huit ans. »

Il se détourne d'un coup, fâché, marche jusqu'à la camionnette, monte dedans, recule jusqu'à moi. Par la fenêtre baissée, il me jette deux phrases de colère.

« Ça paraît que ton père était architecte ! Hiiii… Si y'avait été pêcheur, y t'aurait appris à mieux mentir ! »

Il donne un coup d'accélérateur et la camionnette vire dans l'entrebâillement des épinettes, me laissant un rideau de poussière dans les yeux.

3
Les quais et les amarres

L'Alberto (1974)

Avant même d'entrer dans la baie de Mont-Louis, de l'autre côté du brisant, il avait déjà repéré le mât, remarqué que le voilier avait changé de place et envisagé le pire. Parce que, à trente-trois ans, O'Neil Poirier commençait à désespérer de repêcher une femme comme ça dans ses filets.

C'est pas qu'il aimait pas les femmes (quand même : il était marin !), non, c'est juste qu'il fallait savoir parler. Pour aiguiser les mots, affiler les phrases et sabler les virgules, ça prend des outils délicats, et le doigté des sculpteurs pour glisser sa main sur la rondeur délicate d'un tour de taille féminin. C'est un travail d'artiste et lui, O'Neil Poirier, il a jamais eu que le courage de l'eau et des couteaux à pêche. Il savait mieux jaser à la mer qu'aux demoiselles. Mais avec elle, ça serait plus… plus facile, il en était bien certain. La femme du voilier, elle était pas comme les autres. Des p'tites mères, il y en avait, et des pas piquées des vers, ça, oui, monsieur. Mais une comme celle-là, qui sait naviguer seule, qui perd ses eaux en mer et à qui tu coupes le cordon avec l'éventreur à morue, ça, il en retrouverait pas de sitôt. Il la laisserait pas filer, celle-là, non, monsieur.

Et peu importe quel marin d'eau douce était le père de son enfant ! Lui, il en voulait des bébés, O'Neil Poirier, et sept, encore, beaux et bronzés dans le soleil de l'été ! Il leur apprendrait la pêche, à ces enfants de la mer, à mailler le filet, à accoster le bateau, à descendre les oiseaux dans la vague.

En approchant le brisant, en ce début de septembre, le pêcheur de *L'Alberto* a le cœur à la houle. O'Neil Poirier, c'était un homme courageux, certes, mais sensible, aussi. Il avait vu que la femme du voilier était seule, mais surtout, qu'elle était belle.

Le choix des amarres (2007)

Cyrille, il disait que les jours marins, ils ne se comptaient pas comme les autres, en tournage d'aiguilles dans le boîtier de l'horloge. Les jours marins, ils se traversent en cages descendues et relevées, en matins plats ou fortes houles, en nœuds et brouillards inattendus. Ils s'étirent en départs retardés, en arrivées espérées, en amarres brisées.

« Le sergent Moralès vous a trouvée ?

— Non. »

Le gros homme débonnaire a hoché trois mentons satisfaits. Pour arriver au bureau du notaire Chiasson, il m'avait fallu prendre à droite, le long de la galerie de bois, contourner la maison familiale et frapper à la porte de ce qui avait dû, jadis, servir de cuisine d'été.

« C'est un emmerdeur, comme tous les autres. Je déteste les enquêteurs. Ils veulent lire les testaments avant les héritiers, ils posent des questions indiscrètes. Ils cherchent des anguilles dans la boue. »

Il m'a offert une chaise et s'est assis à son bureau, pas pressé, mais officiel.

« Je ne crois pas qu'il ait un mandat contre vous.

— Tout le monde raconte qu'il me cherche. Si je ne vais pas le voir, je finirai par avoir l'air d'une coupable qui se cache.

— Les faits identifient les coupables, mademoiselle Garant, pas les airs. »

Besogneux, il a sorti une liasse de papiers de son bureau dont il a entrepris de me faire une lecture aussi pointilleuse qu'officielle, témoignant ainsi qu'il avait bénéficié de l'éducation classique des jésuites. Je devais signer un peu partout le droit d'hériter, mais il m'entretenait, mentons clapotants, de propos notariés circonstanciels.

« Considérez-vous chanceuse : certains legs viennent avec des exigences testamentaires parfois douteuses, ce qui n'est pas le cas ici. »

J'ai haussé un sourcil ironique.

« Faut avouer que Marie Garant aurait été mal venue de vous forcer à des obligations filiales…

— En effet.

— À l'inverse, certains héritiers s'emprisonnent parfois eux-mêmes dans d'étranges résolutions personnelles, alléguant que leur père ou leur mère aurait aimé qu'ils fassent ceci ou cela. De ceci et cela aussi, vous êtes libre.

— Oui. »

Enfin, il m'a tendu les papiers.

« Signez ici, et ici. Initialisez ici et signez là. L'enquête devrait se terminer bientôt. Quand ils lèveront les scellés sur le bateau, vous pourrez en disposer. »

J'ai signé partout, puis j'ai posé le stylo.

« Monsieur Chiasson ? Vous savez où je peux trouver mon père ? »

Interloqué, il a ouvert la bouche, laissant pendre ses trois mentons dans le vide.

« Pardon ?

— Marie Garant s'est mariée avec le frère de Cyrille Bernard. Vous savez où je peux le trouver ?

— Vous avez discuté avec Cyrille ?

— Un peu… »

Il a voulu se faire rassurant, s'est levé, a contourné ses piles de papiers et a glissé une fesse rondouillarde sur le coin patiné du vieux bureau massif qui en avait pris l'habitude accueillante.

« Mademoiselle Garant… je doute que Lucien Bernard soit votre géniteur. Cyrille est un bon ami à moi et je préférerais qu'il vous raconte lui-même cette histoire. Autrement… »

Il prend un papier et note quelque chose.

« Vous pourriez peut-être aller voir Yves Carle.

— Yves Carle ? C'est qui ?

— Vous devriez, même.

— Pourquoi ? »

Il penche une tête songeuse sous laquelle roulent ses mentons houleux.

« Quand il a appris le décès de votre mère, Yves Carle est allé à la recherche du voilier. C'est lui qui l'a trouvé.

— Et alors ? »

Par-dessus ses lunettes ensourcillées, il braque sur moi les yeux du gros bon sens évident.

« Écoutez… Je crois qu'il y a une loi en mer qui dit que, quand on trouve un voilier abandonné, on peut le garder.

— Il veut le garder ?

— Yves Carle, c'est un grand marin. Il a trop aimé Marie Garant et il respecte trop *Pilar* pour faire une telle chose.

— Il aimait *trop* Marie Garant ?

— Je lui ai parlé, ce matin. Allez le voir. Je vous ai noté son adresse ici. »

Il me tend le papier, et une enveloppe qui traînait sur son bureau. Une enveloppe décachetée sur laquelle mon nom est écrit d'une main appliquée.

« J'ai dû l'ouvrir parce que l'enquêteur en a exigé une copie. J'en suis désolé. »

J'ai saisi l'enveloppe, me suis levée, l'ai glissée dans mon sac.

« Merci pour tout, monsieur Chiasson. »

Affable, il m'a reconduite jusqu'à la porte, m'a saluée d'un clin d'œil et d'une bonhomie triplement mentonnée.

« Vous ressemblez à votre mère, mademoiselle Garant !

— C'est un compliment ?

— Elle aurait répondu la même phrase. »

Les mains vides mais des papiers plein mon sac, j'ai relongé, en dérive, le perron trop long vers la mer.

Je suis passée au chalet, mais Cyrille n'y était pas. J'ai pensé que, de toute façon, le vieux pêcheur n'aurait peut-être pas voulu répondre à mes questions aujourd'hui non plus.

Jérémie, le grand Amérindien, attachait des cages sur le dos de sa camionnette. Il portait une grande salopette très orange, voyante. Il m'a fixée dans les yeux. L'après-midi tirait à sa fin. J'ai hésité, puis j'ai fouillé dans mon sac et j'ai sorti le papier du notaire. Yves Carle. Il venait faire quoi, dans mon histoire, celui-là ? J'ai lu l'adresse et j'ai roulé vers l'est.

Le marin habitait une maison à l'ancienne, avec un toit pentu comme celui de Marie Garant et une galerie qui soupirait d'aise devant la mer. J'ai arrêté la voiture dans l'allée, pas trop loin de la route, gênée d'entrer sous les arbres.

À droite, près du cabanon, une femme dans la soixantaine rempotait des plantes d'intérieur. Elle a tourné son chapeau rouge vers moi, avec un visage doux et plein d'humour.

« Vous êtes la fille de Marie Garant ?

— Si on veut… »

Elle m'a scrutée attentivement.

« Oh. Même si vous ne vouliez pas, vous y ressemblez trop pour dire le contraire. »

Elle a enlevé un gant et a avancé une main fripée.

« Mes condoléances, mademoiselle. »

Lentement, j'ai pris sa main. C'était la première fois que quelqu'un m'offrait des condoléances pour le décès de Marie Garant et ça me donnait tout à coup l'impression que cette mort me concernait.

« Vous la connaissiez ?

— Oh. Je ne suis pas certaine que quelqu'un connaissait Marie Garant.

— J'aurais aimé qu'on m'en parle…

— Ne vous inquiétez pas : tout le monde va vouloir vous en parler. Moins on en sait, plus on peut en inventer. »

Un clin d'œil et elle a pointé, avec une petite pelle à rempotage, le bord de mer.

« Yves est au bateau. »

Au bout du terrain, un quai unique pointe vers le large ; un voilier y est amarré. J'avance jusqu'à lui. Debout dans le cockpit, l'Yves en question s'affaire sur un winch. Cheveux blancs, yeux bleus, mains larges.

Il travaille minutieusement, concentré. Nous restons un moment en silence. Je sais, pour avoir passé pas mal de temps dans les marinas, que déranger un marin pendant qu'il besogne sur son bateau est une très mauvaise idée. Sans lever les yeux, il envoie une phrase sur le quai comme on jette un paquet de linge sale sur le plancher du sous-sol.

« *Pilar*, c'est un Alberg 30. 1970. Il est pas jeune, mais c'est un bon bateau. Il sera facilement revendable, surtout que Marie Garant a tout remis à neuf dans les dernières années: l'allgrip sur la coque, le moteur, les voiles, les winches, l'électronique, ça date à peine de deux ou trois ans…

— Le vendre? Pourquoi? »

Il lève la tête, me regarde, de haut en bas. Cyrille m'a déjà fait le coup, je ne bronche pas.

« Tu navigues, Catherine Garant?

— Jeune, j'ai navigué. Mon père, c'était François Day, de New Richmond. »

Il plisse des yeux attentifs.

« Le fils de Henri? T'es la petite-fille adoptive d'Henri Day?

— Adoptive, oui. »

C'était impossible qu'un marin d'ici n'ait pas entendu parler de mon grand-père. Il avait été architecte naval et navigateur de gros temps, du genre qui aimait les tempêtes. Il était jadis parti en mer et n'était pas revenu. Sa femme avait amené son fils, François, à Montréal, pour l'éloigner de l'eau.

« Mon père a toujours eu un voilier. On naviguait le lac Champlain. Il l'a vendu sur le tard.

— Tu l'as pas acheté? »

Non.

« J'aurais dû, mais mon conjoint de l'époque détestait la voile.

— Tu veux amener *Pilar* sur un lac? »

Ni oui ni non.

« Je n'ai jamais navigué la mer. Je ne sais pas si je suis faite pour ça… »

Il a l'air déçu.

« Ça, y'a juste toi qui sauras le dire. »

Il se remet le nez dans le winch.

« Avec un bateau pareil, je peux aller jusqu'où ? »

Un signe de tête vers l'est.

« Par là, tu peux faire le tour du monde, si tu veux. »

Je ne comprends pas trop ce que je fais ici.

« Merci de m'avoir ramené *Pilar.* »

Haussement d'épaules. Il ne me laisse pas grand-chance, mais j'hésite à partir.

« Et vous, Yves Carle ? Vous l'avez fait, le tour du monde ?

— Pourquoi tu veux savoir ça ?

— Le notaire m'a dit que vous naviguiez. »

Il fait rouler le mécanisme.

« Qu'est-ce qu'il connaît là-dedans ? C'est le seul gars de la Gaspésie qui aime pas le poisson ! »

De bon cœur, je me mets à rire.

« Qu'est-ce qu'il a, votre winch ?

— Rien. J'y fais un graissage de vieux qui veut pas trop forcer. »

Il relève la tête et me fait un sourire doux. Enfin. Les Gaspésiens se gagnent un à un.

« Quand j'étais jeune, on habitait à Percé. Mon père avait acheté deux vieux bateaux de pêche. On emmenait du monde sur l'île Bonaventure. J'étais passeur. J'avais autour de trente ans quand j'ai acheté mon premier voilier.

— C'était quoi ?

— Un Jeannot 25. Je l'ai eu trois ans. »

Du tournevis, il pointe le cockpit ou le mât, vaguement le pont, tout ça.

« Après, j'ai acheté mon Bénéteau.

— Et le prochain, ce sera quoi ?

— Le prochain ? J'ai soixante-huit ans. Le prochain, ce sera la chasse-galerie. »

Il tripote le winch, encore un peu.

« Y'a une couple d'années, j'ai traversé aux Îles-de-la-Madeleine. Je suis jamais allé plus loin.

— Pourquoi ? »

Il soupire, comme si je ne comprenais pas vite ou que la vie était trop lourde.

« J'avais vingt-deux ans quand je me suis marié. »

Entre les pilotis du quai, l'eau murmure.

« T'as rencontré ma femme, en arrivant ?

— Oui.

— Elle a jamais aimé ça, la voile. »

À peine un clapotis.

« Je m'étais dit que je partirais quand même, à ma retraite, mais deux ans avant, ils m'ont fait trois pontages coronariens...

— Et aujourd'hui ? »

Il regarde le winch, les mains inutiles.

« Y'aurait fallu que je parte avant. J'aurais pu. J'aurais pu aller dans le Sud et réparer des moteurs de bateaux... Quand tu sais quoi faire de tes mains, tu peux aller n'importe où. Il m'aurait fallu une occasion pour me décider. Ou une femme...

— Il est trop tard ? »

Il fait semblant de jouer encore avec le winch, mais je vois bien que c'est terminé.

« Oui. Y'a des âges pour partir. Si tu pars pas dans l'âge de l'aventure, tu pars pus. »

Un froissement, une onde douce contre la coque.

« Si j'étais parti, je serais jamais revenu. Ça fait que je suis resté.

— Pourquoi ? Pour votre femme ? »

Il hésite.

« As-tu des enfants, Catherine ?

— Non. Et vous ? »

Il me fixe ardemment quelques secondes avant de détourner les yeux.

« Deux. Pis mon plus vieux a une fille. Je suis grand-père. »

Yves Carle lâche enfin son winch et s'appuie dos à la descente, en regardant vers le sud-est, du côté où ç'aurait pu être possible.

« Elle s'appelle Camille. C'est moi qui lui ai donné sa première bicyclette. J'ai posé une clochette et Thérèse a ajouté des guirlandes de couleur sur le guidon. Quand la petite vient à la maison, elle passe ses soirées à virer en rond dans la cour, avec sa clochette et ses guirlandes. Depuis deux ans, elle embarque avec son père pis moi, en voilier. L'année dernière, on l'a emmenée faire le tour de l'île Bonaventure. D'ici, ça prend trois jours. »

Il dépose les phrases une à une, doucement, sur le quai.

« Elle a huit ans, Camille. Quand elle passe à la maison, elle laisse des traces de doigts partout pis ça prend toujours une couple d'heures avant qu'on se décide à nettoyer. »

Il se tourne vers moi, étend l'eau marine de son regard jusqu'à l'azur de mes iris.

« Nos vraies amarres, Catherine, elles sont pas faites en nylon. Et elles sont pas largables.

— Ma mère, ça ne l'a pas empêchée de partir. »

Il baisse les yeux, cherche à s'affairer ailleurs. Il se rappelle le winch, qu'il referme. Il range les outils dans un petit coffre, s'essuie les mains et me fait signe.

« Embarque. On va jaser. »

Je vérifie mes semelles, j'attrape le hauban et monte à bord. Je sais qu'il m'épie et je ne veux pas faire une idiotie de débutante, me prendre les pieds dans les filières ou rouler sur les écoutes de génois.

Je m'assois dans le cockpit pendant qu'il entre le coffre à outils dans le carré et c'est là, de l'intérieur du voilier et dos à moi, qu'il ouvre ma boîte de Pandore.

« Sais-tu pourquoi Marie a remis *Pilar* en ordre au lieu d'acheter un nouveau voilier ?

— Non.

— C'est beaucoup d'investissement pour un vieux voilier... T'as pas idée pourquoi elle y tenait ?

— Non... »

Il revient vers moi.

« Parce qu'elle t'a accouchée dessus. »

L'eau se tait.

« Comment vous savez ça ? »

Haussement d'épaules.

« Pas dur à imaginer : elle était soit ici, soit en mer. Personne savait qu'elle était enceinte. Elle a dû t'accoucher en cachette. »

Il monte dans le cockpit, s'assoit en face de moi. Plusieurs vaguelettes passent sans que je les compte.

« T'as visité *Pilar*, Catherine ?

— Pas encore.

— Y'a une cabine de barreur. Ces bateaux-là, les Alberg 30, ils ont pas de cabine dans la poupe. Ça veut dire que Marie l'a fait aménager parce qu'elle prévoyait de naviguer avec quelqu'un.

— Elle avait peut-être un amoureux...

— Quand t'as un amoureux, tu le gardes dans ton lit ! Tu fais aménager une cabine pour la visite. Ou pour ta fille.

— Elle m'a jamais invitée !

— Non. Pis moi, j'ai jamais eu le courage de partir. Mais ça veut pas dire que j'en ai pas rêvé toute ma vie. »

Les plis d'eau se défroissent.

« Qu'est-ce que tu vas faire, avec *Pilar* ?

— Je vais commencer par le remettre à l'eau.

— C'est sûr qu'un parking, c'est pas une place pour un bateau. »

Il se lève.

« Tu veux-tu une bière ?

— Il est quelle heure ?

— J'ai posé ma question en premier.

— OK. »

Il redescend dans le carré et me tend deux cannettes.

« J'ai des vieux cordages à lover. Ça te dérange-tu que je fasse ça en jasant ?

— Non. »

Il envoie un tas de cordages dans le cockpit pendant que j'ouvre les bières. Il ressort.

« J'ai tout changé hier : les drisses, les bosses, les écoutes. Tant qu'à faire.

— Vous allez jeter ceux-là ?

— Non. C'est toujours utile, des cordages inutiles à bord. »

Nous lovons ses câbles, buvons nos bières.

« Ta mère, elle naviguait. Elle l'a mené loin, son *Pilar*... Elle filait vers le sud. Je pense qu'elle a même traversé aux Canaries. Quand je voyais Marie hisser ses voiles, je l'accompagnais un peu vers le large et je revenais chez nous. »

Il dépose une glène, boit une gorgée de bière.

« T'es déçue. T'es venue ici pour trouver un grand marin pis y'a juste un grand-père...

— Si j'avais trouvé un tel homme ailleurs, Yves, la mer m'appellerait peut-être pas autant…

— Tu veux partir ? »

Je lovais une drisse dans ma main gauche.

« Je sais pas pourquoi je resterais.

— Plus tu vas tarder, Catherine Garant, moins tu vas partir.

— Si je pars, Yves Carle, je tarderai pas. »

Il a hoché la tête.

« Vous connaissiez la route qu'empruntait ma mère ?

— Non. Elle doit être en mémoire sur son GPS, mais l'enquêteur est parti avec. Il a pris le GPS, le livre de bord, les souvenirs. Son équipe a mis ça dans une boîte, puis lui, il a flanqué la boîte dans son coffre d'auto, comme si c'était une caisse de bières vides. Les objets d'une morte… T'imagines ?

— J'aime mieux pas.

— Ça va t'obliger à choisir ta route toi-même.

— On verra. »

Nous avions fini de lover les cordages. Yves Carle a assuré les glènes et les a serrées dans le coffre arrière. Le marin aux yeux bleus se penche dans le carré, flanque les cannettes vides dans l'évier du bateau, il monte sur le passavant où je m'avance à mon tour, pour débarquer.

« Quand est-ce que tu pourras reprendre le voilier ?

— Je sais pas. Je dois attendre la fin de l'enquête. Le notaire croit qu'ils lèveront les scellés bientôt. »

Il a l'air sérieux tout d'un coup, préoccupé, presque mal à l'aise.

« L'enquêteur de la ville pense qu'elle a reçu un coup de bôme derrière la tête qui l'aurait envoyée à l'eau. Ils attendent sûrement le rapport d'autopsie pour confirmer l'hypothèse de l'accident.

— Je l'ignorais. »

Il saute sur le quai, me tend la main. Je la prends et débarque.

« Yves ?

— Oui ?

— J'aurai besoin de vous, au quai du Ruisseau-Leblanc. Tôt, un matin. Vous pourrez venir ?

— J'y serai. »

Nous longeons le quai en silence.

« Catherine…

— Oui ?

— C'est pas comme ça que ta mère est morte. »

La mer est d'huile.

« Quand on ira au voilier, je t'expliquerai. Si tu veux savoir.

— Quand on ira au voilier, je voudrai savoir. Oui. »

Thérèse avait fini de rempoter ses plantes et je n'ai croisé personne en retournant à ma voiture.

Dire que l'enquêteur Moralès était fin soûl quand il rentra chez lui serait à peu près un euphémisme. Il s'était littéralement fait paqueter la fraise par le curé Leblanc qui (en vérité) avait trouvé en Joaquin l'âme charitable d'un buveur débutant à qui on peut aisément soutirer les frais de quelques petites tournées, pour l'amour des femmes et du bon Dieu. Le vieux coroner avait encouragé cette fête amicale en acceptant de bon gré (va falloir que je vous remercie) quelques coupes efficacement remplies, on l'aura deviné, par l'impayable Renaud Boissonneau qui (j'm'en vas vous dire) trouvait que l'inspecteur avait pas mal meilleure mine avec un p'tit verre dans l'nez !

Il est rentré à l'heure où le souper commence à se servir tard, conduisant une voiture rendue scandaleusement vacillante jusque dans le bosquet, au coin de sa cour. Secoué par la rangée de cèdres, il a sagement laissé l'auto s'adapter à son nouvel environnement pour continuer à pied, trébuchant dans les orties.

Il ouvre la porte, jette son veston fané sur la première pile de boîtes, se tâte les poches : où est allé son cellulaire ? Car il fallait appeler Sarah. Maintenant ! Il allait lui dire, à sa chipie de femme, qu'elle devait arrêter son cirque et descendre ici, en Gaspésie ! Oui ! Il sort de la maison, retrébuche dans les orties, revient à la voiture, cherche à tâtons, ne trouve rien. Puis se souvient que le téléphone doit être dans la poche de son veston.

Mais où est ce foutu veston ?

La question demande réflexion… Il l'a pourtant vu dernièrement… Joaquin Moralès retourne vacillamment dans la maison, trouve ledit veston sur la pile de boîtes de l'entrée et pense, soudainement foudroyé par un éclair de génie, qu'il vaut peut-être mieux prendre une douche et remettre de l'ordre dans ses idées avant d'appeler ladite Sarah.

Il se déshabille et s'installe sous le jet tiède. Est-ce l'ivresse, la chaleur du soir, l'eau qui glisse en caresses longues sur sa peau ? Il se sent soudain excité. Ça fait des mois que sa femme fait chambre à part. Des mois ! Il en a touché mot au curé et ce dernier a péremptoirement confirmé que c'était inacceptable. Il a même demandé un autre verre de vin laïc, pour faire passer ça. Le coroner a ajouté qu'une femme, faut que ça veuille ! Sur quoi, Renaud avait bégayé et rempli les verres.

Tout le monde était donc d'accord que ça suffisait, y compris Joaquin Moralès. Sarah, plus jeune, avait eu le corps chaud et l'envie pressante. Il s'agissait sûrement d'un malentendu ! Il suffisait peut-être simplement de réveiller le désir endormi…

Joaquin sort de la douche, nu et excité comme l'Adam devant l'Ève, s'essuie à peine, prend le téléphone et appelle sa tendre moitié, la voix rauque et le corps tendu. Il paraît qu'il y en a, des couples, qui font ça au téléphone… Alors pourquoi pas eux ? Il a envie de ça : de se sentir désiré par une femme, la sienne, d'entendre les gémissements de l'amour. Et de jouir. De jouir dans la nuit gaspésienne qui s'étend là, de jouir dans l'horizon bruissant des vagues échevelées !

D'une main, il signale ; de Longueuil, elle répond.

Pourquoi les attitudes rigides de la vie ne prennent-elles pas parfois la courbe cambrée du plaisir ?

Alors qu'il fantasmait sur de petits soupirs murmurés, sur des mots inintelligibles, sur son prénom rauque et décomposé en halètements bredouillants, Joaquin a droit à l'ordinaire dégrisant des « Qu'est-ce que tu me dis là ? », des « Tu te crois drôle ? » et des « Arrête ça, je te parle ! » Puis s'entame le défilé des conjugaisons : « Tu ne m'as jamais comprise ! Tu ne me comprends jamais ! Tu ne me comprendras jamais ! », qui s'accumulent dans les draps froissés du lit et qui ratatinent son désir. On aura beau dire, les répliques traditionnelles des chicanes de couple ont la vie longue, le cliché facile et la couenne dure !

Lorsqu'elle aborde les préoccupations des derniers jours, qu'elle explique enfin les raisons de son arrivée retardée et qu'elle prononce le nom de Jean-Paul Lemire, Moralès bondit définitivement hors du lit, enfile un jean et descend au salon.

« … parce que Jean-Paul dit qu'ils aiment mon travail, que le contraste entre la lourdeur des câbles et la légèreté des structures leur rappelle l'impossibilité quotidienne à s'envoler et, à la fois, l'envie de le faire… »

Il a mis une bouteille de blanc au frais, hier…

« Est-ce que tu m'écoutes ?

— Bien sûr, chérie… »

Il ouvre le frigo, regarde la bouteille, hésite, referme la porte. Il regrette. Il regrette d'avoir appelé, il regrette sa soirée d'homme solitaire, il regrette son désir perdu, il regrette tout.

« Jean-Paul dit que je devrais rencontrer ces collectionneurs. »

Pourquoi, au tournant de la cinquantaine, les femmes qu'on a toujours connues heureuses, paisibles et fidèles, veulent-elles tellement devenir des artistes ? Pour s'accomplir ? Est-ce qu'il s'accomplit tant que ça, lui ?

« Alors, tu comprends, il faudrait que je reste encore un peu.

— Avec Jean-Paul. Oui, chérie, je comprends, maintenant…

— Ce n'est pas ce que tu crois, Joaquin ! Il faudrait que je repense plus globalement ma carrière, que je m'ouvre sur l'international. Il faudrait aussi que j'aille visiter…

— Sa chambre ?

— Ne sois pas mesquin, je t'en prie.

— Mesquin ? Sarah, ça fait des mois que tu fais chambre à part sous prétexte que…

— Ça n'a rien à voir avec Jean-Paul et tu le sais très bien ! Je t'ai expliqué, Joaquin : il faut que je sublime mes énergies libidineuses en œuvres créatrices et…

— Et moi, je suis censé sublimer ça comment ? J'aimerais ça que t'en parles à Dji-Pi, voir s'il aurait pas une théorie là-dessus. »

Pourquoi est-ce que ça finit ainsi ? Il l'a appelée, éméché et excité. Il a appelé sa femme, Sarah, il a espéré… quoi ? Un coup de fil érotique, oui ! Et elle aurait pu faire un effort ! Elle aurait pu s'oublier un instant, elle aussi ! Au lieu de quoi, il a droit à… Qu'est-ce qui s'est passé pour qu'ils en arrivent là ?

« Écoute, Joaquin : tout est réglé. Les enfants vont m'aider, avec les déménageurs…

— C'est pas les meubles que je veux, c'est toi, Sarah ! Écoute : il y a peut-être moyen d'organiser ça à distance ? Ton agent pourra…

— Pas mon agent, Joaquin, mon galeriste !

— Dji-Pi.

— Tu ne l'aimes pas, mais il fait un excellent travail.

— Il veut juste te mettre la main au cul !

— Joaquin, tu es insultant pour mon art et…

— Depuis des mois, tu es insultante pour notre couple, Sarah. »

C'est là que la sonnette d'entrée retentit.

« De la visite ce soir, Joaquin ? Tu ne t'ennuies pas tant que ça à ce que je vois !

— Tu es ridicule ! Je… »

Elle raccroche.

Brusquement, il ouvre la porte, à moitié nu, les cheveux en désordre, l'œil noir.

Quand l'enquêteur Moralès a ouvert la porte, j'ai reculé de deux pas.

« OUI ? »

Il avait l'air enragé.

« Vous… vous allez bien ?

— Qu'est-ce que vous voulez ?

— Vous êtes l'enquêteur Moralès ?

— Oui.

— Je suis la femme que vous cherchez. »

Il a figé, m'a fixée droit dans les yeux.

« Pardon ?

— Je suis Catherine Garant. »

Ça, c'est l'imprévu qui arrive.

« Heu… Qui vous a dit que j'habitais ici ?

— Vous êtes en Gaspésie, monsieur Moralès. Pour l'anonymat, faudrait déménager ailleurs.

— Oui. Je… Heu… Vous avez raison… Entrez. C'est le bordel, mais entrez. Excusez-moi… Heu… Je sors de la douche et… »

Maladroitement, il va enfiler un chandail et revient, titubant, en plaçant ses cheveux avec ses mains.

« Il paraît que vous me cherchez partout. Je ne suis coupable de rien. Je suis venue vous le dire. »

Il inspire longuement, mal à l'aise. On dirait qu'il a bu.

« Oui, je vous cherchais… Je voulais vous voir, c'est normal, parce que votre mère est décédée dans des conditions obscures et, puisque vous êtes l'héritière… »

Il tâte les mots, un à un, hésite à me les tendre.

« De plus, vous n'habitez pas la Gaspésie. Alors, qu'est-ce que… Heu… Catherine Garant, qu'est-ce que vous êtes venue faire ici ? »

Debout dans l'entrée d'un salon encombré de boîtes, la question se pose, en effet.

« Je suis venue en Gaspésie dans l'espoir de rencontrer Marie Garant. J'en ai parlé à Renaud Boissonneau, le jour de mon arrivée. Il a dit qu'elle n'était pas aimée, alors je n'ai pas insisté. Le village est petit, j'espérais la trouver par hasard. J'aurais préféré la rencontrer vivante, croyez-moi.

— Pourquoi vouliez-vous la rencontrer ?

— Votre question est étrange. Je n'ai pas connu ma mère. J'aurais voulu lui parler, au moins une fois dans ma vie. »

Un faux mouvement et Joaquin Moralès valse, deux pas sur le côté.

« Vous allez bien, monsieur Moralès ?

— Oui, oui… »

Ramassant une dignité éméchée, il contourne les boîtes éventrées pour s'accouder à la cheminée, comme on pourrait s'imaginer que Sherlock Holmes l'aurait fait, jadis, avec un ballon de whisky, dans un salon anglais aux fenêtres décorées de rideaux de damas rouge. Sauf que là, le désordre du déménagement enlève toute dignité à la scène.

« Pour l'instant, la thèse la plus probable est celle de l'accident… »

J'ai pensé aux derniers mots d'Yves Carle.

« Il paraît que Marie Garant connaissait trop la mer pour avoir un accident.

— Vous êtes naïve. Ça veut dire quoi, "*connaître la mer*" ? Des potins de village. On parle d'une enquête policière, ici. La victime avait une marque derrière le crâne, probablement due, l'autopsie le confirmera, à un coup de bôme de grand-voile. »

Il avait acquis un vocabulaire marin, ça se voyait. Il le dégustait comme un fruit exotique, tentant bravement d'offrir une chance à son orgueil.

« Marie Garant revient du Sud, fière de ses milles marins, mais vieillie. Elle veut rentrer au village en grande forme, en mettre plein la vue, mais la journée a été longue, aussi décide-t-elle de passer la nuit à l'abri des regards et d'accoster le lendemain, pour saluer les pêcheurs en sautant sur le quai d'un pas souple et avoir l'air jeune. Elle s'ancre donc au Banc-des-Fous. La météo s'annonce douce, elle connaît le coin, pas de danger en perspective. Mais elle a trop forcé sur le voyage de retour, son âge lui joue un sale tour, et elle est épuisée.

Une mauvaise vague passe et, quand la bôme qu'elle a mal amarrée lui arrive dessus, elle n'a pas le temps de se ranger. Frappée à la tête, elle tombe par-dessus bord, se noie, et son corps dérive jusqu'au filet du pêcheur Bujold.

— C'est une possibilité.

— La garde côtière n'a enregistré aucun appel. Les relevés de cellulaire non plus. Tout le monde ignorait qu'elle rentrait chez elle. Aucune empreinte sur le voilier, sauf les siennes ; rien qui puisse justifier d'autres hypothèses.

— Très bien. Dans ce cas, inutile de poursuivre cet entretien. »

Je me suis apprêtée à partir.

« À moins que vous possédiez d'autres indices ? »

J'étais de dos quand il a dit ça.

« Des indices ?

— Car il y a évidemment d'autres hypothèses : le suicide, le meurtre... À ce sujet, je me méfie comme d'une plaie poisseuse des héritières aux yeux de biche qui noient leurs aïeules dans leur bain ou les poussent devant des camions-remorques... »

Je me suis immobilisée, puis tournée vers lui, hérissée.

« Pardon ?

— Sans parler des hommes jaloux. Vous savez qui est votre père ?

— Non. Et vous ?

— Non plus. Mais il est possible que Marie Garant ait eu plusieurs amants... »

À mesure qu'il parle, Moralès regrette. Pourquoi dire tout ça ? Parce qu'il est encore sous le coup de la frustration ?

« Je crois que vous avez trop bu, enquêteur. Je vais vous laisser mon numéro de cellulaire et rentrer chez moi.

— Non ! »

Soudain, il a honte.

« Non... »

Il quitte d'un coup sa cheminée et son air pompeux pour redevenir un homme ordinaire, à bout de souffle.

« Mademoiselle Garant, je... Heu... »

Il passe une main réconciliatrice sur son visage et s'approche de Catherine.

« Vraiment, je vous demande pardon. Je suis grossier.

— Et ridicule.

— Oui. En fait... depuis que je suis arrivé ici, tout m'échappe : le déménagement, l'enquête... Je... heu... je devais décharger des boîtes tranquillement, faire du jogging, m'installer, relaxer... Mais ça ne se passe pas comme ça et...

— Désolée pour vous.

— Je m'apprêtais à manger un homard... Vous avez faim ? On peut le partager... »

À quoi il joue, au juste ? À se venger de Sarah ? Même pas. Il se sent vieux et ridicule, et il aurait juste besoin qu'une femme lui dise oui. Pour un souper. Qu'elle accepte son invitation. Est-ce si stupide que ça, d'avoir envie de plaire un peu ? Bon Dieu, est-ce trop demander ?

« J'ai une bonne bouteille de blanc au frais... »

J'hésite. Moi, Catherine Garant, qu'est-ce que j'attends, debout dans le cadre de porte ? Ça fait longtemps qu'on ne m'a pas invitée à souper et, au fond de moi, oui, j'ai envie d'abandonner l'ordre solitaire de ma vie, de regarder un homme me tendre la nappe du soir sur le sable de l'océan et de laisser la nuit nous envelopper.

Il caresse tendrement le homard et le glisse dans l'eau bouillante. Une dizaine de minutes de cuisson. Nous attendons presque en silence, avant de nous installer dehors, sur la terrasse. Le soleil s'incline sans se presser et la mer, en bas de la falaise, embrasse les pierres de son ressac soyeux. Joaquin Moralès est un peu ivre, ça se voit à l'hésitation quand il marche, mais il casse la carapace sans m'asperger de jus poisseux et me tend les morceaux avec délicatesse.

« Vous venez d'où, monsieur Moralès ?

— Du Mexique. »

Pour la première fois depuis des années, il n'a pas répondu : « De Longueuil. » Sans s'en apercevoir. Et, toujours inconsciemment, occupé à décortiquer le homard, il se met à parler de la mer, du Sud, de Mexico, du bruit qui perdure toute la nuit, des odeurs de ville qu'il fuyait, adolescent, vers un Cancún plus beau qu'aujourd'hui, sans touristes ni hôtels de luxe. Il y avait le sable brûlant sous tes pieds et le soleil qui séchait ta peau salée par l'eau transparente. Les femmes, belles et bronzées, avaient des rires blancs comme des ailes d'ange et elles jouaient, en bikini de couleurs vives, dans les vagues. Tu les invitais pour la tequila du soir et elles dansaient, magiques, sur les guitares de passage...

Quand il parle de cette mer et de la peau dansante de la nuit, un accent du Sud lui revient, un accent qu'il a appris à trahir dans la froide banlieue de Longueuil et que le soir marin ranime tout entier : les « r » roulent dans le ressac, les « u » s'assouplissent en « ou » ondoyants, les « on » se féminisent, s'étirent, soupirent.

L'alcool le détend, il perd de l'enquêteur et redevient l'homme rieur qui lançait dans le soleil orange de l'ouest de grands gestes enthousiastes qu'il rattrape, fait tournoyer le temps d'une valse et déposera délicatement contre le plat lissé de la nappe. Des gestes doux et amples.

Le crépuscule vire au bleu, calme, lumineux d'un quartier de lune, et il propose une marche sur la plage. L'onde chuchote, paisible et discrète, des histoires lointaines dans une langue étrangère.

Ils errent un moment, en silence, puis reviennent sur leurs pas, remontent l'escalier jusqu'au balcon. Le vent catabatique de la nuit descend des montagnes et souffle sur leurs visages une odeur de chlorophylle épineuse et d'écorce humide.

« Près de la mer, entre la falaise et les arbres, il y a, tous les matins, une brume ambiante qui couvre les feuilles. On dirait un voile qui camoufle le visage de la côte, comme le sourire timide d'une jeune mariée. Au Mexique, quand le soleil se lève, il m'arrivait de n'avoir envie de rien, de flotter dans l'absolue nonchalance du vent qui caresse la berge, longe la grève et reprend la mer vers le large… »

Sa voix est si paisible qu'elle les accoste à la nuit.

« C'était votre rêve ?

— Pardon ?

— Déménager en Gaspésie, c'était votre rêve ?

— Pas vraiment…

— Il y en a qui disent que l'exotisme fait du bien, que ça change le mal de place…

— Pour l'envoyer où, au juste ? Je ne sais pas.

— Pourquoi déménager, alors ? »

Il hausse les épaules. Soudain, le reste de sa vie, les trente dernières années, lui revient d'un coup et il arrête de respirer. Quoi répondre à la fille Garant ? Qu'à cinquante-deux ans, il a abdiqué ses plaisirs ? Qu'il a perdu sa capacité à produire des rêves ? Qu'il enfile les semaines ordinaires sur le boulier monochrome du temps, en tics et en tacs mécaniques, uniformes, en se demandant rarement vers où ou pourquoi ? Qu'il surfe sur la vague de sa femme parce que la sienne s'est essoufflée et aplatie ? Qu'il en a fait une habitude, que c'est moins compliqué ainsi ? Comment dire que, tout ce qu'il voulait, c'était la facilité, mais que, sans pouvoir l'arrêter, l'inextricable est arrivé, en sourdine du quotidien, parce qu'il n'y a pas pris garde ? Qu'il a perdu le fil de ses vouloirs dans le nœud bobiné des jours, qu'il ignore quoi faire pour démêler le compliqué et qu'alors, voilà, il ne sait plus parler ?

Il se tourne vers elle. Elle est belle. Ses cheveux bouclent d'humidité contre son visage, l'air salin la rend vaporeuse et soudain, contre lui, on dirait qu'un espace s'entrouvre. Le vin lui monte à la tête et la fille Garant sent délicieusement bon.

« Vous, Catherine, vous en avez, un rêve ? »

J'hésite. Un rêve, moi ? Les yeux vers le large, je me pose la question. Un rêve ? Je suis restée longtemps en silence. À un moment, Joaquin Moralès s'est appuyé contre la rambarde et je me suis aperçue qu'il me regardait.

« Je ne sais plus ce que c'est que les rêves, monsieur Moralès. »

C'est là qu'il l'a fait. Il s'est penché sur moi et m'a embrassée. C'était la suite illogique de cette rencontre, mais il y a des soirs où l'imprévu ne nous laisse pas respirer et la Gaspésie est un pays sans trêve.

Les mains ouvertes et crispées vers le large, j'ai hurlé, et le verre durci de mon silence a explosé en milliers de fragments colorés qui se sont répandus sur la vague.

« Le téléphone… y'a le téléphone…

— Quoi ? »

Je ne connaissais pas encore son prénom.

« Le téléphone sonne… »

Silence désordonné sur la galerie.

« Excuse-moi, Catherine, je… »

Il est rentré. Je me suis assise face à la mer, pour respirer. J'avais envie d'exaltation, de retrouver le goût salé de la vie.

Des bribes de conversation me parvenaient, chargées d'elles-mêmes.

« Non, tu ne me déranges pas… »

Il murmurait des mots que j'entendais malgré moi.

« Ta carrière, je comprends, oui… »

Et.

« Nos projets à nous, Sarah ? Notre couple ? »

À ce moment-là, pour la première fois, j'ai senti que je partirais. Que je prendrais l'horizon, moi aussi, pour m'en faire une destination. Je me suis levée, j'ai contourné la maison, traversé la pelouse, longé la haie vers l'entrée. Fâchée. Combien de temps encore allais-je errer hors de moi ?

Dans la pénombre, je me suis cognée contre une voiture. En la contournant, les mots d'Yves Carle sont remontés en moi, en écho indigeste : « *Il a flanqué tout ça dans son auto, comme une caisse de bière !* » Je n'ai pas hésité. J'ai ouvert la portière du conducteur et j'ai déclenché l'ouverture du coffre arrière. La boîte était toujours là, oubliée par le feu de l'action.

J'ai levé le couvercle. Le carton était rempli d'objets emballés dans des sacs de plastique étanches. Les objets de ma mère. Sur chacun d'eux, encore, il y avait les empreintes de Marie Garant. Sur chacun, encore, la marque de ses doigts.

J'ai pris le GPS marin. Avant d'arriver ici, je n'aurais pas pensé à ça. Si on m'avait demandé ce que contiendrait la dernière boîte de ma mère, je n'aurais pas répondu : un GPS. Mais qu'est-ce que j'en savais, au fond ? Qu'est-ce qu'on sait des autres, de notre mère qui nous largue, des hommes mariés qui nous embrassent, de… de soi ?

Et qu'est-ce qu'il y aura, dans ma boîte à moi ? Une paire de souliers usés, un foulard effiloché, quelques photos d'enfance gravées dans la mémoire dure d'un disque indifférent ?

Qui voudra se raconter mon histoire, mettre la main sur mon tracé solitaire ? Qui me fera une boîte après ma mort ? Qui se demandera où m'auront conduite mes derniers milles ? Est-ce que j'aurai des empreintes intouchables, ordonnées, ensachées, numérotées, ou juste une valise en vrac crachée d'une fenêtre enragée ?

Et Marie Garant ? Est-ce que je voulais vraiment de son histoire ?

J'étais obligée de répondre que oui. Que j'en avais même besoin. Besoin de sa route probablement mémorisée sur ce GPS, un tracé rouge dans l'écran lumineux. Ses derniers milles devaient être enfermés dans l'objet. Des milles secrets, des milles à elle, que ses yeux avaient vus avant de sombrer entre deux eaux.

J'avais conscience qu'aux yeux de la loi, j'allais commettre un crime. Mes mains étaient moites quand j'ai replacé le GPS, remis le couvercle et que j'ai soulevé la boîte, mais elles ne tremblaient pas. Je l'ai prise au complet, sans dépecer quoi que ce soit, et l'ai déposée dans ma voiture. Les souvenirs de Marie Garant n'appartiennent plus qu'à moi.

Mon cœur bat le rythme de sa marée. Et j'embarque. J'embarque, je largue, je hisse et me détourne de la terre.

La tête en paix, j'ai ramené la boîte à la maison, l'ai déposée sur la table de la salle à manger et suis allée me coucher.

Chaînes, câbleaux, ancrages

Quand il a ouvert le dossier sur la table de la salle à dîner surchauffée, Joaquin Moralès n'avait pas rappelé chez lui. Sarah lui avait pourtant ordonné : « Tu me rappelleras quand tu seras redevenu parlable ! », avant de raccrocher. Mais voilà : en lui aussi, la marée monte.

Le chat beige épinglé sur le mur de Marlène l'a fait fuir. Encore des comptes à rendre et le monde qui te regarde. Il préfère définitivement la cuisinette.

Hier, il a embrassé une autre femme et, ce matin, il ne pense qu'à ça.

Il ouvre le dossier. La mort en face, il passe une main lourde dans ses cheveux. Marie Garant. Des papiers, des rapports, des photos d'elle étendues sur la table.

Si le téléphone n'avait pas sonné ? Ç'aurait été… l'adultère ? Combien d'années de mariage ? Presque trente. Trente ans de fidélité, de boulot, de paternité et de compromis. Parce que tout ça ressemble à du compromis, tout à coup. Où avaient été la joie, la jouissance, l'exaltation ? La liberté ? Ce matin, il étouffe et il explose en même temps. De la culpabilité ? Quand il ferme les yeux, il imagine des caresses sur la peau de Catherine, ses cheveux perlant de sueur, ses gémissements et sa douceur, son chant, sa vague… Coupable ? Heureux ? Accompli ? Viril ? Qu'est-ce qui est pire : chercher un coupable ou se chercher soi-même ?

Rapport d'autopsie : de l'alcool dans le corps, un coup sur la tête avec lésions sévères, traumatisme crânien qui aurait probablement engendré la mort même si elle n'avait pas glissé à l'eau. Car c'est ce qui est arrivé : elle est tombée à la renverse et a glissé dans la mer. De l'eau dans les poumons.

Moralès se rappelle l'expression de bonheur sur le visage de Marie Garant. Qu'avait-elle fait pour être tellement heureuse ? Elle avait perdu son mari, donné sa fille et vécu errante. Est-ce que c'est ça, le bonheur ? Coucher sous un firmament différent chaque soir ? N'avoir personne, nulle part, qui vous attend ? Les femmes ont un don pour le bonheur, peut-être. Elles savent s'abandonner. Hier…

Hier ? Son odeur… Il avait oublié ça : elles ont des odeurs différentes, des courbes, des mouvements, des rythmes différents. Le mouillé des baisers, l'élancé de la taille… D'y penser, il se trouble encore. Il fait chaud, dans ce local.

Ils sont étranges, à dire que la mer ne pouvait pas tuer Marie Garant. De toute évidence, elle est morte par accident. Il feuillette le rapport d'autopsie. Mener une plus longue enquête serait inutile. Qui aurait voulu la tuer alors même que tous ignoraient sa venue prochaine ? Il n'y a même pas de suspects, dans cette foutue affaire ! Moralès rit tout seul. Comme d'habitude, il enquête sur la mort d'une femme qui n'a pas pu avoir d'accident, qui ne s'est pas suicidée et que personne n'a tuée. Relevés d'empreintes, rapport de l'équipe technique. Bilan médical. Photocopie du testament. Savait-elle, Marie Garant, que sa fille l'attendait ici ? Avaient-elles rendez-vous ?

Peut-être devrait-il rappeler Lapointe. Ça lui plaisait d'entendre Lapointe parler avec lenteur. De quoi avait-il témoigné, l'autre jour ? Ah oui : du réconfort.

Pourquoi Marie Garant s'était ancrée là ? Pour quelle raison s'arrêter là ? La fatigue, vraiment ? Si elle avait rendez-vous avec sa fille, pourquoi retarder son arrivée ? Ça manque de suite logique, tout ça. Il oublie quelque chose. Mais quoi ? Quelque chose d'important… Un témoin ? Une entrevue ?

Le cellulaire sonne. Il regarde le numéro : Sarah. Joaquin Moralès ne répond pas. Il dépose délicatement, pour ne pas lui faire mal, le cellulaire sur la table. Hier, il a embrassé une inconnue.

Il se sent vieux. Il faudrait peut-être confier le dossier à un autre. Conflit d'intérêts. Il aurait l'air de quoi, s'il avouait avoir embrassé et caressé l'héritière et seule suspecte lors de sa première enquête gaspésienne ? Ridicule.

« Ah ! sergent ! C'est ici que je vous prends ! »

Joaquin a failli avoir une attaque cardiaque.

« On n'a pas eu l'occasion de faire connaissance : je suis Joannie. »

Elle est là, plantée devant lui, un café à la main, son décolleté en chute libre et ses hanches gavées d'outils.

« Heu… Enchanté.

— Joannie Robichaud. »

Remonter ses courbes jusqu'à son visage.

« Robichaud…

— Oui. La nièce du coroner. Il dit que vous faites du bon travail.

— Heu… Merci.

— Vous êtes de Montréal, n'est-ce pas ?

— Oui. »

Elle s'approche, perche sa fesse gauche sur le rebord de la table, seins moulés dans l'uniforme, matraque et menottes à la taille.

« J'aimerais beaucoup travailler à Montréal. Ici, les gens sont tellement… Vous voyez ce que je veux dire, non ?

— Non. Heu… Oui. Oui, je vois. »

Elle secoue ses cheveux blonds qui pointent l'échancrure vert olive.

« Vous croyez qu'il y a de l'emploi, pour devenir enquêteur, à Montréal ?

— C'est… Il faut commencer en bas de l'échelle…

— J'ai déjà fait ma première enquête, vous savez !

— Ah oui ? »

Comment on fait pour regarder des femmes pareilles ? Jadis, il avait su, mais aujourd'hui, il se sent dépassé devant autant de féminité explosive.

« Oui, une affaire de vol, dans le rang 4. Vous savez quoi, non ?

— Non.

— Le gars s'est volé lui-même pour toucher les assurances !

— Ça arrive.

— Il était fâché quand on lui a mis ça sous le nez. C'est pas facile, la Gaspésie : tout le monde se connaît. C'est pour ça que je voudrais travailler en ville ; vous pourriez m'aider, peut-être… »

Soudain, il a envie de la revoir. Catherine Garant. De toucher sa peau, de brûler sous le soleil dur de son regard, d'être sable et roc, corail contre sa chair salée. Il se lève. Vite. Trop vite, mais il s'en fout. Il replie la chemise, empilant le dossier en vrac sous les yeux écarquillés de la recrue Robichaud.

« Vous allez m'aider, sergent, non ?

— Au revoir, mademoiselle. »

Moralès connaît la sortie arrière, pas question de tomber nez à nez avec le lieutenant Forest. Il sort, fait le tour de l'immeuble. Où est Catherine ? Il a son numéro de cellulaire quelque part…

« Sergent Moralès ! Va falloir que je vous dise que c'est vous que je cherchais ! »

Pas le temps de se rendre à sa voiture, Joaquin se prend le coroner dans les dents.

« Bonjour, monsieur Robichaud.

— Va falloir que je vous dise que Langevin a ramené le corps de Marie Garant à son salon de Caplan, ça fait que vous devez avoir reçu le rapport d'autopsie…

— Oui. J'allais justement étudier tout ça chez moi parce que je n'ai pas encore de bureau ici. »

Moralès tente de se frayer un passage vers sa voiture, mais Robichaud lui bloque l'allée.

« Étudier ? Vous avez une idée des conclusions ?

— Un accident. Il y a des traces d'alcool dans l'organisme. Un verre de vin, un faux mouvement…

— Je peux vous confirmer que, lors de la découverte du voilier, la bôme était relâchée.

— Oui, j'ai votre rapport aussi.

— Va falloir que je vous dise que je suis content de penser que cette affaire sera enfin close parce qu'une morte, ça crée des remous dans un petit village comme le nôtre…

— J'ai cru le remarquer.

— Cette enquête, il a fallu l'exiger, mais je m'attendais à cette conclusion.

— Très bien. »

Seconde tentative de Moralès, qui effectue une feinte pour rejoindre sa voiture, mais le coroner reste têtu.

« Pour l'enterrement, y'a pas de dispositions testamentaires. Va falloir demander à la fille Garant de s'en charger. Vous savez où elle est ?

— Non… Et vous ?

— Non, mais va falloir l'avertir.

— Je m'en charge. »

Moralès a parlé vite. Trop vite. Le coroner l'a senti.

« Vous l'avez rencontrée ? Un beau brin de femme, hein ? »

Le voilà en interrogatoire. Acculé au pied du mur. Faire comme eux, peut-être, serpenter, couleuvrer, éviter. Déjouer l'adversaire.

« J'ai croisé votre fille, tout à l'heure. Joannie.

— C'est pas ma fille, c'est ma nièce !

— Oui, pardon.

— Va falloir que je vous dise que j'ai pas d'enfant. Je suis même resté célibataire toute ma vie. Mais si j'avais rencontré une belle femme comme ça, je vous jure que j'aurais tout fait pour qu'elle soit à moi ! »

De quelle femme parle-t-il ? De Joannie ? De Catherine ?

« Vous savez ce qu'il manque, aux hommes d'aujourd'hui ?

— Non, coroner, je ne sais pas.

— De l'audace ! De la poigne ! Va falloir que je vous dise : quand on est amoureux, il faut foncer ! Les hommes d'aujourd'hui savent pus chasser les femmes comme avant !

— Vous avez bien raison ! »

Robichaud cligne des yeux, surpris d'une aussi verte approbation, pendant que Joaquin Moralès en profite, le salue, le contourne et, enfin, rejoint sa voiture !

Vainqueur, fier, le cœur battant, il roule jusqu'au bord de la mer, se range dans la halte routière, face à la grève, fouille ses poches, trouve le numéro, respire un grand coup et compose les chiffres. Il croise les doigts. Ça sonne.

« *Bonjour. C'est la boîte vocale de Catherine Garant. Laissez un message.* »

Le bip.

« Catherine, c'est… heu… le sergent Moralès. Je… heu… l'étude du dossier de votre mère… Marie Garant… démontre que son décès est bel et bien survenu de manière accidentelle. Je déposerai mon rapport demain. Ça veut dire que vous pouvez récupérer votre héritage, si vous le désirez. Heu… Le corps est revenu à la morgue de Caplan. Vous pouvez… heu… en disposer. Voilà. C'est ce que j'avais de… heu… d'officiel à vous dire. En cas de besoin, n'hésitez pas à me contacter. »

Il raccroche. Ouf. Ça lui débat comme un cœur d'adolescent. Il recompose.

« *Bonjour. C'est la boîte vocale de Catherine Garant. Laissez un message.* »

Le bip.

« Bonjour, Catherine. C'est Joaquin. Je voudrais… heu… je vous invite à souper, ce soir. Chez moi. Je cuisinerai… heu… une paella. Vers dix-neuf heures. Je vous attendrai. »

Il raccroche.

La poissonnerie, l'épicerie, la Société des alcools. La journée y passera. Tourner en rond, attendre, vouloir. Joaquin se rasera, se regardera dans la glace. Cinquante-deux ans, toujours capable de séduire.

Vers seize heures trente, le cellulaire, encore, qui sonnera. Il regardera le numéro. Marlène Forest. Tant pis pour le lieutenant. Il débranchera. Elle aura son rapport demain. D'ici là, les crises du monde attendront bien quelques heures.

Parce qu'aujourd'hui, il a ça : l'audace de la séduction. Sa vie de couple est devenue lourde, voire ennuyante. Pourquoi se priverait-il de renouveau ? Il est encore jeune, énergique, il s'entraîne trois fois par semaine. Il peut plaire encore, pourquoi pas ? Ce n'est pas ce qu'elle fait, sa femme, après tout ?

La sonnette d'entrée retentit et Joaquin Moralès regarde sa montre. Dix-huit heures trente. Elle est en avance, mais il est prêt. Il avait hâte. Il a pris tout son temps. Parce que la paella, c'est un plat qu'on ne brusque pas.

Il a préparé les légumes, les fruits de mer, les crustacés. Il n'a utilisé ni poulet ni lapin, mais du crabe, du homard, des crevettes, des pétoncles, des langoustines, des moules. Il a mis de la musique, en préparant le souper. Ses gestes sont devenus souples et longs, il chantonnait et, bientôt, il s'est aperçu qu'il dansait ! Joaquin Moralès dansait en cuisinant sa paella et il riait !

Il a tendu la nappe blanche, sorti la coutellerie et la vaisselle du dimanche qu'il avait apportées avec lui dans les premières boîtes, car elles ne servaient jamais.

Il a allumé les chandelles avant d'ouvrir la porte.

« Vous ne retournez pas vos messages, sergent ?

— Lieutenant Forest ? »

Elle s'étire le nez dans l'entrée.

« Hum… Ça a l'air bon, ce souper-là… »

Qu'est-ce que c'est que ce pays de fous où la patronne s'immisce en gifle glaciale aux heures pas possibles des rendez-vous galants ?

« Les chandelles, le vin… Vous attendez quelqu'un ?

— Non.

— Vous êtes romantique, sergent. Et discret. Votre femme arrive à quelle date, déjà ? »

Elle a le sourire narquois. Elle a dû le voir discuter avec Joannie. Sinon quoi ?

« C'est pour ça que vous êtes venue me voir ?

— Non. J'ai déjà soupé, merci. Je suis venue vous dire, étant donné que vous ne daignez ni être au poste ni répondre au téléphone, que j'attends votre rapport pour demain.

— Mon rapport ?

— Votre rapport d'enquête, Moralès. Vous êtes toujours enquêteur, même si vous êtes amoureux ?

— Oui, oui. Je l'ai presque terminé.

— Vous savez choisir de la bonne musique…

— Merci.

— Qui attendez-vous pour souper, Moralès ?

— Personne.

— Demain, passez à mon bureau. Je veux voir votre rapport. Ah. Et le corps de Marie Garant est revenu à la morgue de Caplan. Faudra dire à la fille de procéder à l'enterrement.

— Je le lui ferai savoir. Ne vous inquiétez pas. »

Moralès jette un œil à sa montre. Presque dix-neuf heures.

« Vous annoncez toujours ce genre de nouvelle autour d'un souper aux chandelles ? Si Catherine Garant est comme sa mère, je doute que vous arriviez à mettre la main dessus… »

Moralès crispe les mâchoires.

« À demain, lieutenant. »

Elle sourit, narquoise, et hausse les épaules.

« À demain, sergent… »

Marlène Forest a passé la porte et Joaquin Moralès l'a maudite. Parce que, malgré tout, il savait qu'elle avait raison. Dès lors, il a regardé les minutes de sa solitude s'égrener, comme les notes d'une chanson triste, au rythme où la paella refroidissait. Jusqu'à quelle heure une femme peut-elle être en retard ? Il ne sait plus. Pour tout dire, après tant d'excitation, il se sent maintenant... dépassé. C'est aussi ça, la cinquantaine ? Être dépassé ?

C'était peut-être juste dans sa tête. Dans sa tête, les murmures, les caresses, les yeux de l'autre, les corps qui se cambrent ; dans sa tête cette nuit d'amour sur la plage, dans les rayons bleus de la lune contre la vague. Dans sa tête, ce désir d'elle dont il pense avoir besoin, ce souffle d'elle qui lui brûle la peau et autre chose, aussi, dont il rêve en silence, mais qu'il n'ose pas se formuler à lui-même : l'envie brûlante d'être aimé.

À vingt et une heures, il prend le cellulaire. La cire des chandelles coule sur la nappe.

« Allô ?

— Monsieur Lapointe ? C'est Joaquin Moralès.

— Sergent ?

— Non. Pas ce soir. De toute façon, le dossier est réglé : le décès de Marie Garant est accidentel. »

Paul Lapointe regarde sa montre, se verse un porto.

« Vous attendiez Catherine pour souper ?

— Comment pouvez-vous le savoir ?

— C'est l'heure où les rendez-vous sont devenus des échecs. »

Moralès laisse échapper quelques secondes de silence.

« Je suis vieux et ridicule, particulièrement ce soir.

— Vous aviez préparé quoi ?

— De la paella. Une recette de ma grand-mère maternelle qui était espagnole.

— Vous savez, monsieur Moralès, j'ai passé ma vie à tracer des décors magnifiques, mais les courbes d'une femme sont indessinables. La beauté est inatteignable. Et on n'a pas encore parlé de l'amour…

— Je suis marié depuis trente ans. Mes fils sont partis, on a acheté une maison en Gaspésie, mais ma femme tarde à venir me rejoindre. La semaine passée, j'enrageais. Ce soir, je ne sais même plus si j'ai envie qu'elle arrive…

— Je connais ça.

— Vous avez quel âge, monsieur Lapointe ?

— Le même âge que vous, monsieur Moralès. Ou un peu plus.

— Vous êtes toujours amoureux ?

— Oui. Mais je mentirais si je disais que je n'ai pas connu le doute. Quand une belle femme entre dans mon bureau et retire son manteau en se détournant légèrement, vous savez, quand la nuque apparaît, au coin de votre œil ? Il m'arrive de douter. Mais, chaque fois que ma femme ôte ses bas de nylon, je sais ce qu'est la splendeur de la grâce. C'est peut-être ça, l'amour, monsieur Moralès : une grâce qui nous élève au-dessus du doute. »

Joaquin pense à Sarah. Il l'a pourtant aimée.

« La grâce a dû me quitter…

— Ne regardez pas trop vers Catherine. Les femmes comme elle, monsieur Moralès, elles portent trop d'horizons. Ça ne donne rien d'insister.

— Je me réveille au milieu de mon chantier en me demandant si c'est vraiment ça que j'ai rêvé de bâtir.

— Est-ce qu'on fait les bons rêves ? Je l'ignore.

— Elle n'est pas venue.

— Ne l'accusez pas. Elle n'est pas coupable de ce qu'elle est. Pas plus qu'une autre. Aucune femme ne peut être coupable d'une paella refroidie. C'est tant pis. Ou tant mieux. »

4
Le sel de la mer

L'Alberto (1974)

La première chose qu'O'Neil Poirier a remarquée, en contournant le brise-lame de l'aube, ça a été son bidon d'orin qui flottait, en épave solitaire, au fond de la baie. Il a donné un peu de gaz, même si c'est jamais brillant de faire ça dans l'entrée d'une marina, parce que le cœur était en train de lui flancher. Le sloop avait la hanche contre le quai.

O'Neil Poirier a laissé ses hommes amarrer *L'Alberto* et s'est dirigé vers le voilier avec une familiarité timide. En le reconnaissant, la femme l'a salué d'un grand geste et, Attendez, je monte sur le quai. Il l'a regardée faire. Il reconnaissait ses cheveux et ses mains. L'été tirait sur sa fin, mais il n'avait rien oublié. Quand elle est arrivée à sa hauteur, elle lui a expliqué. Elle était revenue la veille et avait largué la deuxième ancre pour s'accoster, question d'embarquer les provisions. C'était bien gentil à lui d'avoir veillé sur *Pilar*. Merci. Elle avait dû laisser le voilier ici, à cause du bébé… L'autre ancre, elle avait pas pu la remonter, vous comprenez, elle est bien trop lourde !

O'Neil Poirier, il restait silencieux, empêtré de ses mains massives qu'il avait fini par cacher dans ses poches tandis qu'il l'écoutait. Elle pouvait pas naviguer avec un nourrisson, vous comprenez, c'est trop dangereux. Il la regardait bouger. Elle avait quel âge ? Trente ans ? Un peu moins, peut-être. Elle portait les cheveux tressés et avait déjà repris une petite taille d'athlète. Elle avait fait baptiser l'enfant ici et était allée le porter en ville. Poirier hochait la tête : elle l'avait probablement laissé chez sa mère, le temps de rentrer le voilier. Il comprenait ça. Il l'observait avec tendresse et souriait parce que lui, il les prendrait tous les deux, dans sa maison de Mont-Louis, juste ici, à flanc de montagne. Il y avait même de la place pour d'autres enfants. Elle continuait à raconter. Elle avait passé quelque temps à Québec, pour sevrer le bébé (elle avait prévu accoucher là, mais l'enfant était arrivée avec dix jours d'avance !), puis elle était allée le porter à Montréal, Vous comprenez, chez un couple généreux. Elle avait connu le type, jadis, en Gaspésie. Des gens sérieux. O'Neil Poirier hésitait : fallait-il mettre un genou par terre, la vouvoyer ? Comment on fait ça, ces demandes-là ? Elle avait sonné chez eux et leur avait tendu le bébé. La femme était infertile, alors, Vous comprenez, ils avaient dit oui tout de suite, acheté les biberons, signé les papiers. Poirier a sursauté : « Vous l'avez mis en adoption ? » Non, non, pas en adoption, en garde légale. Vous comprenez : moins compliqué, plus rapide, et elle pourrait retrouver plus aisément l'enfant, si jamais il arrivait malheur au couple. Mais ça, elle préférait ne pas y penser. Enfin, vous comprenez.

Le capitaine de *L'Alberto* a regardé l'eau, les épaules soudain plus lourdes. Non, il ne comprenait pas.

La femme du voilier a posé la main sur son bras. Une petite main chaude sur son bras d'homme, et elle a dit, Merci. Le vent vire à l'ouest, maintenant, alors, vous comprenez, il faut appareiller. Il a hoché la tête, mécaniquement, comme une marionnette désorientée, pendant qu'elle sautait sur son sloop, larguait les amarres, hissait les voilures et, lentement, sortait de sa vue pour entrer dans l'horizon.

Il n'était pas encore dix heures quand *Pilar* s'est dissipé dans le flou du lointain. C'est uniquement à ce moment-là, quand le triangle blanc des voiles s'est effacé de ses pupilles muettes, que Poirier s'est aperçu, les mains encore au fond des poches, qu'il n'avait pas su la demander en mariage.

Coques étanches (2007)

Cyrille, il disait que, si on choisissait la mer, elle nous fiançait, pour le meilleur et pour le pire. Il disait qu'elle glissait à notre doigt l'anneau argenté du soleil, qu'elle promettait l'horizon et qu'elle tenait promesse. Il racontait, en chuchotant, qu'il avait connu ses danses gracieuses, ses froissements murmurants, ses tangages houleux – et ses colères excessives, ses tempêtes nocturnes, ses hurlements furieux. Il disait, désarmé, qu'elle était dure, exigeante, mais qu'être agenouillé dans son aube était un privilège.

Devant la double porte-jardin, il y a un chien. Un mélange husky-malamute-labrador, quelque chose comme ça, des yeux très bleus dans le soleil trop vif de cette fin d'après-midi. Le carillon d'entrée fait entendre des cloches, lourdes et sobres.

C'est Langevin ou frère qui répond – inutile de chercher lequel, ils sont jumeaux.

« Mademoiselle Garant ! J'avais hâte de vous rencontrer ! On parle beaucoup de vous dans le village… »

Il m'observe avec curiosité.

« Comme ça, vous êtes venue en Gaspésie pour rencontrer votre mère ?

— Oui.

— Vous devez être déçue !

— …

— Ah ! J'oubliais : mes condoléances…

— Merci. »

Il m'entraîne dans sa marche.

« Ici, c'est la salle d'exposition, mais venez, on va discuter dans mon bureau. Voilà. Assisez-vous. »

Des fauteuils capitonnés, des boîtes de mouchoirs en papier, une toile (des fleurs soyeuses dans un halo de lumière prometteur) et une photo des jumeaux accrochée derrière lui, qui triple sa présence dans cette étroite pièce beige et noire.

« Mon frère est revenu hier soir, avec le corps de votre mère. Vous êtes chanceuse dans votre malchance parce que, comme on vient de loin, ils nous ont fait une fleur, au centre d'autopsie de Montréal, pis ils nous ont passé vite. Mon frère a couché en ville, pour vous accommoder.

— …

— On s'est dit que vous voudriez sûrement voir votre mère, ça fait que mon frère est en train de l'arranger un peu. Il doit presque avoir fini…

— Je sais pas si…

— Inquiétez-vous pas : il va vous la mettre belle !

— Je veux pas la faire embaumer.

— Il est pas en train de l'embaumer ! Non, non. Il va juste remettre le corps en état, parce que, quand les corps sortent de l'autopsie, c'est pas ben beau et on voudrait pas que vous soyez déçue. Surtout si vous êtes pour la voir rien qu'une fois ! Comme ça, vous voulez pas d'embaumement, vous êtes sûre ?

— Sûre.

— Parfait. De toute façon, tous ceux qui font embaumer leur proche, savez-vous ce qu'ils nous disent, en le voyant ? Ils disent que le mort se ressemble pas ! C'est normal : la dernière fois qu'ils l'ont vu, il était vivant ! Moi, j'ai trouvé un truc : quand ils rentrent, je fais une prière. Ça les calme pis, après, ils disent qu'il a l'air paisible. Dans le fond, c'est eux autres qui sont paisibles ! Le mort, lui, il est mort ! Vous, en tout cas, comme vous l'avez pas connue, vous pourrez pas dire qu'elle se ressemble pas…

— Non.

— Comme ça, on dit : pas d'embaumement ?

— Non.

— Pour les cercueils, nous avons un vaste choix ! Ici, ce qui marche fort, c'est le cercueil en bois parce que les gens sont proches de la nature. Mais on en a aussi en acier, si vous voulez… À moins que vous préfériez la faire incinérer. C'est de plus en plus la mode, pour des questions écologiques, et ça vous permettrait de déposer votre urne dans notre nouveau columbarium.

» Vous savez, le columbarium, c'est une option à envisager, surtout qu'ici, les allées du cimetière sont pas pavées. Ça fait que vous, vous décidez d'aller voir votre mère, un dimanche que vous êtes habillée propre et là, rendue au cimetière, vous vous salissez les souliers, vous glissez dans l'herbe mouillée ; il se met à pleuvoir, vous avez froid, vous prenez un rhume de chien… C'est pas intéressant, pour une petite visite ! Tandis que, dans le columbarium, il fait toujours bon. Il pleut, une journée ? Vous apportez un livre et vous venez lire, une heure ou deux, à côté des cendres de votre mère. Un beau moment de recueillement en bonne compagnie !

— Non. Merci. Je ne ferai pas incinérer ma mère.

— Comme ça, on parle d'un enterrement. Avez-vous un lot familial dans le cimetière ? »

Est-ce que ma mère avait un terrain d'enfouissement ? Je n'y avais pas pensé. Marie Garant, enterrée dans un lot patronymique, surmontée d'une pierre à huit chiffres, entourée de famille, époux, parents, enfants, dormant dans la quiétude de la terre grasse ? Elle qui n'avait trouvé de repos nulle part ailleurs que sur l'eau, elle dormirait là ?

« Il doit y avoir une fosse commune, ici ?

— Une fosse commune ? Mais attendez ! Si elle a pas de lot, vous pouvez en acheter un ! D'ailleurs… vous, sans être indiscret, vous avez un lot, pour vous ? Parce que vous pouvez acheter un terrain assez grand pour deux !

— Pour moi ?

— On peut en profiter pour faire vos préarrangements. On est jamais trop prévoyant ! Les croque-morts disent toujours : “*Advienne qui pourrira !*” Vous, moi… Tout le monde finit par sortir les pieds devant, mademoiselle ! C'est triste à dire, mais on est jamais que des numéros dans la loterie de la vie ! »

Moi ? Est-ce que je voudrai qu'on m'enferme dans une boîte et qu'on m'ensevelisse ? Dans quelle terre ? Et pour qui ? Qui va s'occuper de mon corps en dépouille quand il ne restera rien que mes os calcinés dans une boîte à bijoux ? Ça reviendra à qui, de s'agenouiller pour me prier ?

« Laisse-la tranquille. »

Je me suis retournée.

Debout dans le cadre de porte, l'autre jumeau, aussi grand, mais plus mince que son frère, vient mettre fin au débit intarissable du vendeur d'obsèques.

« Tenez, mademoiselle, c'est mon frère, justement, qui doit en avoir fini avec le corps de votre mère. Vous allez voir qu'un thanatologue, c'est un artiste de l'éphémère !

— C'est bon, je m'en occupe. Va voir ta femme, elle te cherchait, tantôt. »

Le commerçant se lève, énervé.

« Comment ça que tu sais ça ?

— T'as oublié ton cellulaire sur mon bureau… »

Le téléphone change de mains.

« Bon, ben, mademoiselle, je vous laisse avec le spécialiste ! Il est pas jasant, mais il sait ce qu'il fait. Bonne journée, là ! »

Dans un tournoiement, le marchand de cercueils quitte la pièce, traverse la salle d'exposition d'un pas pressé. On entend la porte extérieure s'ouvrir, hésiter, se refermer. Puis, le silence se fait dans le salon funéraire.

Le husky-malamute-labrador mêlé est entré. Il arrive d'un pas lent, s'assoit aux pieds de son maître. Contrairement à l'autre, ce jumeau-là n'a pas l'air nerveux. Ni loquace.

« Ça va ?

— Oui.

— Faut excuser mon frère, il était vendeur d'automobiles, avant… »

Je me lève vers lui.

« Mes condoléances, mademoiselle Garant. »

Il me tend une main solide que j'accepte. Il a une sorte de bienveillance sourde, légèrement lointaine, qui m'apaise.

« Il faut vraiment que j'aille la voir ? »

Il s'accroupit, pour flatter son chien.

« Vous êtes pas obligée, si vous voulez pas. Mais il paraît que c'est mieux. Ça fait partie du processus de deuil. Ceux qui ont fait incinérer un proche sans avoir regardé le corps avant ont du mal à croire qu'il est vraiment décédé.

— J'ai jamais vu ma mère. »

Il continue de caresser le chien mêlé.

« Quand les pêcheurs l'ont ramenée, l'autre jour, j'ai figé. C'était peut-être une chute de pression, mais je pourrais pas le jurer. J'ai pas été capable de m'en approcher. C'est pas que j'ai peur des morts, mais j'arrivais pas à y croire… »

Il flatte l'animal, lentement.

« Pourquoi les gens abandonnent leurs enfants ? Vous le savez, vous ? »

Il se redresse, s'appuie contre le cadrage. Il ne pose pas de main indûment compatissante sur mon épaule, ne tente pas de consoler par des mots artificiels ce qu'il ne peut pas comprendre. Il me regarde, juste ça, fort, au centre des yeux.

« Allons-y. »

Nous sortons du bureau et descendons l'escalier du sous-sol. Le chien nous accompagne, tranquille. Un corridor beige, des néons calmes. Sur la gauche, une fenêtre derrière laquelle un store vert forêt est fermé. L'homme s'arrête, fait asseoir son chien, se tourne vers moi.

« Puisque le corps est pas embaumé, vous pourrez pas être dans la même pièce que votre mère. Je dois vous demander de rester de ce côté-ci. »

Je n'ai rien à répondre.

Il traverse, allume une lumière derrière la vitre et ouvre le store.

J'avance à la proue et je lève la tête vers l'aube. Je me tiens droite sur la houle, l'eau calme étend l'horizon dans mes yeux et mon corps, enfin, s'emplit de bonheur. Je t'aime, ma fille. Le seul endroit où me voilà chez moi, c'est là où valse la mer. Ma fille, mon amour, pas un jour ne se passe sans toi, pas un, et, lorsque je ferme les yeux, il n'y a que toi, moi, et le vent dans nos voiles.

Il referme le store, éteint la lumière.

J'ai reculé de trois pas, mes genoux ont rencontré le rebord d'un banc sur lequel je me suis assise. Le thanatologue est revenu. Accroupi, il caresse le chien.

« Vous l'envelopperez dans un grand drap blanc. Vous la coucherez dans un cercueil de bois, le plus simple que vous avez, un petit cercueil sans ornement, juste une boîte de bois, et vous la déposerez dans la fosse commune.

— Quand ?

— Dans deux jours. J'ai quelqu'un à avertir. Nous irons directement au cimetière. Je demanderai au curé de venir faire une prière. »

Il acquiesce, silencieux.

« Monsieur Langevin ?

— Oui ? »

Le chien me contemple de ses iris pâles.

« Vous devez le savoir, vous…

— Quoi ?

— Pourquoi on vit, pourquoi on meurt…

— Pourquoi on vit, non. Mais je sais quand on meurt… »

Je le fixe, fort et dans les yeux.

« Quand notre cœur s'arrête de battre. »

Antifouling

J'ai ramassé un plat préparé chez Sicotte. J'avais oublié qu'une paella adultère m'attendait. M'en serais-je rappelé que je n'y serais pas davantage allée.

Je suis rentrée chez elle qui était maintenant chez moi, j'ai fait chauffer le plat. En mangeant, j'ai tout déballé. La lettre testamentaire, la boîte, les sacs de plastique. J'ai cessé d'attendre. Parce que c'était exactement ça : j'avais attendu tout ce temps-là que… que quoi ? Qu'un homme m'arrive ? Qu'un destin me tombe dessus ?

J'en voulais à l'amour de m'avoir déçue, à ma mère d'être allée en voile, à mes parents d'être morts. J'en voulais à mon travail de m'ennuyer, à ma ville d'être impersonnelle, à ma vie de n'être pas à la hauteur de mes rêves.

Mais mes rêves véritables, ceux qu'avait dû ensemencer Marie Garant dans mes gènes et que mes parents, en m'enseignant la voile, avaient fait croître en moi, je les avais laissés se décolorer sous la lumière fade de ma lâcheté. Je m'étais mise en route pour ici en me disant que, grâce à cette prescription, je me sortirais de moi-même, mais j'implosais encore.

J'étais libre, sans famille ni amoureux ni travail. Personne à attendre, rien à regretter. Et qu'est-ce que je faisais d'autant de liberté ? Rien.

Debout dans la maison de ma mère, j'admettais enfin que, face à Marie Garant qui s'était choisie, je n'avais, quant à moi, rien su faire de ma vie et j'accusais l'autour d'être incapable de me divertir. Par paresse ou couardise, je me confinais dans un cadre crispé que je m'imposais, complaisante dans le vacuum de mon no man's land intérieur.

On voyait, depuis la fenêtre de l'ouest, *Pilar* juché sur son ber. Yves Carle avait parlé de partir. Vers l'est, un voilier à l'ancre tanguait délicatement dans la nuit claire. Il y en a qui y vont, qui partent, malgré les dérives, qui s'osent. Et moi ? J'attendais quoi pour m'entonner à pleins poumons, pour m'écouter chanter ? Que mon cœur s'arrête de battre ?

J'ai attrapé mon cellulaire. Marie Garant serait enterrée dans deux jours, j'en comptai trois, quatre tout au plus, pour accomplir certains projets, pour effectuer les préparatifs de départ. Ce voilier avait l'habitude de la mer et Marie Garant, c'est ce qu'avait dit Yves Carle, l'avait bien entretenu. La météo annonçait quelques jours de crachin, le ciel devait ensuite se dégager.

J'ai composé le numéro sur le papier.

« Allô ?

— Yves ?

— Oui ?

— C'est Catherine. J'aurais besoin de votre aide demain matin. Vers quatre heures, sur le quai ?

— Tu veux remettre *Pilar* à l'eau ?

— Yves… J'ai toujours été lâche. J'ai jamais eu le courage de mes rêves. Et là, je voudrais que mon cœur recommence à battre.

— T'en fais pas, Catherine. Je serai là. »

Mises à l'eau

« Ah ben j'm'en vas vous dire que c'est de la belle visite, ça ! Mam'zelle Catherine ! La dernière fois que je t'ai vue, j'ai ben pensé que c'était la dernière fois que je te voyais ! Ça me fait plaisir que tu reviennes !

— Renaud ! Je suis affamée ! »

Je m'assois au comptoir. La nuit avait été sans sommeil, l'avant-midi avait commencé tôt.

« Ça veut dire que t'as arrêté d'être fâchée, hein ?

— Oui, j'ai arrêté d'être fâchée.

— Ah ben, pour ça, je suis content vrai ! Parce que j'm'en vas vous dire rien qu'une affaire, que m'sieur le curé m'a fait dire que j'avais ben du regret de m'en être mêlé, pis que j'aurais pas dû ! Ça ouvre l'appétit, ces histoires-là ! Tiens ! »

Il pose le menu devant moi.

« Ça me fait penser, mam'zelle Catherine, que le voilier *Pilar* est à l'eau ! Vous avez fait ça de bonne heure ! »

Jérémie, le grand Amérindien, était venu au-devant de moi, comme s'il s'agissait d'une évidence, et nous avait aidés avec sa camionnette. Pour la première fois, j'étais montée à bord du voilier de ma mère.

« Le menu du midi, c'est le filet de sole.

— OK. Un filet de sole. »

Il note ma commande sur un bout de papier.

« Yves Carle est venu te donner un coup de main ? »

Il échappe le papier par terre, le ramasse.

« On ne peut rien vous cacher, Renaud. »

Yves Carle avait guidé ma visite. Nous avions fait le tour, tenté de nettoyer les traces laissées par les enquêteurs, vérifié gréement, moteur, système d'eau ; inventorié les tâches à effectuer. Il devait revenir le lendemain matin, pour m'aider avec l'entretien du moteur.

« J'm'en vas vous dire, mam'zelle Catherine, que c'est parce que son voilier était à l'ancre, à matin. *Vol de Nuit*. J'ai ben compris ce qu'y faisait là quand j'ai vu que *Pilar* était à l'eau. *Pilar*. C'est drôle, les noms de bateau, tu trouves pas ? Des fois, c'est des jeux de mots – *La Mer Veille*, *Le Cache à l'eau*, des affaires de même – pis, des fois, j'm'en vas vous dire qu'y mettent des noms de personnes : *La Marie-Sylvie, Le Marie-Antoinette* – on dit-tu LA ou LE *Marie-Antoinette* ?

— Je pense que les deux se disent. »

Il virevolte du côté de la cuisine, envoie la commande, revient, se penche vers moi.

« J'y ai pensé pis je crois ben que c'est pas toi qui as tué Marie Garant.

— Merci. »

Pendant la visite, Yves m'avait expliqué sa théorie sur la mort de ma mère. Je comprenais pourquoi l'enquêteur Moralès avait été affecté à ce dossier : parce qu'il ignorait le passé d'ici.

« Pis, même si ça avait été toi, la meurtrière, les histoires de famille, ça me regarde pas ! »

Il se redresse, se retourne d'un air pompeux, enfile son tablier Aide-cuisinier, son petit chapeau idiot, file au bout du comptoir, ouvre le frigo et prend un chou que le sort condamne.

«J'm'en vas vous dire que ça a été toute une histoire de calmer l'enquêteur! On a travaillé fort pour qu'y te lâche le morceau, pis Guylaine a nettoyé toutes tes empreintes, comme si t'avais jamais dormi là! »

Il revient, fait rouler le chou sur la planche à découper avec la tendresse des assassins.

«Elle a tout jeté par la fenêtre, ça fait qu'on a ben vu qu'y'avait rien dans ta valise pour tuer quelqu'un dans un bateau! Pis j'm'en vas vous dire rien qu'une affaire: Guylaine est pas trop fâchée après toi. Mais faut pas retourner dormir à l'auberge! C'est des affaires qui se font pas, aller dormir à l'auberge à Guylaine sans dire qu'on est la fille à Marie Garant. Mais elle t'en veut moins. Elle a même arrêté de crier… »

Il arrache les premières feuilles, les jette.

«J'm'en vas vous dire: tu peux pas savoir parce que tu viens pas d'ici, mam'zelle Catherine, mais Guylaine pis Marie Garant, c'étaient des grandes amies. Sauf que, après que le neveu à Guylaine s'a noyé dans la même tempête que le mariage de Marie Garant, ça a été fini. Moi, je peux pas tout comprendre parce que j'étais trop jeune, ce jour-là. En plus, le neveu à Guylaine, y s'a noyé dans le même canot que mes deux frères, ça fait qu'on avait assez de monde à brailler chez nous sans s'occuper du braillage des autres!

— Marie Garant a perdu son mari le soir de ses noces?

— Oui, mam'zelle! »

Il s'arrête un instant, suspendu aux souvenirs.

«Je pense que Guylaine a mis la faute sur Marie Garant parce que ça prend toujours un bouc d'émissaire. Pis, en plus, le choc a tellement été fort que sa sœur jumelle a essayé de se tuer pis qu'elle est devenue folle! Ça fait que j'm'en vas vous dire rien qu'une affaire que, avec une peine pareille, les frasques à Marie Garant ont pas fait plaisir à personne! »

Il s'étire, attrape un couteau, me pointe du bout de la lame.

« Mais je suis ben content que tu te laisses pas influencer par les potins parce que ça se peut quasiment pas que tout ça soit vrai! Ce qui est sûr, c'est que ta mère, c'était un sacré marin! Y'en a qui disent qu'y faut choisir entre l'amour et les bateaux. Tu penses-tu que c'est vrai, toi?

— Je sais pas... »

Si l'époux de Marie Garant était mort le soir des noces, qui était mon père?

L'aide-cuisinier tourne le poignard contre le chou.

« Renaud? »

Il suspend son geste.

« Oui, mam'zelle Catherine, qu'est-ce que je peux faire pour une belle belle touriste comme toi?

— Je comprends pas trop ce qui s'est passé le jour du mariage de ma mère... »

Il appuie, protecteur, sa main sur le dos du légume, le temps de me répondre.

« J'm'en vas vous dire que t'es pas la seule! Mais celui qui pourrait te raconter ça, c'est Cyrille. Lui, y'était déjà vieux, ce jour-là.

— Il est pas allé à la pêche, ce matin. C'est les Amérindiens qui ramassent ses cages...

— Ah, ça, mam'zelle Catherine, je m'en vas vous dire rien qu'une affaire: Vital a beau chialer sur le dos des Amérindiens, c'est encore grâce au grand Jérémie que Cyrille a pu faire sa pêche cette année! Parce que c'est pas lui, Vital, qui y'aurait donné un coup de main, non, mam'zelle! »

Le chou se résigne alors que Renaud le vire de nouveau dans tous les sens, cherchant comment atteindre l'épicentre de sa moelle.

« Comment ça ?

— Les vieilles histoires de jalouserie, ça dure longtemps, entre deux hommes...

— Vital, il n'est pas marié ?

— C'est pas le mariage qui empêche un cœur d'aimer, mam'zelle Catherine ! Faut pas croire ça ! »

Le chou se fait poignarder.

« Pis j'm'en vas vous dire, si Jérémie sortait pas ses cages, ça serait pas long que Cyrille aurait les gardes-pêche collés au fond de culotte !

— Ils lui feraient quoi ?

— Y confisqueraient son matériel. Ses cages, son permis, son bateau, sa camionnette, son chalet, sa chemise...

— C'est tout ? »

Fendu en deux.

« Ben j'm'en vas vous dire que, si t'es dans les parages, y vont peut-être vouloir t'embarquer... »

La clochette de la cuisine tinte. Une pirouette et l'assiette du jour apparaît devant moi.

« Quand même, mam'zelle Catherine, les gens de mer, y sont bizarres ! Pas bizarres bizarres, mais un peu pas pareils.

— Vous trouvez ? »

Un coup de fourchette. La sole est bonne.

« Ben oui ! Pis pas juste ta mère, là... J'm'en vas vous dire : prends Yves Carle, par exemple !

— Yves Carle ? »

Scié, le chou répand ses quartiers éventrés sous la lame forcenée du bourreau.

« Ben, je sais pas tous les détails de l'affaire parce qu'y'est plus vieux que moi, mais je sais qu'y s'a marié à Thérèse quand y'était jeune. Après, y'ont eu leurs deux gars pis là, y s'est fait une maîtresse pis y'ont divorcé.

— Mais non ! Yves Carle vit encore avec Thérèse !

— Ben c'est ça qui est bizarre ! Parce qu'y'ont été séparés pendant au moins vingt ans pis là j'm'en vas vous dire qu'y sont revenus ensemble ! »

Un hachage sévère anéantit le pauvre légume.

« Quoi ?

— C'est Thérèse qui l'a laissé. Y'avait une maîtresse pis elle a demandé le divorce. Lui, y'est parti pour Percé – y vient de là. Y'a pris ses gars parce que Thérèse s'avait fait un chum qui aimait pas les enfants. Pis, j'm'en vas vous dire qu'à un moment donné, ça doit ben faire vingt ans de ça, y se sont tannés des divorçures pis y'ont fini par se remettre en ménage. »

Renaud s'essuie les mains, enlève son chapeau idiot, son tablier Aide-cuisinier et va encaisser des clients pendant que j'avale, nerveusement, le reste de ma sole d'un coup. Ce qu'Yves Carle m'avait raconté, au sujet des amarres pas largables, me remontait en mémoire. Il m'aurait menti ? Pourquoi ? Est-ce qu'il aurait aimé ma mère, lui aussi ? Le notaire Chiasson m'avait dit que Yves Carle avait *trop* aimé Marie Garant…

Je range mon assiette vide sur le côté.

« T'es donc ben sérieuse, pour une belle belle touriste ! »

Deux femmes dans la cinquantaine, chapeaux ensoleillés et rieurs, quittent le restaurant en chantonnant.

« J'aimerais ça voir Cyrille, mais je sais pas où le trouver. Il était pas au chalet… »

Pompeusement, Renaud revêt son chapeau idiot, son tablier Aide-cuisinier, reprend son couteau, le lève en l'air au-dessus de la seconde moitié du chou.

« Cyrille ? J'm'en vas vous dire : y'habite chez sa sœur. C'est la grosse maison jaune à deux étages sur le rang 4, juste l'autre bord de la courbe, en s'en allant vers Saint-Siméon. Tu peux pas la manquer, elle est à côté du cimetière pis y'a juste une maison à côté du cimetière. »

Et le tranchant tombe.

« Si y fait pas sa pêche, c'est qu'y'est trop malade pour sortir. »

Le chou subit un sort si atroce que j'ose à peine le regarder. Il aurait sûrement préféré être coupé dignement, mais la vie des légumes est injuste entre les mains de Renaud.

« Il est malade de quoi ? »

Renaud cesse un instant son sciage forcené et me regarde.

« Le cancer général. C'est pour ça qu'y'a déménagé chez sa sœur, l'an passé. »

Il pointe la maison invisible avec le couteau qui passe à deux doigts de mon nez.

« Parce que j'm'en vas vous dire qu'y'a eu des traitements fatigants ! Y'ont dû lui faire de la radio… c'est-tu de la radio ou de la chimiothérapie ? Je connais pas ben ben ça, ces affaires-là, mais quand y t'injectent du liquide, ça doit être de la chimio… »

Sa lame retourne, impitoyable, massacrer le chou.

« En tout cas, ça le rend tellement faible qu'y'est pas capable de sortir pendant des jours de temps. Je sais ben pas pourquoi y lui font encore ça, parce que j'm'en vas vous dire rien qu'une affaire : y'est condamné, Cyrille… Y lui reste pas grand temps… À mon idée, y fera pas le tourteau. »

Mécaniquement, je sors l'argent de mon sac. Le cœur de travers, je tends la main pour déposer la monnaie sur le comptoir. Renaud, de sa lame, me fait signe de me pencher vers lui.

« Fais attention, mam'zelle Catherine : si tu y vas de jour, sa sœur voudra pas que tu rentres parce qu'elle dit que ça le fatigue. Mais moi, je le sais que Cyrille, y serait content de te voir, ça fait que j'm'en vas vous dire rien qu'une affaire, c'est d'attendre le soir. Tu remontes le sentier, à partir du Ruisseau-Leblanc. C'est un raccourci. Tu passes en dessous du viaduc, tu continues pis tu vas arriver à côté de la maison. La fenêtre de sa chambre est au-dessus de la corde de bois. C'est facile. »

Je l'ai remercié, émue, avant de sortir. Sur le comptoir, le pauvre chou n'était plus qu'un amas de râpures éteintes.

C'est comme ça que je suis entrée pour la première fois par cette fenêtre ouverte, en passant par le sentier des bûches empilées. Il n'y avait pas de moustiquaire. Le vieux pêcheur dormait lourdement, sans bouger. Je me suis assise dans l'unique chaise de la chambre. Une vieille chaise de bois garnie d'un coussin usé. Je n'ai pas osé me bercer, pour ne pas faire de bruit. Il n'a pas bougé non plus mais, au bout de quelques minutes, sa voix éraillée s'est mise à murmurer.

« Hiiii… Marie Garant, elle tutoyait la mer. »

Deux larmes m'ont débordé des yeux et se sont frayé des tracés salés sur mes joues. Je pleurais ma mère – sa solitude, son désarroi, le reste que j'ignorais, le regret, le pardon peut-être, et sa mort.

« Je dis ça sans savoir, la p'tite. Hiiii… Sûrement qu'elle osait pas, mais elle aurait eu le droit. Elle aurait pu, tu comprends ? Hiiii… »

Il avait toujours les paupières fermées. Je sanglotais en silence.

« On l'a dit folle pendant longtemps. Y la disaient folle parce qu'elle partait en mer pendant des jours pis qu'elle rentrait en kickant le varech. Hiiii... Elle en a kické, du varech, c'est vrai. Y'a pas un sacré plan de varech dans toute la marina qui se souvient pas des semelles des bottes de Marie Garant ! Hiiii... Elle avait du nerf dans les pieds pis du sang dans le corps, mais elle était pas folle. Hiiii... Prends un kleenex avant de te moucher partout, la p'tite. Elle avait raison d'être enragée. La mer en avait gros à se faire pardonner, si tu veux mon avis. Tu m'entends-tu ? Hiiii...

— Oui, Cyrille. »

Il a à peine bougé.

« Marie Garant, elle a perdu ses hommes en mer. Deux hommes, la p'tite. Hiiii... Je le sais parce que, ces deux hommes-là, c'étaient mes deux frères. Le premier, elle a pas eu le temps de l'épouser. Le deuxième... Hiiii... J'ai à peine assisté au mariage. J'ai tout vu de loin, comme le pauvre infirme que j'ai toujours été. Mais elle a pas eu le temps de l'aimer, lui non plus... Hiiii... »

J'ai essayé le monde et l'amour. Ma robe était encore blanche et mes yeux scintillaient de vin de messe.

« Y sont partis en voyage de noces, la p'tite. Tu t'imagines-tu ? Hiiii... Tu viens tout juste de te marier. T'as perdu ton premier amour dans un accident de pêche, pis t'épouses son frère, hiiii... parce que tu te dis que ça se peut pas que la mort vienne en chercher un deuxième de la même famille. Que ce serait trop injuste pis que la Faucheuse est rarement malcommode de même. Hiiii... Ça fait que tu prépares la maison pour ta vie à venir, tu peins les pièces une à une, tu montes une chambre d'enfant, hiiii… pis tu mets sur les murs les photos en noir et blanc de vos ancêtres pour bénir les générations que tu vas enfanter parce que t'as confiance. Hiiii… Tu remplis la cave de conserves, de bonnes marinades… »

J'avais tendu des draps propres, accroché un petit bouquet de fleurs fraîches au fronton de la galerie.

« Hiiii… Pis tu pars te marier. »

Je respirais à peine. Cette nuit-là portait l'histoire de ma mère. Et bientôt la mienne.

« Elle avait pas prévu revenir tout de suite. Hiiii… Y s'étaient dit : On va aller passer quelques jours en mer. Un voyage de noces en voilier. »

Pas longtemps, le petit bouquet ne sècherait pas.

« Juste une nuit ou deux. Hiiii… De toute façon, c'était déjà octobre. Mais y faisait un soleil extraordinaire pour le mariage. Y se sont mariés de bonne heure pour partir en fin d'après-midi. Hiiii… Y'avaient du maquereau frais pis du champagne – Marie aimait ça, les extravagances. Y s'étaient dit : On va aller s'ancrer au Banc-des-Fous pis on va manger doucement, hiiii… en se regardant dans les yeux. Après, on fera l'amour. »

Dans ma robe blanche, envers et contre la mer, m'accoster contre lui.

Cyrille s'est tourné sur le dos, regardant le coin entre le mur et le plafond.

« Y'ont à peine eu le temps d'entamer le souper que le vent s'est levé. Un vent pas attendu, hiiii… comme ça arrive des fois. Y se sont dit que c'était pas grave. »

On a même ri quand la pluie est arrivée. On s'est dépêchés de finir la bouteille qu'on avait juré de boire vite, pour pas se faire prendre si la grêle s'y mettait.

« Hiiii… C'est là que le vent est arrivé. La bourrasque. »

Le rideau noir s'est avancé vers nous dans la nuit hurlante.

« J'ai jamais pensé qu'y'étaient trop soûls pour naviguer. Icitte, on navigue à l'œil, même soûls, même gelés, même vieux. Hiiii… Une tempête pas possible. »

Il a voulu vérifier l'ancrage. Il était têtu.

« Mon frère est monté sur le pont. Y'a perdu pied pis y'est tombé par-dessus bord. »

J'ai lancé la bouée, de toutes mes forces. Il s'y est accroché. Je l'ai vu s'y accrocher.

« Hiiii… Ça a pris du temps pour aller au-devant. Fallait que Marie lève l'ancre dans la tempête, pis qu'elle le cherche dans la nuit. Hiiii… Elle a cherché longtemps. »

Je me suis battue avec la mer.

« Elle a lancé des SOS, mais l'antenne radio avait été arrachée. Hiiii… Elle a fait tout ce qu'elle a pu, j'en suis sûr. »

Tout ce que j'ai pu, je le jure.

« Mieux que n'importe quel marin aurait pu faire, j'en douterai jamais. Hiiii… »

Il s'est tu, s'est tourné sur le côté, épuisé, a bu un peu d'eau à la paille et a refermé les yeux sur son oreiller malade.

« Elle est revenue au quai à moitié délirante pis y sont partis à la recherche de mon frère. Hiiii… Y l'ont pas trouvé. Ni eux ni les autres. Y'est jamais revenu. Hiiii… »

Dans le silence de la chambre, j'ai ramassé mes larmes. Où était-il, Cyrille, le soir où son frère est mort ? Le soir où Marie Garant est rentrée seule au quai du Ruisseau-Leblanc, qui l'avait recueillie ? Qui était allé poursuivre les recherches en mer ? C'était qui, « eux » ? J'attendais qu'il continue. J'espérais connaître mon histoire avant de partir, évidemment, mais je doutais d'y arriver. J'ai attendu en vain.

« Hiiii… Depuis que ta mère est morte, les souvenirs me montent dans la gorge. »

Des larmes se logeaient dans ses cils fermés.

« Hiiii… Tu le sais pas encore, toi, parce que t'es jeune, mais en vieillissant, nos cœurs deviennent plus denses. Hiiii… Quand les souvenirs remontent, on dirait qu'y nous grafignent le dedans… »

Je me suis extirpée de ma chaise et suis allée m'asseoir près de lui, sur son lit. Il a entrebâillé des yeux étirés de fatigue, lourds d'images.

« J'aurais aimé ça, aller en mer avec toi, Cyrille.

— Hiiii… Moi aussi, la p'tite, j'aurais aimé ça que t'embarques… Le lever du soleil, icitte, y'est ben plus beau qu'à Bonaventure ! Pour les couchers, je dis pas : y'en ont des spectaculaires. Mais les levers… hiiii, c'est ça qui compte parce que c'est le matin pis que t'as encore l'œil neuf et frais, comme vierge parce qu'y'est ben reposé, tu comprends ? Hiiii… La pêche, ça paye pus pour la peine, mais quand t'arrêtes ton moteur face au levant pis que la brise te fait un pli d'eau sur la mer, hiiii… tu doutes pas du pourquoi que t'es là.

— J'ai remis *Pilar* à l'eau, Cyrille.

— Moi, on m'embarquerait pas là-dessus ! Hiiii… T'es toujours couché sur le côté, avec ces bateaux-là ! Tu mets pas de soupe dans ton bol, pis on dirait qu'y'est plein ! Hiiii… Je préfère le fond plat où tu peux ranger tes pêches, mais je peux comprendre qu'y'a une poésie à vouloir embarquer sur un voilier. Une poésie comme à la fin d'un film romantique… Hiiii… Tu trouvais sûrement ça plus romantique avant la mort de Marie, hein ? C'est moins drôle, là, c'est ben sûr… Je me sens vieux, tout d'un coup, la p'tite, tu peux pas savoir. Hiiii… Pis c'est pas des questions d'âge, ça.

— Pourquoi tu m'as pas dit que t'avais le cancer, Cyrille ?

— Le cancer… C'est pas exactement un grand fait d'armes dont un homme se vante, hiiii… surtout quand tu sors d'un shoot de chimio.

— Je pensais que tu voulais pus aller en mer parce que…

— Parce que c'est là qu'elle est morte ? Hiiii… Tu me connais mal, la p'tite. La mer, c'est comme une femme : quand on décide de l'aimer, on accepte d'y laisser sa peau. Hiiii… Si t'es pas d'accord avec ça, avec cette possibilité-là, tu t'embarques pas. »

Ses yeux étaient lourds comme une marée d'automne.

« La mer, Catherine, j'vas aller y mourir. C'est pour ça que je veux pas vendre mon bateau. Hiiii… Quand le linceul va me pogner, j'vas aller sur l'eau, loin des côtes pis des filets. Je connais des coins creux, des fosses profondes. Hiiii… Mes frères m'attendent. C'est avec eux autres que j'vas passer le moulinet à gauche. Hiiii… J'vas embarquer ma marie-jeanne, fumer un dernier bout de rêve, pis aller les rejoindre. Hiii… Pis je remonterai pas. Personne va me remonter. »

Assise sur le lit, je voyais, dehors, le cimetière qui alignait des pierres grises. Il fallait bien le lui annoncer, puisque j'étais aussi venue pour ça.

« Cyrille… Ils enterreront Marie Garant demain…

— Hiiii…

— J'ai choisi le cercueil, hier. Elle sera enterrée ici, à côté de ta maison.

— Icitte ou ailleurs, ça a pas de sens, la p'tite ! Hiiii… Quand on a aimé la mer, qu'on l'a mariée pis vécue toute notre vie, le monde d'après notre mort devrait pas pouvoir nous l'enlever. Hiiii… Y'a quelque chose de pas naturel à nous obliger à dormir en terre tout le reste de notre mort. Marie

Garant, l'eau aurait dû la garder, lui gruger la peau et les os, l'avaler pis la sédimenter, en faire du beau corail. Hiiii… Y veulent toujours qu'on soit le sel de la terre ! Hiiii… Pourquoi, nous autres, on serait pas le sel de la mer ? »

Je me suis couchée près de lui. J'ai passé mon bras sur son torse sifflant. Il a eu un bon sourire, de ces sourires qui appareillent sans heurt.

« À c't'heure, va-t'en, la p'tite. Hiiii… Les traitements me rendent malade. J'aime mieux être malade tout seul pis me tenir deboute quand y'a du monde. Hiiii… Surtout devant une belle fille comme toi. »

Le cœur lourd, j'ai posé ma main sur son bras. Il a fermé les yeux.

« Va-t'en, la p'tite. Hiiii… Va-t'en. »

*

Ce que ma mère est devenue, par la suite, ce n'est pas Cyrille qui me l'a raconté. Cyrille, il aurait été incapable de me dire que la femme que tout un village avait aimée comme le retour du printemps, l'espoir et la renaissance, était devenue l'image même de la consternation et du cloaque. Il aurait peut-être même été incapable de s'en souvenir, lui qui l'aimait belle.

Ces souvenirs-là, personne ne les partageait. Ils étaient enfermés à clé dans le tiroir du passé et j'ai dû forcer les serrures, voire en imaginer des bouts, car la mémoire fait défaut quand les sentiments s'en mêlent. Même Yves Carle a eu de la difficulté à m'en parler, le lendemain, quand on a changé l'huile du moteur de *Pilar*.

« C'est pas tellement qu'elle était folle… C'est plutôt qu'elle… dérangeait. Faut pomper la vieille huile. »

Il m'a passé la pompe.

« Est où, l'huile neuve ? »

Il m'a tendu les pintes.

« Après ?

— Après, tu changes les filtres pis tu mets l'huile neuve dans le moteur.

— Non ! Qu'est-ce qui s'est passé après ?

— C'est confus. »

Je n'avais peut-être pas besoin qu'on me le raconte, ou si peu.

Alors, je pars, de nouveau, malgré tout et toi. Et, chaque fois que je pars, il me veille.

Elle devait hurler, partir en mer sans but ; on la voyait sûrement se débattre, lamentable, contre le vent et maudire la tempête. Elle revenait, heurtait brutalement le quai avec la coque de son bateau et sautait en bas, frappant de ses pieds les rochers, les algues, les détritus de crabes que les goélands laissaient tomber sur la grève pour en briser la coquille et en manger la chair.

Elle allait au bar presque tous les soirs. Elle se soûlait. Des fois, elle riait… Elle était belle, Marie Garant, mais d'une beauté qui faisait maintenant mal. Elle en voulait à la mer, aux hommes, à l'amour.

Veille, Cyrille, car je me noie.

« On m'a dit que Cyrille l'a protégée un bout de temps.

— Contre qui ? »

Yves Carle s'est relevé, puis s'est assis sur la banquette de tribord.

« Y'a rarement un autre danger que soi-même dans ces situations-là. »

Son cœur, Cyrille Bernard l'avait sacrifié depuis longtemps à la femme des mers et, lorsqu'il a vu Marie Garant souffrir, il a tendu un hamac dans la cuisine d'été de sa belle-sœur pour veiller sur elle. Il a dormi là tout le temps qu'il a fallu.

Veille-moi devant ce firmament sali. Veille-moi quand la nuit se drape de linceuls à en oppresser le ciel.

Les soirs où elle se soûlait au bar, il la ramenait chez elle, peu importe l'heure et l'état dans lequel il partirait en pêche le lendemain. Il la portait dans ses bras, montant l'escalier qu'elle s'acharnait à redescendre, jusqu'au jour où il lui a tendu un hamac dans le salon, un hamac solide dans lequel elle dormirait ses nuits, condamnant les chambres d'amour et d'enfant pour le reste de sa vie errante.

Frotte les étoiles, toi qui dis m'aimer, fais briller les constellations, afin que je puisse revoir, à travers le rideau noir de ma vie, un restant d'éphémérides, un bout de Cassiopée, et que les vœux me soient de nouveau permis.

Parfois, elle devait jeter son dévolu d'ivrognesse hargneuse sur Cyrille. Debout devant lui, les cheveux sales et le corps désaxé de boisson, elle devait le mettre au défi de bander. Elle devait lui hurler des insanités souffrantes, se déshabiller en l'insultant et lui, malheureux devant elle, il devait la rhabiller avec entêtement, la recoucher alors qu'elle se relevait, la recoucher encore et encore jusqu'à ce qu'elle abandonne enfin et alors là, là seulement, il regagnait son hamac, épuisé, et pleurait en pêcheur agenouillé qui regardait cette femme aimée s'abîmer devant lui.

J'ai secoué tout ce qu'il y avait d'anges et de nuits. Le pêcheur m'a veillée. Aimée. Mais je suis repartie. Car j'ai la mer à boire.

Parfois, au contraire, tout aussi délirante, mais attendrie, elle devait lui faire des prières, comme à un dieu, elle qui n'allait plus à l'église et descendait tous les saints du Ciel quand l'occasion la faisait féroce. Lui tendre de petites oraisons inattendues et affectueuses, tristes et pures comme aurait pu en réciter une fillette devant la tombe de son père. Ce qu'elle avait été de beauté et de printemps devait alors ressurgir dans ces murmures éthyliques des douze coups de minuit.

Protège-moi des ressacs de grandes marées. Pose ta main sur ma tête afin que je n'aie plus peur. Pose ta main sur l'onde.

Avec l'étrange poème testamentaire qu'elle m'a légué, je récris ce scénario troué dans ma tête. Plus j'en sais, plus les morceaux s'ajustent et plus les dates me manquent.

Elle se marie en octobre. Elle est peut-être déjà enceinte. Sûrement pas. Son époux meurt la nuit de ses noces. Cyrille emménage dans la maison. Elle hurle. Une semaine, deux semaines, peut-être davantage. Mais elle doit sortir son bateau de l'eau pour l'hiver, car il est hors de question qu'elle le laisse périr, lui aussi. Or, avec le frigidaire à poissons qui occupe le quai, Marie Garant ne peut pas sortir *Pilar* ici. Elle doit donc, avant les glaces, hiverniser son voilier ailleurs. Elle l'amène à Percé et qui rencontre-t-elle, cet automne-là ? Yves Carle, qui s'est séparé. Il a peut-être une maîtresse, peut-être pas. Elle passe peut-être l'hiver à Percé. Avec lui ? Yves est jeune, fasciné par la mer, par le courage de Marie Garant. Au printemps, il voudrait partir avec elle, mais Thérèse lui refile (peut-être pour le retenir ?) les enfants, affirmant que son amoureux les déteste.

« Yves ? C'est toi qui as mis son bateau à l'eau, ce printemps-là, hein ? À Percé, en 1974 ? »

Il ne répond pas.

« Il fallait que quelqu'un l'aide parce qu'elle était enceinte. Toi, tu savais qu'elle était enceinte. C'est pour ça que le notaire m'a envoyée te voir. Parce qu'il a déduit les dates et qu'il a compris que tu savais. Elle a remis discrètement le voilier à la mer et a remonté le fleuve en direction de Québec où elle espérait accoucher à la crèche des religieuses, probablement. Mais elle ne s'y rend pas. Parce que le temps est contraire ou parce que je suis née précocement. Elle accouche en mer, sans témoin, inscrit un faux nom de père sur le baptistaire, file à Montréal, me dépose chez mes futurs parents et repart… Et après, Yves ? Qu'est-ce qui s'est passé ? »

Ses mots sont des aveux difficiles.

« Elle a été partie longtemps. Le père de Cyrille a vendu sa pêche pis, comme il avait pus de bateau, Cyrille est allé travailler en Alaska. Les Américains engageaient sur des paquebots. C'était payant. De toute manière, on l'a dit fou longtemps, lui aussi. Des fois, il a dû penser l'être.

— Marie Garant, elle est allée où ?

— En mer. Elle a jeté ses amarres dans l'horizon. Ça a pris des années avant qu'elle revienne.

— Pourquoi ? Pourquoi on va en mer, Yves ? »

Il me sourit doucement.

« La mer, c'est pas un choix, Catherine. Y'en a qui sont aspirés par le Grand Nord, d'autres qui veulent pas quitter leur maison ; y'en a qui entrent en politique, d'autres qui veulent avoir des enfants. On va en mer parce que c'est la seule porte qui s'ouvre quand tu sonnes, parce que ça te réveille la nuit, Catherine. Chaque fois que t'accostes, que t'entres dans la foule, tu sens ta différence. Tu te sens étranger. Tu vas en mer parce que t'es en porte-à-faux avec le monde et qu'y'a juste dans le silence du vent que t'es à ta place. »

Il a longuement fixé ses pieds.

« Pour les marins, c'est pas le large qui est compliqué, c'est la terre. On vit et on meurt en mer parce qu'on est fait pour l'horizon. »

On avait fini l'entretien et l'heure avançait vers midi. Je devais bientôt me rendre à l'enterrement. On est restés assis un moment encore dans le carré, comme si on signait ensemble un pacte secret.

« Je pense pas que l'amour aurait rendu Marie Garant heureuse. »

Elle n'était pas revenue pour revoir les hommes qu'elle avait aimés, mais parce que la Gaspésie, c'était chez elle. Et pour prendre des nouvelles de moi. Je savais qu'elle allait et revenait, discrète, mais j'avais toujours refusé que mes parents m'en parlent. Elle a dû apprendre leur décès et se dire qu'elle pourrait peut-être me rencontrer. Le temps passe. Elle est malade, souhaite se raconter, m'expliquer. Elle m'écrit une courte lettre de Key West, ose enfin me donner rendez-vous, mais meurt avant d'accoster.

« Catherine ? »

Sans m'en apercevoir, je jouais avec le GPS portable de ma mère.

« Quoi ?

— T'es née quand ?

— Je suis sans date, Yves.

— Y'a un nom de père sur ton baptistaire ? »

J'ai secoué la tête.

« Pourquoi ? As-tu peur que je te réclame une pension alimentaire ? »

Sans répondre, Yves Carle m'a longuement regardée, puis il est sorti dans le cockpit.

Sur le quai, là où le sloop était amarré, une constellation attendait. Contre les planches à demi défoncées, quelqu'un avait déposé des étoiles de mer, des algues, des bouts de bois, des coquillages, assemblage joli et délicat qui évoquait le vent, la mer, le large. Et un homard en cadeau.

Yves Carle a mis pied à terre.

« T'as un admirateur.

— Tu racontes n'importe quoi. »

Il a sauté dans son dinghy.

« Tu diras ce que tu voudras, mais ça fait ben cinquante ans que je navigue et aucun pêcheur m'a jamais fait une œuvre d'art… »

J'ai fermé le voilier, ramassé le homard et quelques morceaux du paysage marin.

Jérémie, le géant amérindien, avait recueilli la mer dans ses mains de bois dur et en avait déposé des morceaux à mes pieds. Je l'ai cherché un moment, mais il n'était plus en vue. Je suis rentrée à la maison, j'ai lavé les astéries, délicatement, les coquillages, les copeaux de bois et les ai mis à sécher sur la galerie. J'ai pensé à tous ces bouts de mer qui peuplaient la maison de Marie Garant et qui m'étaient d'abord apparus comme des objets anodins. Des souvenirs discrets et amoureux.

Depuis la fenêtre de la salle à manger, j'ai vu le triangle des voiles du *Vol de Nuit* passer devant la maison et Yves Carle lever une main, pour me saluer.

Défenses et nœuds de cabestan

Est-ce que Joaquin Moralès a mangé la paella refroidie ? Oui. Amoureux ou non, Moralès n'a jamais jeté ne serait-ce qu'une cuillerée de paella à la poubelle. Il a simplement troqué le vin contre trop de bières froides, enduré son mal de foie toute la nuit et s'est réveillé dépeigné. Obéissant, il a évidemment déposé, hier matin, son rapport d'enquête sur le bureau de Marlène Forest, laquelle lui a permis de prendre un jour de congé ou deux, question de nettoyer la maison et de reprendre des forces avant l'arrivée de madame sa femme.

Sarah lui a par ailleurs expédié un trousseau de clés et se prépare, comme prévu, à développer son volet international, accompagnée par l'imbuvable Dji-Pi. Froissé, Joaquin ne répond plus à ses coups de fil. Que peut-il faire d'autre ? Il a de l'orgueil, quand même !

Indécis quant à la tournure des événements et respectueux du deuil de Catherine, il fait le ménage de la maison sans chercher à la revoir, mais en multipliant évidemment les courses au village, au cas où. Mais le cas n'y est pas.

Mené à l'extrême limite de la patience, Moralès décide donc, cet après-midi-là, de se rendre aux obsèques de Marie Garant – victime d'un accident et d'elle-même. Il se douche longuement, observe sa peau foncée dans la glace, choisit une chemise crème et prend le chemin de l'église. Là, il se fait indiquer la route du cimetière du rang 4 (à gauche sur le chemin de traverse, à droite au stop), se stationne à l'écart et se trempe les pieds dans l'herbe molle.

Il arrive en retard.

À peine le curé Leblanc lève-t-il un sourcil nonchalant et se demande-t-il, en secret, s'il arrivera à soutirer un autre verre de vin à l'enquêteur Moralès au nom de l'abstinence sexuelle de sa femme ou du retour glorieux de la libido conjugale, avant de retourner à ses oraisons. Les autres prieurs sont si peu nombreux qu'on peut les nommer, en guise de procès-verbal : Yves Carle, Cyrille et sa sœur, le coroner Robichaud, le notaire et ses mentons, deux ou trois punaises de sacristie ainsi que quatre ou cinq touristes, à l'écart, qui observent avec un certain sans-gêne la sculpture anonyme édifiée en 1922 en l'honneur du naufrage du *Vagabond des Mers* et de ses quatre hommes d'équipage perdus au large : Maurice et Émile Thibaudeau, Joseph Bujold et Ernest Hudon, tous Caplinois.

Et, évidemment, il y a elle. Catherine Garant. Elle a relevé ses longs cheveux châtains en chignon. Chic et sobre, elle porte une robe d'été beige et bleue, légère, retenue par deux bretelles étroites qui mettent le sang fauve du sergent Moralès en émoi. Joaquin s'en gave les pupilles. Il fantasme, caché comme un adolescent surexcité, dans l'ombre d'un érable.

Elle est debout, près de la fosse. Elle prie, belle comme une vierge de vitrail surmontant les flots en furie sur un nuage resplendissant de rayons blancs. Catherine serait-elle croyante ? Pour qui prie-t-elle ? Que demande-t-elle ? Que peut demander une femme comme Catherine Garant ? L'autre soir, elle était tellement… Tellement quoi, Moralès ? Il soupire.

Près d'elle, un grand chien, mélange husky-malamute-labrador, est assis. Au loin, les hommes en noir et les travailleurs du cimetière.

Moralès regrette d'avoir fermé si vite cette enquête. Il aurait pu laisser traîner, multiplier les hypothèses, les embûches, les interrogatoires. Il aurait pu chercher, ou faire semblant. Prendre son temps et revoir Catherine.

Elle n'a pas retourné ses appels, ni pour le remercier des informations ni pour s'excuser du souper manqué. Elle est en deuil, c'est vrai, mais après les baisers qu'ils avaient échangés, il aurait cru que… Que quoi, Moralès ? Sarah a téléphoné juste à ce moment-là ! Il n'aurait peut-être pas dû répondre…

Joaquin reste discrètement en recul.

Si Sarah n'avait pas appelé, il aurait pu… Il aurait pu quoi ? La tromper ? Moralès se dit que c'est lui qu'on a trompé, que la cinquantaine lui a joué un sale tour en tapissant ses rêves de trahisons successives qui détruisent ce qu'il a patiemment bâti.

Il sursaute. De l'autre côté de la fosse, Catherine lui a lancé un regard qu'elle a vite repris pour se recueillir sur la tombe de sa mère. Existe-t-il des amoureux qui tiennent promesse ?

Le curé Leblanc entame la dernière prière.

Soudain, une voiture arrive à toute allure, freine à l'entrée du cimetière, et Guylaine Leblanc, la propriétaire du Point de Couture, en sort, presque au pas de course. Elle se dirige, sous l'œil ébahi des participants, vers la fosse, s'arrête à un mètre de la tombe et, de tout son corps, crache sur le cercueil de bois brut. Joaquin Moralès s'est approché pour intervenir, mais le vieux pêcheur tend une main.

« Hiiii… Laissez-la faire. »

De toute façon, elle est déjà repartie, a claqué la portière et a fait éclater le gravier sous ses pneus agressifs. Le curé

Leblanc reprend l'oraison funèbre et Catherine fixe obstinément le petit cercueil de bois rude comme une femme qui refusera de répondre aux questions. Ils se signent de la croix.

Moralès retourne à sa voiture, un peu dubitatif: la couturière qui vient cracher sur la tombe de Marie Garant, c'est bizarre. Il a complètement ignoré les motifs provoquant la colère de Guylaine envers Marie Garant et sa fille. Il faudrait, du moins par acquit de conscience, tenter de les trouver.

Moralès remonte en voiture et file vers le village. Il a mésestimé le bistro comme source d'informations: un lieu à potins, ça peut redémarrer toute une enquête.

« Ah ben, j'm'en vas vous dire si c'est pas l'inspecteur ! J'enquête qui arrive pour l'apéro ! »

Le bistro hébergeait quelques estivaliers à la traîne dans l'heure digestive de l'après-dîner où Renaud, fidèle au poste, écorchait cruellement, affublé de son chapeau idiot et de son tablier Aide-cuisinier, des salades qui n'avaient pourtant jamais fait de mal à personne. Assis au bar, soûl et gesticulant, Vital tendait à Victor des Ciboire et des Câlisse comme s'il cherchait des contenants pour sa colère.

« Saint-Ciboire de Câlisse, si c'est pas la police qui débarque ! Paraît qu'on a pas fini de vous voir ? Paraît que vous avez acheté une maison dans le coin ?

— Oui, sur le rang de l'Île.

— Vous vous installez proche de vos victimes !

— Vous n'étiez pas à l'enterrement…

— Ça, c'est pas de vos Saint-Ciboire de Câlisse d'affaires ! »

Péniblement, le pêcheur se hisse sur ses jambes, finit son verre d'une traite, puis dépose l'argent sur le comptoir. Victor l'imite. Renaud, momentanément, abandonne son chapeau idiot, son tablier Aide-cuisinier et sa dissection orageuse pour leur rendre la monnaie.

« J'm'en vas vous dire que si vous êtes venu pour faire fâcher mes clients, vous allez prendre la porte, tout inspecteur des aliments que vous êtes !

— C'est-c'est-c'est-c'est Vital qui cherche le-le-le-le trouble.

— Je cherche pas le trouble : je veux rien qu'avoir la paix ! »

Moralès s'assoit au bar, tranquille.

« Inquiétez-vous pas : le dossier est fermé.

— Pis mal fermé ! Mais c'est aussi ben de même…

— Pourquoi ? »

Sans daigner répondre, Vital empoche sa monnaie et s'ébranle vers la sortie.

« Où-où-où-où est-ce que tu t'en vas ?

— Au bateau, Saint-Ciboire de Câlisse ! Au bateau ! »

Victor le suit, heurtant dans le cadre de porte le curé Leblanc qui, son service terminé, vient étancher sa gorge asséchée par le sermon avec le vin profane du bistro. Renaud renfile son chapeau idiot, son tablier Aide-cuisinier, et reprend place derrière la déchiqueteuse.

« Ah ben, j'm'en vas vous dire, m'sieur le curé, que Vital vient de laisser une belle place chaude au comptoir ! Vous allez être content, inspecteur : le curé revient de l'enterrement de votre victime pis y va pouvoir tout vous raconter !

— Ce n'est pas ma victime ! »

Le curé Leblanc attrape au vol un morceau de salade qu'il dépose sur la planche de Renaud.

« En vérité, je n'aurais pas grand-chose à vous apprendre puisque vous y étiez. »

Il s'installe au bar.

« Oui. Belle cérémonie.

— Merci.

— Peu de participants.

— La famille était étroite.

— Cyrille Bernard, le pêcheur, il était avec une femme…

— Sa sœur.

— Il était proche de Marie Garant ?

— C'était son beau-frère, oui.

— J'm'en vas vous dire, inspecteur, essayez pas d'y tirer les vers du nez avant la troisième coupe de rouge…

— En vérité, je prendrais volontiers un petit vin… »

Moralès n'attendait que ça pour le faire parler.

« Renaud, je sens que je vais offrir un verre à monsieur le curé. »

Lâchant sa salade, Renaud s'essuie les mains sur son tablier.

« Ça vous dérange pas, si je garde mon uniforme d'aide-cuisinier ?

— Gardez-le, Renaud. On est habitués. »

Soulagé, il attrape une bouteille.

« Un verre de vin rouge ?

— Oui. Une bière pour moi et un verre de vin de messe pour le prêtre déshydraté.

— Curé. Je ne suis pas prêtre, mais curé. »

Renaud donne une bière à Moralès.

« Il y a une différence ?

— Ah ben j'm'en vas vous dire que oui, y'a une différence ! Un curé, ça a une cure, tandis qu'un prêtre, ça a… Ça a quoi, m'sieur l'curé, déjà ? »

Il verse un verre de rouge au curé Leblanc.

« Je n'ai jamais été ordonné.

— Je le mets sur votre compte, inspecteur… »

Renaud rebouche et pose la bouteille sur le bar.

« Mais j'm'en vas vous dire rien qu'une affaire que l'ordination, pour nous autres, ça change rien. Béni, pas béni, tant que vous tenez la cure à deux mains, m'sieur l'curé, on est ben contents !

— En vérité, j'étais bedeau. J'assistais le vieux curé Bujold. C'est lui qui a eu la cure ici pendant vingt-trois ans. D'habitude, les curés sont mis en rotation, mais lui, je pense que l'épiscopat l'avait oublié.

— Ou bien, y'en voulaient pas ailleurs ! »

Ou personne ne voulait venir ici. Moralès garde l'idée pour lui pendant que Renaud emplit les bols d'une triste salade.

« La Gaspésie, ça a jamais ben ben été un pays de curés. Pendant la prohibition, nous autres, on allait chercher de l'alcool sur Saint-Pierre et Miquelon… Pis on fumait du pot ben avant que Montréal sache c'est où, les Jamaïques ! »

Renaud disparaît vers la cuisine avec les bols de salade précairement empilés sur ses bras.

« En vérité, vous arrivez de la ville, enquêteur, où tout va vite et vous avez l'horaire précis et calculé, mais ici, le temps tourne autrement. Pour beaucoup d'hommes, l'éternité ne peut pas être plus longue qu'un été sans poisson. »

Renaud sort de la cuisine en s'essuyant les mains sur le tablier.

« J'm'en vas vous dire que c'est quand même drôle qu'y vous aient mis *vous* sur cette enquête ! »

L'enquêteur sourit, affable : parlons-en, justement…

« Pourquoi vous dites ça, Renaud ?

— Parce qu'y faut tout vous apprendre ! Un gars du coin aurait compris…

— Aurait compris quoi ? Qu'un bedeau soit curé ?

— C'est parce que vous avez pas connu le vieux curé! Y pintait tellement fort que, des fois, y nous comatait ça pendant des jours! Pis j'm'en vas vous dire, un matin, n'importe lequel, y se réveillait de son coma, convaincu qu'on était dimanche, pis y nous partait la grand-messe! Des fois, y tombait pile, mais, la plupart du temps, y se réveillait le lundi après-midi, des fois le mardi matin. Pis là, j'm'en vas vous dire que je vous parle même pas du sermon! »

Renaud attrape la bouteille, remplit le verre du curé, rebouche la bouteille qu'il redépose au même endroit.

« Je vous dis que c'est pas drôle, un village avec un curé ivrogne!

— En vérité, j'ai commencé à le remplacer, occasionnellement, quand on n'arrivait pas à le réveiller.

— Nous autres, ça faisait notre affaire…

— J'ai toujours voulu être prêtre, mais mon père avait une terre sur le rang 4, et, comme j'étais le seul gars, il m'a gardé pour l'aider. À vingt ans, ils m'ont marié à la voisine… »

De l'autre côté du comptoir, Renaud sort un lot de tomates qui ne se doutent de rien.

« La grosse Juliette!

— Elle était surprenante. Je n'ai jamais voulu d'enfants, mais elle a réussi à tomber enceinte quatre fois et je vous jure que je n'y suis pour rien!

— J'm'en vas vous dire, sans vouloir vous faire déshonneur, m'sieur l'curé: c'est quatre enfants qui vous ressemblent pas pis quatre qui se ressemblent pas non plus!

— En vérité.

— On peut pas dire que vous avez empêché la famille!

— Je l'ai laissée faire. J'allais quant à moi au presbytère et, quand le curé ronflait, je prenais la relève. J'ai lu le bréviaire, rempli les documents paroissiaux et j'ai commencé à le remplacer à l'office. En vérité, personne n'en a jamais fait de cas. »

Moralès finit sa bière en souriant. Renaud lui en sert une autre.

« Ça fait que, j'm'en vas vous dire rien qu'une affaire : quand la cirrhose a tué le vieux curé d'une attaque en règle, personne a insisté pour qu'on en demande un autre !

— Ça me gênait un peu, en vérité, sauf que, une nuit…

— Ah ! Oui ! Contez-y la nuit de votre miracle !

— Un après-midi, il y a trois jeunes qui sont allés en mer…

— J'm'en vas vous dire que le plus vieux des Bernard venait de se fiancer avec Marie Garant pis qu'y'est parti, avec Jeannot qui arrivait de Québec. Y voulaient fêter ça entre gars. Mais quoi ? Y'ont veillé trop tard, ou bien y'ont trop bu, mais y'ont eu un accident ! Contez-le, vous, m'sieur l'curé !

— En vérité, on n'a jamais trop su ce qui s'était passé, mais le plus vieux des fils Bernard est tombé à l'eau… »

Moralès ralentit sa consommation de bière. Combien d'hommes, fiancés ou mariés à Marie Garant, sont donc morts noyés ?

« Mais là, quoi ? Y'avait Cyrille, qui s'était caché dans le bateau, parce qu'y'était adolescent pis jaloux pis qu'y voulait y aller, lui aussi ! Ça fait que, quand son frère est tombé, le jeune est sorti de sa cachette, pour l'aider. Dites-y, m'sieur l'curé !

— Il faisait noir, il y avait de l'orage et, dans la maladresse du moment, en vérité, il s'est pris dans les fils à pêche… »

Renaud, emporté par l'événement, gesticule à tout rompre, toujours armé de son couteau de cuisine qui fait gicler de la tomate dans tous les sens.

« Ça fait que quoi ? Le Jeannot a ramassé Cyrille, pis y l'a ramené, mais y'était mort mort, lui aussi ! Étouffé dans les fils à pêche !

— Ils sont revenus vers quatre heures du matin.

— Pis c'est là, j'm'en vas vous dire, que vous êtes arrivé…

— J'étais enfermé chez nous, avec les enfants et ma grosse Juliette. Je surveillais la nuit d'orage, en priant pour les pêcheurs.

— J'm'en vas vous dire que ça tonnait sur la falaise ! Ouf !

— Tout à coup, la fille Bernard cogne à ma porte. Je lui ouvre, elle entre, très révérencieuse, et me demande : "Il faudrait que vous veniez faire la prière des morts sur le quai, monsieur le curé. Pour mes deux frères." C'est sa mère qui l'envoyait. Qu'est-ce que vous vouliez que je réponde à ça ? Elle pleurait, la pauvre petite.

— J'm'en vas vous dire qu'on pouvait toujours ben pas aller chercher le curé de Bonaventure dans l'orage ! Pis qu'est-ce que le curé de Bonaventure aurait pu faire ? Y connaissait même pas les Bernard ! L'extrême-onction, c'est pas mal personnel comme demande… »

Le propriétaire du bistro pose enfin sa lame, s'essuie les mains.

« En vérité, je n'ai pas hésité.

— Si y vous donnaient du curé, c'est que vous en aviez ! »

Renaud attrape la bouteille, remplit le verre, rebouche la bouteille, la repose sur le comptoir. Il sert une autre bière à Moralès qui, pourtant, boit à peine.

« Je suis passé au presbytère, j'ai mis la soutane, j'ai pris l'eau bénite, le saint chrême et je suis descendu au quai. Quand je suis arrivé, tout le monde s'est mis à genoux.

— J'm'en vas vous dire rien qu'une affaire : la vocation, ça va pas se chercher dans un papier, non, m'sieur ! »

Renaud part vers la cuisine, vraisemblablement pour aller quérir un chaudron dans une pile particulièrement bruyante. Le curé Leblanc hausse la voix pour continuer.

«J'ai donné l'extrême-onction aux deux fils et c'est après cette nuit-là que tout le monde s'est mis à me donner du monsieur le curé. En vérité, j'attendais toujours qu'on me remplace, mais ça ne venait pas. Je suis même allé demander conseil au curé de Bonaventure. Il a répondu qu'ils manquaient de prêtres dans le réseau. Il a ajouté que, puisque j'étais habitué, que nous étions tous fils de Dieu, et que je savais comment faire, mieux valait que j'assume la cure moi-même. J'ai compris que, si on en avait fait la demande, ça aurait été à lui d'officier dans notre paroisse, en plus de celles de Bonaventure, de Saint-Siméon et de New Carlisle. »

Revenant du fond de la cuisine, Renaud n'a rien perdu de la conversation. Son chaudron, de toute évidence, sera trop petit. Il hésite.

«Au fond, il aimait mieux que vous continuassiez, ça lui faisait moins de travail.

— Oui. Ma femme est partie je ne sais où, mes enfants sont casés et j'ai vendu la terre. J'ai déménagé au presbytère. En vérité, je suis bien. J'ai une grande maison, ma sœur m'aide avec le ménage et mes sermons ne sont pas plus bêtes que ceux d'un autre.

— J'm'en vas vous dire: juste dans la moyenne.

— Il y a juste une affaire que je ne fais pas: les confessions… »

Renaud remplit le chaudron. Trop petit.

«On aime mieux les potins…

— Je préfère que mes ouailles gardent leurs péchés chez elles. Je ne veux pas prendre leurs secrets à ma charge.

— Chacun ses secrets, pis les moutons seront bien gardés ! »

Renaud hésite, pense à la vaisselle qu'il faudra laver et jette le reste des tomates à la poubelle.

« Pis qu'est-ce que vous feriez si Arseneault venait se confesser de vous avoir fait des enfants dans le dos ? Vous pourriez pas y pardonner pis ça ferait un conflit d'intérêts !

— J'aime autant ne pas le savoir…

— J'm'en vas vous dire : lui pis Dodier, c'est sûr ! Pis le petit dernier serait de Ferlatte que ça m'étonnerait pas : pas de cheveux pis les dents croches ! C'est Ferlatte qui aurait dû payer l'orthodontiste !

— Les histoires de famille, c'est toujours compliqué. »

Moralès boit un coup.

Renaud pose le chaudron. Guenille en main, il essuie le comptoir dégoulinant.

« Parlant de famille, Guylaine est pas venue chercher son café. J'espère que votre sœur est pas malade, m'sieur le curé… »

Moralès examine le curé.

« Guylaine Leblanc, c'est votre sœur ?

— En vérité, oui.

— La couturière qui a craché sur la tombe de Marie Garant est votre sœur ?

— Devant Dieu et les tombes.

— Pourquoi elle a fait ça ?

— Tout le monde a des tics, enquêteur. Ma sœur aussi.

— Mais… pourquoi elle détestait Marie Garant ?

— Je suis bon buveur, mais pas langue sale. Posez-lui la question à elle, pas à moi. »

Renaud attrape la bouteille, finit de la vider dans le verre du curé Leblanc.

« J'm'en vas vous dire : votre bouteille est vide, inspecteur, j'en ouvre-tu une autre ? »

Moralès a la tête ailleurs.

« Vous avez dit que Cyrille Bernard était mort étouffé dans les fils à pêche, ce jour-là ?

— En vérité, non : ils l'ont amené à l'hôpital et il s'en est tiré.

— J'm'en vas vous dire que c'est tout un miracle, ça, hein ?

— Il est resté un an et demi à l'hôpital et n'a plus jamais été capable de respirer normalement. Mais il est bien vivant, croyez-moi !

— Sinon le cancer pourrait pas le tuer !

— L'autre frère, ils ont retrouvé son corps ?

— Non, mais j'm'en vas vous dire, c'est ben normal : les morts d'ici, y partent tout le temps vers le large ! Pas moyen de les ramener !

— Triste histoire. Le jeune homme devait se marier quelques jours plus tard…

— J'm'en vas vous dire que Marie Garant, elle l'a pas trouvé drôle, celle-là ! »

Moralès attendait cette ouverture.

« C'était le premier fiancé de Marie Garant, pas son mari ?

— Oui. Il est tombé par-dessus bord. Trop ivre. »

Le curé secoue la tête, trop ivre aussi ou franchement désolé.

« Jeannot a dit qu'y'avait tout essayé pour le sauver, mais j'm'en vas vous dire rien qu'une affaire : je suis loin d'être sûr de ça !

— C'est qui, Jeannot ? Un homme d'ici ? »

D'un coup, Renaud et le curé Leblanc se sont tus, gênés. L'homme de Dieu a fini son verre et s'est levé, soudain pressé de monter les marches de son presbytère.

« En vérité, j'ai à faire. Bonne fin de journée, enquêteur. Salut, Renaud. »

Le patron du bistro ramasse la bouteille.

« J'm'en vas vous dire, inspecteur, qu'y faudrait payer avant de partir. »

Après l'enterrement, je n'avais pas organisé de goûter. Pour qui l'aurais-je fait ? Cyrille est rentré chez lui, fatigué, lourd et triste. Yves est retourné voir sa femme ; ils attendaient la visite des enfants, pour souper.

Je suis allée me procurer des pièces de rechange à la quincaillerie de New Richmond avant de descendre au quai. Je devais ranger le bateau et m'assurer de pouvoir prendre la mer rapidement, la nuit prochaine ou la suivante.

J'avais soif de hisser mes voiles les plus grandes, de mettre les vents dominants dedans et d'appuyer Pilar *dans la vague.*

Quand je suis arrivée, Jérémie travaillait sur le bateau de Cyrille. J'ai ralenti le pas, il m'a saluée.

« Merci. »

Il a incliné la tête sans répondre et je me suis souvenue que, la première fois que je l'avais vu, il m'était apparu comme un mât en bois dur. J'ai pensé qu'il pourrait aussi bien être un amer, ou carrément un phare.

Intimidée, j'ai poursuivi ma marche jusqu'au voilier où j'ai rangé les pièces, la nourriture en boîtes, quelques objets que je voulais conserver. J'ai regardé l'heure : la journée avançait et je voulais faire une sieste. J'ai fermé le bateau et me suis dirigée vers ma voiture.

« Ah ben Saint-Ciboire de Câlisse ! Si c'est pas la fille à Marie Garant elle-même qui vient nous voir ! De la grande visite, ça ! »

Debout au milieu du quai, il bloquait le passage.

« Tu t'en étais pas vantée, hein ? »

Je n'avais pas revu Vital depuis le jour où il avait repêché le corps de Marie Garant dans ses filets.

« Je comprends pourquoi tu voulais tant voir Cyrille ! Cyrille par-ci, Cyrille par-là…

— A-a-a-arrête, Vital ! »

Plus Victor essayait de le calmer, plus Vital criait.

« Pis Guylaine, Saint-Ciboire de Câlisse ? Elle te l'a-tu dit pourquoi elle t'avait crissée dehors ?

— Tu-tu-tu-tu lui fais peur ! »

J'ai reculé lentement, sonnée.

« Qu'est-ce qui se passe, Vital, le poisson t'a mo*rrr*du ? »

En silence, Jérémie s'était amené. Trouvant un ennemi de taille pour déchaîner sa rage, Vital a laissé sa colère augmenter d'un cran. Il s'est approché dangereusement de l'Amérindien.

« Saint-Ciboire de Câlisse ! L'Indien qui s'en mêle, à c't'heure ! Ça m'étonne même pas parce qu'elle aussi, c'était une sauvage !

— Tu fe*rr*ais mieux de te calmer les sangs, Vital, pa*rrr*ce que c'est toi qui as l'ai*rrr* d'un sauvage, là… »

Jérémie restait solide, empli d'une menace logée au même endroit que ma peur et que la colère de Vital, quelque part dans le centre de la poitrine, quand le corps se bande et devient un mur. Il s'est placé entre nous deux. Je ne voyais plus Vital, mais uniquement le dos de Jérémie, un dos large, en bois massif, que j'ai eu envie de toucher, pour me donner du courage. La voix de Vital s'est éloignée un brin, à peine, mais il l'a quand même dit. Il l'a craché comme un morceau de haine, l'a planté en hache de guerre entre lui et moi.

« Ta mère, c'était pas rien qu'une folle, Saint-Ciboire de Câlisse ! Guylaine t'a crissée dehors, la Garant, parce que ta mère, c'était une hostie de putain ! »

D'un coup, Jérémie s'est avancé sur Vital, l'a levé de terre et jeté à l'eau. J'ai reculé, poussée par l'onde de choc que les mots du pêcheur avaient créée dans l'air. C'était tout ce que j'arrivais à faire, reculer, pas à pas, m'éloigner en suivant un arc de cercle dont le centre était Vital, l'homme que j'avais trouvé si beau le lendemain de mon arrivée. J'ai couru vers ma voiture.

Je n'ai pas vu le coroner Robichaud sortir du café du Havre ni demander ce qui se passait, mais j'ai entendu, de loin, Jérémie lui répondre.

« C'est Vital, co*rrr*oner. Il dit que la ma*rrr*ée est t*rrr*op basse pour qu'on aille en me*rrr*. Tu vois bien, Vital : si y'a assez d'eau pou*rrr* ta g*rrr*ande gueule, il y'en a assez pou*rrr* mon bateau ! »

Un œil dans le rétroviseur. Face à la mer, Jérémie, le grand Amérindien puissant, planté sur le quai, fixait, sans le savoir, un amer indélébile sur ma carte de la côte gaspésienne.

*

Nichés à flanc de falaise, les cormorans paisibles qui ont fermé leurs ailes pour la nuit hésitent à les rouvrir. Le vent remonte le long de la pierre grise et leur balaie discrètement les plumes, les faisant tanguer légèrement. Le matin laisse parler la mer.

Moralès vacille. Des images en délire le poursuivent.

Marie Garant, bleue et maigre, étendue sur le plancher du bateau de pêche, ouvre les yeux. Ses pupilles ont la forme hypnotique des coquillages vides. Ses traits se brouillent, comme les traces de pas dans le sable que secouent les vagues d'ouest. Son visage se métamorphose en celui de Catherine, dont les lèvres douces murmurent : « La mer ne lui aurait pas fait ça ! », reproche que la voix de Sarah reprend en écho : « Qu'est-ce que tu me fais ? » Sa femme disparaît lentement, le cœur crevé. Il essaie de la retenir, tend les mains vers elle, mais le corps de Sarah n'est plus que de l'eau, que la mer, que des vagues, et ses mains se dissolvent, ses doigts fondent comme du sel.

Ça y est, il se réveille. Cinq heures et de la sueur plein les draps. Le vent hurle en fou, s'écorche contre la pierre dure de la falaise.

Il se lève, boit son café. Plus il y pense, plus il doute de la thèse de l'accident, mais il se l'avoue difficilement, parce que ça l'humilie un peu, au fond, de s'être laissé berner par les Gaspésiens. Ce matin, il se demande ce qu'il n'a pas compris. Ou plutôt : a-t-il compris quelque chose à cette histoire ?

Pourquoi Marie Garant s'est-elle ancrée au Banc-des-Fous ? Pourquoi Vital ne l'aimait pas ? Parce qu'elle faisait des scènes ? Qu'est-ce que ça peut bien déranger qu'une femme botte du varech ? Pourquoi la couturière a effacé les empreintes de Catherine et est ensuite venue cracher sur la tombe de Marie Garant ? Yves Carle et Cyrille Bernard lui ont dit que Marie Garant n'était pas morte accidentellement : pourquoi ne leur a-t-il posé aucune question ? Et il y a autre chose… Quelque chose lui a échappé, il en est sûr. Quoi ? Cherche, Moralès. Qu'est-ce que le vent te cache ?

Comme un homme qui remonte d'une longue plongée en apnée et vient tâter le soleil avec des yeux engourdis, Joaquin Moralès reprend soudain son souffle avec l'impression que toute l'enquête lui a échappé, qu'il a laissé filer des infos importantes, qu'il a omis des interrogatoires, qu'il a bâclé l'affaire tel un enquêteur fatigué. Est-ce que c'est ça qu'il est devenu ? Un vieil enquêteur ridicule qui tente de séduire des orphelines attristées ?

Il sort sur ce perron qui contemple passivement la mer. Il a honte, voudrait s'enfuir de lui-même. En automate, il descend les marches. De plus en plus vite. Pose sa tasse. Plus vite. Court. Il jogge le long des vagues, prend vers l'ouest, longe le ressac. Faudrait tout revoir. Repenser l'enquête depuis le début, scruter ça de nouveau : le continent et la mer, les hommes, leurs secrets, leurs défaites. Et les affronter.

En arrivant au Ruisseau-Leblanc, Moralès remarque que le voilier est à l'eau. C'est vrai, il y était déjà, hier. Qui l'a descendu ? Catherine ? Il ralentit, avance sur le quai. Un pêcheur s'active à bord d'un bateau. Rentrant probablement du large, il traîne dans la timonerie. Moralès approche.

« Excusez-moi… »

Le pêcheur lui tourne le dos.

« Vous êtes bien Cyrille Bernard ? »

Le vieil homme est maigre, encavé, épuisé.

« Hiiii… Oui.

— Vous m'avez dit, l'autre jour, que j'avais eu tort dans le dossier de Marie Garant.

— J'ai pas changé d'idée.

— Auriez-vous d'autres informations à amener dans cette affaire ?

— Concernant quoi ? »

Toujours de dos, il semble cacher quelque chose que l'enquêteur n'arrive pas à voir.

« La mort de Marie Garant.

— Hiiii… Je vois pas de quoi vous voulez parler.

— Vous êtes certain que vous n'avez rien à me dire ? »

Le vieux pêcheur se retourne enfin.

« Hiiii… Écoute-moi ben, Sherlock Holmes : hiiii… je viens d'enterrer ma meilleure amie pis j'vas mourir bientôt, hiiii… ça fait qu'arrête de tourner autour du pot ! Si t'as une question, pose-la drette là ou ben va-t'en ! Hiiii… »

Moralès recule d'un pas, gêné de sa brusquerie.

« Mes condoléances, monsieur Bernard, pour le décès de votre amie. »

Le pêcheur hoche la tête, se détourne pour vérifier quelque chose, sort finalement de la timonerie. Exténué, il monte sur le quai.

« La pêche a été difficile ?

— On a fini jusqu'aux tourteaux. Hiiii… »

Cyrille continue son chemin vers sa camionnette, accompagné malgré lui d'un Moralès tenace.

« Monsieur Bernard, vous m'avez dit, l'autre jour, que Marie Garant n'avait pas eu d'accident. Pourquoi ? Si vous savez quelque chose, vous pouvez sûrement m'aider à élucider les circonstances de…

— Hiiii… Ça m'intéresse pas.

— Marie Garant était votre belle-sœur et ça ne vous intéresse pas de savoir comment elle est décédée ?

— Non.

— Dois-je déduire que vous ne l'aimiez pas beaucoup ? »

Cyrille se vire d'un bloc. Malgré la différence d'âge et de faiblesse, l'enquêteur recule devant le grand pêcheur.

« Hiiii… Vous avez raison ! Sa mort m'intéresse pas ! Hiiii… Savez-vous pourquoi ? Parce que, moi, c'est Marie Garant vivante que j'aimais ! Marie Garant avec son rire pis ses colères ! Marie Garant qui naviguait toute seule, hiiii… malgré ce que le monde en disait! Marie Garant avec sa bouche en cœur, ses yeux tournés vers l'horizon pis ses cheveux mêlés… Hiiii… Savez-vous c'est quoi, votre problème, enquêteur? Hiiii… Savez-vous pourquoi vous les trouverez pas, vos coupables?

— Pourquoi?

— Hiiii… Parce que vous voulez pas savoir qui elle était, comment elle a vécu, ce qu'elle aimait. Hiiii… Rien! Vous êtes tellement accroché à son cadavre que vous vous rappelez pas qu'y s'agissait d'une femme vivante! Vous cherchiez une conclusion pour vos dossiers, hiiii… vous en avez trouvé une. C'est pas la bonne, mais qui est-ce que ça dérange? »

Le vieux pêcheur a repris sa marche vers sa camionnette.

« Moi! »

Cyrille ne se retourne même pas.

« C'est faux! Hiiii… Vous, vous êtes un mauvais enquêteur. Ça doit être pour ça qu'ils vous ont refilé ce dossier-là. Une vieille femme morte sur son voilier, dans le fond de la Gaspésie, ça doit pas intéresser les grands spécialistes, hein? Hiiii… Y vous envoient, *vous*, parce qu'y savent que c'est pas un gros dossier – juste de votre calibre… Hiiii… Pis, en plus, vous passez à côté!

—Vous dites n'importe quoi! »

Il ouvre la portière de sa camionnette et, dans le même mouvement, se tourne vers Moralès qui est toujours sur ses talons.

« Ah oui? Hiiii… Demandez à Yves Carle, y vous confirmera que vous avez conclu trop vite, que vous vous êtes laissé berner. Y vous dira que c'est impossible que la bôme ait envoyé Marie à l'eau! Hiiii… Vous vous êtes débarrassé de l'enquête parce que vous avez trop peur d'accuser les vrais coupables!

— Si vous connaissez les coupables, pourquoi vous ne me les nommez pas ?

— Moi ? Hiiii… Qu'est-ce que je connais là-dedans ? Je suis pas enquêteur de police… Hiiii… Je suis juste un pêcheur… Un vieux pêcheur fatigué. »

Cyrille est déjà monté dans sa camionnette. Au lieu de rejoindre la route, il prend le chemin de terre sous le viaduc, celui qui longe le ruisseau Leblanc, et disparaît dans les bois.

Cyrille Bernard parti, Moralès retourne sur le quai, se rend jusqu'au voilier. Il est désert, fermé. Catherine a nettoyé tant bien que mal les traces laissées par l'équipe technique lors du relevé d'empreintes. Moralès ouvre son carnet de notes et sort son cellulaire.

« Allô ?

— Yves Carle ?

— Oui.

— Ici le sergent Moralès…

— Je suis sur l'eau, sergent. Faites vite, s'il vous plaît. »

Joaquin se sent ridicule, mais ferme.

« Est-ce que c'est possible que la bôme du voilier *Pilar* ait jeté Marie Garant hors du bateau en la frappant sur la tête ? »

Yves Carle rit ironiquement, au téléphone.

« Marie était à l'ancre. La grand-voile était ferlée et le taud, installé. Pour ferler la grand-voile, elle a sûrement étarqué les écoutes. La bôme pouvait difficilement être relâchée.

— Je ne comprends pas tout…

— Pour plier la grand-voile sur la bôme, il faut que la bôme soit immobile.

— Mais encore… Un oubli, une mauvaise manœuvre, c'est possible ?

— Non. La bôme aurait pu vous jeter *vous* hors du bateau, mais pas elle.

— Vous allez me dire que le bateau ne voulait pas lui faire de mal, c'est ça ?

— Écoutez… Marie Garant mesurait, cheveux comptés, à peu près cinq pieds un – demandez à Catherine, c'est elle qui a choisi le cercueil. La bôme est réglée à cinq pieds dix pouces. C'est pas que la bôme voulait pas lui faire de mal, c'est qu'elle pouvait pas ! »

Moralès lève les yeux sur le voilier. Idiot !

« Excusez-moi, sergent, faut que je vous laisse… »

Yves Carle raccroche et, au pas de course, Moralès retourne chez lui pour prendre sa seconde douche froide de la journée.

Il a avalé un solide déjeuner et fait le ménage dans les boîtes du salon pour se donner une contenance pendant qu'il constatait l'étendue de son incompréhension. En portant ses propres boîtes d'une pièce à l'autre, cet enquêteur d'expérience fut soudain foudroyé par l'éclair du souvenir qui lui remémora les objets récupérés à bord de *Pilar* et oubliés dans le coffre arrière de sa voiture. Il courut vers ladite voiture qui avait, depuis le souper au homard avec Catherine, été soigneusement délestée de sa précieuse cargaison. Il alla frapper en vain, un peu après dîner, à la porte de Catherine, puis passa au poste de Bonaventure, avant d'atterrir au bistro à Renaud.

« Ah ben, j'm'en vas vous dire, inspecteur, que si ça continue, le bistro va devenir votre quartier général !

— J'ai vu la voiture du lieutenant Forest. Elle est ici ?

— Dans la vitrine. Vous prendrez ben une petite bière ? »

Mais Moralès est déjà devant la table de sa patronne.

« Sergent Moralès, vous êtes content de votre congé, j'espère ? Votre déménagement avance ?

— Lieutenant, j'ai à vous parler.

— J'attends quelqu'un… »

Il remarque qu'elle est vêtue d'un élégant chemisier blanc garni de dentelle et qu'elle porte un collier en pierres d'eau.

« J'en ai juste pour cinq minutes.

— Je vous en donne deux.

— Je veux rouvrir l'enquête sur la mort de Marie Garant. Je pense que l'affaire a été bousculée par ma méconnaissance du terrain, particulièrement du milieu marin. J'ai des raisons de croire que Marie Garant avait un motif valable pour s'ancrer au Banc-des-Fous, qu'elle y a peut-être rencontré quelqu'un et que sa mort n'était pas accidentelle.

— On dirait que vous avez négligé quelques pistes… »

Le coroner Robichaud arrive, rasé de près et fleurant l'eau de Cologne.

« Va falloir que je vous dise que je savais pas que le sergent dînait avec nous… »

Il se plante près de la table de Marlène. Toujours debout, Moralès ne s'aperçoit pas qu'il bloque le passage.

« Non, je ne dînerai pas, merci. Je venais seulement demander au lieutenant Forest l'autorisation de rouvrir l'enquête sur la mort de Marie Garant…

— Vous cherchez une raison pour rappeler l'héritière ?

— Pardon ?

— Va falloir que je vous dise qu'on est au courant de votre petite aventure… »

Moralès se sent rougir, mais il poursuit.

« Écoutez, lieutenant : la bôme est trop haute pour atteindre Marie Garant…

— Marie aurait pu monter sur un des bancs du cockpit, les voileux font souvent ça.

— J'ai de sérieuses raisons de croire que quelqu'un veut m'empêcher de mener cette enquête à bien.

— Va falloir que je vous dise qu'on a de sérieuses raisons de vouloir dîner tranquilles, sergent, et que vous avez assez déliré comme ça ! »

Moralès ne lâche pas le morceau.

« On m'a même volé une boîte d'objets prélevés sur le voilier ! »

Marlène Forest toussotte avant de rendre son verdict.

« Je ne crois pas qu'il y ait lieu de rouvrir le dossier, sergent.

— Écoutez, lieutenant...

— Non, Moralès ! C'est vous qui allez écouter ! Et écoutez-moi bien ! »

Elle pointe un index si énergique et menaçant vers Joaquin que Renaud Boissonneau, qui s'est avancé avec les menus, se dresse au garde-à-vous.

« Vous avez laissé tomber des témoins-clés au seuil de l'interrogatoire, vous avez omis de vérifier des détails techniques qu'un débutant aurait remarqués et vous avez égaré des pièces à conviction. Malgré tout, les conclusions de l'enquête sont logiques et il est clair qu'il s'agit d'un accident. Je vous donnerai l'autorisation de rouvrir le dossier si vous m'amenez une piste suffisamment pertinente pour que je le fasse. Autrement, si vous vous entêtez à énumérer vos bévues, je n'hésiterai pas à mentionner dans votre dossier avec quelle négligence vous avez agi, est-ce clair ?

— J'm'en vas vous dire que c'est pas mal clair, ça ! »

Boissonneau pose les menus et retourne à son comptoir. Moralès recule d'un pas. Le coroner en profite pour se tirer une chaise et s'asseoir, sûr de sa place.

« Va falloir vous calmer, avec l'héritière… Vous êtes pas marié, vous ? »

Enragé, Moralès quitte le bistro, monte dans sa voiture, descend au quai. Les bateaux sont vides. La pêche est finie. Comment faire ? Il est passé à côté de l'enquête et la Gaspésie ne lui laissera pas de chance, c'est certain. Mais il trouvera. Il embraye, prêt à retourner chez lui, mais, juste avant de prendre l'allée pavée pour rejoindre la 132, il freine. C'est quoi, ce chemin de terre qu'a emprunté Cyrille, ce matin ?

Virant à gauche, l'enquêteur s'y engage. La curiosité est parfois bonne conseillère. Environ quatre kilomètres, et il débouche entre une maison et le cimetière.

Il y a un homme dans le cimetière. Moralès reconnaît un des thanatologues qui étaient présents au service funéraire de Marie Garant. Il s'immobilise, sort de la voiture, avance vers lui. L'homme porte des bottes et, avec sa pelle, il replace la terre autour d'un monument.

« Je peux vous aider ?

— Vous travaillez ici ?

— Langevin & frères, services funéraires en tous genres, complets et satisfaisants, pour vous et vos proches. »

Il lui serre la main, lui refile une carte d'affaires que Moralès empoche mécaniquement.

« Nous faisons actuellement trente pour cent de rabais sur les incinérations. C'est aussi valable pour vos préarrangements. Vous savez, les incinérations, c'est ce qu'il y a de mieux, surtout si vous choisissez de déposer les cendres dans notre nouveau columbarium. Prenez, par exemple, une journée comme aujourd'hui : il pleuvasse et l'herbe est mouillée. Vous venez vous recueillir sur la tombe d'un proche et vous vous retrouvez les pieds trempés ! C'est ça que j'essaie d'expliquer à nos clients : rien de mieux que le columbarium pour une visite confortable et sans soucis.

» D'autant plus que regardez-moi ça : les siffleux passent leur temps à nous faire du grabuge ! Ça creuse des terriers partout ! Vous imaginez ça ? Vous venez sur la tombe de votre mère pour prier un brin et qu'est-ce que vous voyez sortir de terre ? Une marmotte qui va ramasser trois fleurs dans le bouquet du voisin et qui retourne nourrir ses petits en dessous de la pierre tombale ! J'ai dit à mon frère que ça avait pas de bon sens ! Je suis venu poser des pièges. Je renfloue un peu, mais faut les tuer. Je vais revenir demain. D'après moi, on devrait les pogner assez vite. Mais ayez pas peur : je pense pas qu'elles aient creusé du côté de Marie Garant.

— Qu'est-ce qui vous laisse croire que je viens me recueillir sur cette tombe ?

— Je vous ai vu au service. C'était pas un très bel enterrement. »

Langevin ou frère semble prêt à continuer. Moralès l'y incite.

« Pourquoi vous dites ça ?

— Parce que je comprends pas pourquoi la fille a enterré sa mère dans la fosse commune. Venez voir… »

Langevin entraîne l'enquêteur à quelques pas de là.

« Regardez : la famille Garant a un lot. J'ai vérifié, il reste encore de la place ! J'ai appelé Catherine Garant pour lui en parler, mais elle a rien voulu savoir : un cercueil en planches dans la fosse commune ! Mon frère dit qu'il faut respecter ça, mais moi, je trouve ça bizarre : pourquoi enterrer sa mère dans un coin sombre, à côté du bois, quand on peut venir la voir juste ici ? En suivant le sentier de gravier, on se salit presque pas les pieds ! C'est pas une décision pratique ! »

Langevin a raison. Moralès examine la pierre tombale, à deux pas de l'entrée. Pourquoi Catherine a-t-elle fait ce choix ?

« Vous êtes retourné à la fosse aujourd'hui ?

— Non. J'y allais, justement, pour vérifier. Mais je suis sûr qu'il y aura pas de marmotte.

— Je vous accompagne.

— Vous êtes de la famille ?

— Non, je suis enquêteur. J'étais en charge du dossier relatif au décès de Marie Garant.

— Inquiétez-vous pas : elle était bien morte. »

Moralès se dit que les croque-morts ont un humour particulier.

« Ah, non ! Voulez-vous bien me dire quelle job de cochon le fossoyeur a faite ? Il devait encore être soûl ! »

La tombe, en effet, est mal remblayée. La terre est inégale, le gazon, sale. Ni une ni deux, Langevin prend sa pelle et se met en devoir d'égaliser le lot.

« Vous voyez pourquoi j'insiste, avec le columbarium ? J'arrête pas de le dire que…

— Attendez ! Et si quelqu'un avait profané la sépulture de Marie Garant ? »

Le croque-mort suspend son geste, lève la tête vers Moralès.

« Qu'est-ce que vous dites ? Profaner une sépulture ? Dans notre cimetière ? Vous êtes complètement fou ! Personne ferait une chose pareille ! Pas ici ! Je vais juste donner un coup de pelle et…

— Arrêtez immédiatement, monsieur Langevin ! Ne touchez plus à ce terrain ! »

Langevin se tourne vers Moralès.

« Pardon ? »

Moralès prend son cellulaire – c'est l'occasion rêvée de convaincre Marlène.

« Je vais demander qu'on ouvre une enquête… »

Mais Langevin ne l'entend pas ainsi et, soudain, il se remet au travail – à toute allure !

« Arrêtez !

— Non, monsieur l'enquêteur ! Je vous laisserai pas faire du trouble dans mon cimetière ! Personne ouvre de sépultures ici ! Personne, même pas vous ! »

Il piétine rapidement les alentours de la fosse.

Moralès le dévisage, estomaqué, puis hésite. Le croque-mort a raison. Appeler le lieutenant Forest, redemander la réouverture du dossier, faire creuser la sépulture… Ce sont des idées pour se faire détester longtemps, dans un si petit village. Sans parler de Catherine… Pour séduire une femme, il y a de meilleures façons que de déterrer le cadavre de sa mère… Il remet son cellulaire dans sa poche.

« Vous avez raison, monsieur Langevin. Ce serait stupide de présumer des choses semblables.

— De toute façon, ils annoncent de la pluie ce soir et demain. Ça va se nettoyer. »

Moralès salue le croque-mort et retourne vers sa voiture. Au passage, il remarque qu'un rideau se tire à la fenêtre de la maison. Dans l'entrée, la camionnette du pêcheur est stationnée. Demain, Cyrille Bernard ! Pour l'instant, Moralès a décidé de retourner voir Catherine. Et d'insister.

Je me suis longtemps bercée sur la galerie, ce soir-là. Je suivais le rythme doux de la vague. Le vent du sud tournait à l'ouest, l'œil du soleil, à demi clos dans l'horizon engrisaillé, annonçait la pluie. Le ciel devait se dégager le surlendemain.

J'ai soif d'horizon. Hisser mon cœur dans le vent d'ouest.

Mon temps gaspésien achevait. J'avais terminé l'entretien du voilier, lu dans le GPS la route suivie par ma mère, révisé mes manœuvres avec Yves Carle. Ce que j'avais à faire ici arrivait à son terme. Une seule question me titillait encore et je me donnais vingt-quatre heures pour y répondre. Après, réponse ou pas, je larguerais mes amarres.

Dormir entre ciel et mer, entre cent quatre-vingts degrés d'étoiles et cent quatre-vingts degrés de vagues, dans le ventre bruissant de la coque, avec la respiration puissante du vent dans mes voiles.

J'ai bu ma tisane et, lasse des derniers jours, je me suis assoupie.

Joaquin Moralès a laissé la voiture un peu à l'écart et a marché vers la maison. Elle est là, sur la galerie. Il remarque qu'il se passe ceci de terriblement déconcertant : plus il avance, plus les genoux lui flanchent – et plus il ignore ce qu'il est venu lui dire.

Elle dort dans sa chaise. Il monte les cinq marches et la contemple. Comment on touche une femme, déjà ? Tendre la main ? La caresser ? Les cheveux ? Le cœur lui débat. Ça fait des jours qu'il en rêve et, alors qu'il brave chaque mois des criminels, le voilà qui a peur maintenant devant une femme endormie ? Oui. Il a peur. Elle pourrait se réveiller, le repousser, le rejeter, hurler. Cette femme qui dort, c'est un détonateur.

En lui, tout supplie.

Ne me dis pas non, Catherine, pas aujourd'hui, parce que ma vie va si mal et c'est si creux et silencieux et vide autour que je m'accroche à ton espoir comme à une bouée. Tu dors et, pendant que tu te reposes, moi, je me noie, terrassé par ma femme absente, par cette enquête qui me ridiculise, par ma solitude, par ta présence. Tu enterres ta mère, mais c'est moi qui m'agenouille. Je touche ton épaule, lentement, laisse-moi t'approcher un peu, ne dis pas non, je t'en prie, laisse-moi prendre ton corps de jeune femme contre mon corps quinquagénaire et maladroit, t'attirer ici et poser ta tête contre moi.

Elle ouvre les yeux, s'éveille.

« Enquêteur Moralès ?

— Joaquin. »

Il est accroupi devant elle.

« Tu as remis le voilier à l'eau ?

— Oui. »

Il ne bouge pas. Hésite.

« Tu… heu… Tu as eu mes messages, l'autre jour ?

— Oui.

— Tu n'es pas venue souper…

— Non.

— Je t'ai attendue. »

Il plonge loin dans ses yeux, tente de troubler l'eau de ses iris.

« L'autre soir, Catherine, quand on s'est embrassés… »

Je me secoue.

« L'autre soir, Joaquin Moralès, vous m'avez embrassée, oui, puis, après les baisers, les caresses, les cris des goélands, vous êtes rentré et vous avez dit à votre femme que vous l'aimiez !

— Non, écoute…

— Vous avez fait comme si de rien n'était, comme si elle n'était rien !

— C'est faux !

— J'ai mis mon corps contre le vôtre, Joaquin Moralès, et, trois minutes plus tard, j'ai entendu… »

C'était là que j'avais décidé de partir. Et cette décision allait maintenant de soi.

« Écoute… Je… heu…

— Enquêteur Moralès, vous avez fermé le dossier concernant la mort de ma mère. Vous n'avez plus d'affaire ici. »

Il se lève, mal à l'aise.

« Catherine…

— Joaquin Moralès, j'ai envie que mon cœur recommence à battre, mais pas dans les bras d'un homme qui ment !

— Qui ment ?

— Oui ! »

Il se penche de nouveau sur moi.

« Qu'est-ce que tu en sais, du mensonge, Catherine Garant ? Qu'est-ce que tu en sais tant que ça, toi, de l'amour, hein ? Tu as quel âge ? Trente-trois ans, pas d'enfant, pas de conjoint stable ! Tu ne le sais pas, ce que c'est ! Quand un homme demande à sa femme, après trente ans de mariage, si elle l'aime encore et qu'elle répond "Oui, oui…" en pensant au menu du souper et en trouvant ridicule, franchement, ce genre de questions ; quand tu cherches son regard, ses lèvres et que tu te fais revirer : "Arrête, j'ai autre chose à faire !" ; quand tes mains sont vides, jour après jour, et que ton corps crie… qu'est-ce que ça veut dire, la fidélité ? C'est peut-être mon mariage qui est devenu un mensonge ! »

Il s'est redressé en parlant.

« Ce n'est pas mon problème…

— Oui, ça l'est ! Tu ne peux pas arriver comme ça, un soir, débarquer dans ma maison, dire : "Je suis celle que vous cherchez", me demander à quoi je rêve, me laisser te toucher et ensuite faire semblant d'être innocente !

— Je vais vous souhaiter une bonne soirée, monsieur Moralès… »

Je me suis levée, pour lui signifier de partir, mais j'ai mal calculé mon geste et je me suis retrouvée collée contre lui.

« Arrête de t'enfuir, Catherine… »

5
Amarrées à l'horizon

La poussée d'Archimède

Cyrille, il disait que la mer se suffisait à elle-même, et qu'elle nous suffisait. Il disait que, face aux vagues, le mensonge s'essoufflait à trop se débattre et coulait à pic. Il ajoutait que seuls les gestes francs nous sauvaient quand le vent se levait et mettait des nœuds plein nos voiles.

Ce matin-là, j'ai terminé mes bagages et suis descendue au quai pour finir de charger le bateau. Le ciel devait se dégager en fin de journée et j'espérais larguer les amarres sous l'œil attendri de la pleine lune annoncée.

La pêche était finie mais Jérémie était là, patient comme le sable retourné de la grève.

Il m'a aidée à porter les sacs jusqu'au bateau.

« Tu pa*rrr*s ?

— Oui.

— Longtemps ?

— Oui. »

Il avait de la tendresse dans les yeux. Quand il parlait, ses mains restaient immobiles. Paisibles.

« Je pou*rrr*ai t'attend*rrr*e ? »

Je n'ai rien su dire. Le géant Amérindien a hoché la tête, lentement.

« Quand ta mè*rrr*e est pa*rrr*tie, Cy*rrr*ille l'a attendue. C'est ce qu'il m'a dit.

— Marie Garant voulait pas qu'on l'attende.

— Il l'aimait.

— Non. Il aimait ça, l'attendre, il aimait ça, l'aimer, mais il ne connaissait pas vraiment ma mère. Je doute que quelqu'un l'ait vraiment connue. Depuis que je suis arrivée, je me suis aperçue que personne a vraiment connu ma mère. Chacun s'en est fait une image différente, pour canaliser sa colère, ses échecs, ses amours manquées, mais personne savait qui elle était, personne savait qu'elle avait eu un enfant, personne peut me nommer mon père, personne savait où elle allait ni quand elle reviendrait. C'est facile d'aimer un rêve, un fantasme, une femme insaisissable, mais peut-être qu'au quotidien, dans l'au-jour-le-jour, Cyrille, comme n'importe quel autre homme, se serait fatigué d'elle, de son besoin d'indépendance, de son intensité.

— Peut-êt*rrr*e pas.

— Je sais pas c'est quoi l'amour, Jérémie. J'ai pas appris à aimer. J'ignore comment ils font, les couples de trente ans d'usure qui ont toujours les pupilles étoilées, qui se rencontrent jeunes et font des promesses qu'ils tiendront.

— Tu veux pas essayer ? »

Je me suis tournée vers le large.

Les yeux ouverts, j'ai regardé cette mer, fidèle et puissante, s'étendre comme un appel ; j'ai entendu le murmure du ressac, comme un chant de sirène, et ce qu'il restait d'hésitation dans mon cœur-balancier s'est dissous dans le sel humide du matin.

Je voulais quitter la Gaspésie. Ceux que j'avais connus ici vivaient dans le passé, dans la nostalgie d'une époque révolue que tout le monde s'accordait à aimer comme telle. Le présent n'avait de beauté qu'en regard de l'hier et n'assumait pas les comparaisons. Les grands étés poissonneux, les quais remplis de voiles, la richesse des touristes et même la splendeur des levers de soleil n'avaient rien de comparable à ceux d'antan. Si je restais, le passé me hanterait, alors que je voulais une aube ressemblant à l'avenir.

« Je pars en mer, Jérémie. Je veux pas qu'on m'attende.

— Ceux qui ont attendu ta mè*rrr*e lui ont jamais demandé la pe*rrr*mission… »

Il m'a saluée et je l'ai vu s'éloigner. Puis, je suis montée à bord pour y ranger mes affaires.

Moralès, lui, tourne en rond.

Pas de nouvelles de sa femme, mais il ne souhaite pas trop y penser. Il n'a toujours que ses quelques boîtes et vit dans une maison quasi vide. Ça lui convient. Pas qu'il soit particulièrement zen, non, mais le ménage n'est pas son argument fort. Autant, dans ce cas, ne pas s'étendre sur l'allure actuelle du salon.

Il flanque la vaisselle sale du déjeuner dans l'évier, avec celle des derniers jours, puis remonte jusqu'au cimetière, comme un carrousel de foire déglingué qui s'entête à suivre un mouvement circulaire et cahotant. Il se ramasse sous la fenêtre de Cyrille Bernard, à épier le vieil homme.

Cyrille lève la tête, voit Moralès.

« Je peux entrer ?

— Hiiii… Faites-moi penser de mettre une barrure sur cette fenêtre-là. »

Moralès franchit le cadrage.

« Il faut que je vous parle.

— Comment ça ? Votre enquête est finie !

— J'ai déposé un rapport parce qu'on m'a demandé un rapport. Mais vous aviez raison, l'autre jour : je ne serais pas un bon enquêteur si je ne trouvais pas qui a tué Marie Garant. C'est pour ça que je viens vous voir.

— Hiiii… Vous me faites rire !

— Pourquoi ?

— Je vous dis que vous avez tort pis vous cherchez une autre conclusion. Hiiii… Vous êtes comme une girouette de tempête qui pointe n'importe où sans trouver le vrai vent. Hiiii… Les oiseaux le trouvent tout de suite, même si y'ont pas une cervelle plus grosse que ça.

— J'ai des questions à vous poser, monsieur Bernard.

— C'est ça. Hiiii… Là, vous allez me demander de répondre à vos questions… J'vas le faire. Hiiii… Pis après ? Après, vous allez comparer ma version avec celles des autres et vous allez choisir lequel ment. Qui c'est qui vous colmate le plus votre histoire à grands coups de menteries, hein ? Hiiii… Je suis trop vieux pour ces niaiseries-là.

— Si tout le monde me ment, dites-moi-la, la vérité ! Qu'est-ce que vous avez à perdre ?

— Moi ? Rien. Hiiii… Mais icitte, personne vous dira la vérité au sujet de Marie Garant. Pas parce qu'on veut pas, mais parce que la mémoire nous flanche pis que le souvenir nous trompe. Hiiii… Le temps est ben menteur pis l'émotion met du flou dans l'image. Hiiii… Y reste juste des vieilles photos décolorées, des sentiments durcis pis condensés que les années ont fait sécher sur le coin du comptoir pis que votre eau bouillante s'entête à vouloir dissoudre d'un coup. Hiiii… Vous venez de loin pour nous faire autant de mal. »

Le vieil homme ferme les yeux, visiblement épuisé. L'enquêteur hésite.

« Dites-moi juste une chose, Cyrille. Juste une. Qui était avec vous, sur le bateau de pêche de votre père, le jour où votre frère aîné est décédé ? Le jour de votre accident ? »

Cyrille Bernard relève la tête. À demi couché dans son lit et agonisant dans son ossature, le pêcheur fait, d'une œillade, reculer l'enquêteur. Mais Moralès s'entête.

« Écoutez, Cyrille…

— Non ! Vous, écoutez ! Parce que, moi aussi, je m'en pose, des questions ! Hiiii… »

Il se redresse dans son lit.

« La femme que j'aimais est morte, tuée par un homme de mon village. C'était peut-être un accident, peut-être pas. Hiiii… Mais tout le monde se doute que c'est lui. Parce que, dans un pays comme icitte, tu portes ton secret comme un chapeau de carnaval. Hiiii… Cet homme-là aura trimballé toute sa vie un sac à remords que je voudrais pas. Le genre de sac qui devient plus lourd à mesure que t'avances, qui te fait trébucher en pleine rue pis que t'es obligé de porter tout seul. Hiiii… Y sait qu'on le sait. Vous pensez faire quoi en l'arrêtant ? Nous enlever notre douleur ? Rendre justice ? À qui ? Marie reviendra pas. La justice, c'est ta conscience qui te la balance, pis vos rapports ont rien à voir là-dedans ! Hiiii… Cet homme-là fera pus mal à personne. Sauf à lui-même. Votre enquête est inutile. »

L'enquêteur se détourne, décontenancé. Les fardeaux les plus lourds sont ceux que personne ne voit. Il en a conscience. Tout homme se porte, dans chaque pas et même assis. Alors pourquoi continuer, s'acharner à trouver, à punir ? Qu'est-ce qui sera le moins ridicule : abandonner ici ou forcer la vérité ?

« Marie Garant est morte pis vous êtes venu enquêter. Hiiii… Pourquoi ? À quoi ça peut ben vous servir de remplir des rapports pis des rapports ? Qui c'est qui va les lire, vos rapports ? Rien que des papiers ! Hiiii… Pourquoi vous vous entêtez ? Sûrement pas pour la Gaspésie ! Hiiii… Pis encore moins pour Marie Garant ! »

Joaquin regarde dehors. Le matin couvre le cimetière d'une brume têtue.

« Pour Catherine… »

Cyrille plisse les yeux, interrogateur. Moralès regarde toujours dehors, mais sans voir.

« Pour elle. Ou pour moi. Je ne sais plus. »

Dans l'immobilité, une veilleuse sur minuterie s'éteint, quelque part entre le lit et la porte, rendant, par contraste, le cimetière brumeux un peu plus clair.

« J'ai eu cinquante-deux ans. Cinquante-deux ans, vous savez ce que c'est… On va chez le médecin – parce qu'on a tout d'un coup besoin d'un médecin – et on se fait parler du cholestérol, du foie, du cœur, de tout ce qui n'est pas aussi bon qu'avant. On se fait dire de ne pas trop boire, de ne plus fumer, de mieux dormir. Et l'examen de la prostate. »

Malgré la pluie, la brume scintille de soleil levant.

« Un homme dans la quarantaine, c'est toujours séduisant, viril. La cinquantaine, c'est… c'est le demi-siècle, le début de la vieillesse, les rides et le pli, là, que je ne perdrai plus, malgré les caresses. Les caresses ! Après trente ans de mariage et deux enfants, les soirées Tupperware et les habitudes de mauvaise haleine, il faut être fait fort pour aller vers sa femme et se mettre à bander tout d'un coup. Moi, je ne fais plus ça comme avant. Il me faut du temps, maintenant, de la préparation, un peu de vin… Ça fait quoi de sa peau, un homme qui vieillit ? »

Joaquin Moralès se tourne vers Cyrille, maigre sous ses couvertures.

« Je vous envie d'avoir aimé une femme toute votre vie. »

Le vieil homme reste immobile.

« Depuis que je suis ici, je rêve d'une autre femme. De tromper la mienne. Vous parliez de remords. Je devrais me sentir infidèle, mais infidèle à quoi ? Je ne sais plus qui je suis… Un quinquagénaire qui est en train de rater son mariage, sa carrière ? Depuis que je suis arrivé en Gaspésie, je n'ai nulle part où me cacher. Je fais un fou de moi. J'ai l'air d'un bouffon qui porte un chapeau de carnaval un jour de semaine… »

Cyrille l'observe toujours.

« C'est pour ça que je veux fermer l'enquête. Je ne m'entête pas pour Marie Garant, vous avez raison. Je ne m'entête même pas pour Catherine ni même pour savoir la vérité. Je m'entête pour moi, monsieur Bernard. Pour me prouver que je ne suis pas complètement fini. Vieux et ridicule. »

Joaquin Moralès baisse les yeux, honteux ou soulagé de sa honte.

« Hiiii… Ouvrez l'armoire, à gauche. Y'a une bouteille pis deux verres. Hiiii… Je pense qu'on va se boire un whisky, enquêteur Moralès. Pas de glace. Hiiii… Pis qu'on va jaser… »

Prévisions météo

Yves Carle l'avait dit : plus on tarde, moins on part. La rencontre avec le doc était maintenant bien loin. Et la mer devant moi.

Ce jour-là, j'entrai pour la dernière fois par la fenêtre de Cyrille.

« Hiiii… Regarde des deux bords en rentrant parce que cette fenêtre-là est en train de devenir une autoroute !

— Les femmes se peuvent pus, Cyrille ? Tu vas te retrouver couché en cuillère malgré toi, si ça continue !

— Hiiii… Pas rien que les femmes ! C'est l'enquêteur qui est passé par là, à matin.

— Moralès ?

— Lui, y coucherait avec toi, pis pas juste en cuillère ! Hiiii… Y se peut pus d'amour pour tes beaux yeux !

— Va falloir qu'il se peuve, Cyrille, parce que je m'en vais. »

Fort et longtemps, je soutiens le bleu de ses eaux. J'en ai assez de me détourner – j'aurai désormais la mer en face, et autour.

« T'es forte comme ta mère, fille Garant. Une lignée de femmes à briser le cœur des hommes ! Hiiii…

— On fait pas exprès.

— Je le sais ben, la p'tite ! Hiiii... Vous faites pas exprès, mais vous nous mangez le cœur à la p'tite cuillère. »

Je me suis assise près de lui, dans le lit.

« Hiiii... C'est correct de même. Nous autres, on aime ça vous aimer. Comme des fous. Hiiii... Pis on est prêts à vous attendre. Comme des imbéciles.

— Je sais pas pourquoi ma mère partait. Mais je pense savoir pourquoi elle est tellement revenue... »

Quand il s'est remis à parler, il avait de l'eau dans les yeux, la voix grasse, triste.

« Hiiii... La Gaspésie, c'est une terre injuste, la p'tite. T'as la mer qu'on a vidée, t'as la terre qui donne rien, hiiii... pis t'as la route des touristes qui mène à Percé. Pour le reste, c'est vieux, la p'tite, hiiii... pis ça vit dans le souvenir. Tu fais ben de partir. C'est peut-être pas une place pour une belle jeune fille comme toi...

— Tu vas me manquer, Cyrille.

— Hiiii... Non, Catherine. Fais pas ça. Vis pas avec ce qui manque, vis avec ce qui est là. »

Le silence est sans vague. Il parle lentement.

« Hiiii... Je respire de moins en moins. De moins en moins d'air, de plus en plus d'eau. C'est la mer qui monte dans mes bronches. Tu vois, la p'tite, hiiii... quand mes poumons voudront pus d'air, je prendrai mon bateau pis je m'en irai en mer. Loin. Plus loin que le Banc-des-Fous. Je m'ancrerai pas. J'vas éteindre le moteur, hiiii... pis écouter le craquement des vagues contre la coque. Si c'est le jour, je regarderai le soleil s'éclabousser partout. Si c'est la nuit, hiiii... je pourrai voir une dernière fois les étoiles se déposer dans le creux des vagues tout le tour de l'horizon. Hiiii... J'attendrai pas qu'y me tuent à la morphine, tu comprends ? Je prendrai la médaille de la Vierge de ma mère dans le creux de ma main, hiiii… pis j'vas ôter mes bottes. Ça, c'est important : on cogne pas à la porte du paradis avec des bottes de pêcheur dans les pieds ! Hiiii… Y'en a qui vont au ciel en descendant six pieds sous terre. Moi, ce sera par la mer. Hiiii… Je sais pas nager, tu vas dire, mais c'est pas grave, Marie va être là. Elle m'attend. Hiiii… Tu sais ce que j'espère, la p'tite ? J'espère que la marée sera haute. Hiiii… Juste ça : une belle grosse marée d'automne qui redescendra en m'amenant vers le large… »

Il me regarde loin dans les yeux.

« Moi aussi, Catherine, je partirai bientôt en mer. Hiiii… Ça fait qu'on se reverra. »

Il a eu un beau sourire.

« Pars, la p'tite, hiiii… y'est temps.

— Cyrille… J'ai encore une question… »

Il a hoché la tête. Il s'y attendait. On veut tous des réponses, c'est plus fort que nous.

« Va voir Vital, la p'tite. Hiiii…

— Vital ?

— Moralès est passé chez lui, mais, hiiii… y doit être rendu au poste de police, à l'heure qu'y'est. Hiiii… Va voir Vital avant de partir… »

J'ai embrassé Cyrille sur le front, avec toute la tendresse qui aurait dû être celle de ma mère. Il s'est enfoncé dans son lit. J'ai enjambé la fenêtre et me suis retrouvée dans la pénombre pluvieuse du cimetière. J'ai ramassé mon courage. Pour partir, je devais envisager qu'à mon éventuel retour, plus rien ne soit pareil, et accepter de n'être responsable de personne.

La première réaction de Vital, ça a été de sortir sur la galerie et de lui planter l'index droit sur sa poitrine.

« Saint-Ciboire de Câlisse, qu'est-cé que vous venez faire icitte, vous ? »

Moralès ne bronche pas.

« Monsieur Bujold, j'ai une question à vous poser.

— Votre enquête est pas finie ?

— Le jour où vous avez trouvé le corps de Marie Garant, vous avez dit, en interrogatoire, que vous détestiez cette femme. Vous avez tout fait pour éviter mes questions.

— Qu'est-cé que vous voulez ? »

La pluie tombe, fine et chaude. Vital ne l'invite pas à entrer. Moralès reste sur le perron, droit.

« Je me demandais pourquoi vous détestiez Marie Garant. Je me disais : on ne déteste pas une femme parce qu'elle fait des crises, toutes les femmes en font, un jour ou l'autre.

— …

— Autre chose que j'ai trouvé étrange, c'est que la sœur jumelle de votre femme, la couturière Guylaine Leblanc, ressente la même haine que vous envers Marie Garant. Puis, j'ai compris que ça pouvait avoir un lien avec la mort de votre fils unique, Guillaume, qui s'est noyé avec les frères de Renaud Boissonneau dans la tempête qui a aussi emporté l'époux de Marie Garant le soir de ses noces… »

Vital recule d'un pas.

« Je me suis dit que les folies de Marie Garant, qui avait perdu son mari, devaient vous rappeler, à tous les deux, non seulement la mort de votre fils, mais aussi la réaction de votre femme qui a tenté de…

— J'ai rien à voir dans le meurtre de Marie Garant. Rien !

— Je le sais. »

Vital inspire un grand coup. Le visage vers le large, il croise les bras sur sa poitrine.

« C'est quoi, votre question ?

— La nuit du meurtre de Marie Garant, Clément Marsil, du rang 4, s'est fait voler son coffre. L'enquête a révélé qu'il avait fait le coup lui-même, pour toucher des assurances.

— Ça m'étonnerait, Saint-Ciboire de Câlisse, y'était chez sa sœur, à Gaspé !

— Le lendemain, ils ont retrouvé le coffre avec votre masse dans le fossé, en arrière de chez lui.

— Je prête souvent mes outils.

— La policière qui enquêtait sur l'affaire a omis de noter à qui vous aviez prêté votre masse, la veille.

— Elle avait trop de stock autour de la taille pour penser à me le demander !

— C'est ce que je suis venu faire. »

Vital soupire.

« Saint-Ciboire de Câlisse ! Y'était temps… »

Bulletin météo

C'est dans le brouillard effiloché de l'après-midi que j'ai frappé à la porte de Vital. Ça ne répondait pas, mais ce n'était pas barré. Alors j'ai ouvert.

Je suis entrée en pensant l'appeler, mais je n'ai pas pu. J'ai figé devant la scène qui m'attendait. La maison, impeccablement tenue, avait une allure féminine et veillotte qui ne cadrait pas du tout avec l'idée que je me faisais du pêcheur. Des rideaux de dentelle, une nappe colorée, des tapis de guenilles tressées, des cadres avec des photos rieuses d'enfants, des chaises berçantes, des lampes en vitrail aux motifs floraux suspendues et surtout, surtout, devant la fenêtre qui donnait sur l'ouest, elle. Une femme, réplique inerte de Guylaine, se berçait lentement, en tenant des aiguilles à tricoter inactives dans ses mains. Ses yeux fixaient sans rien voir.

Je l'ai saluée à deux reprises. Pas de réponse. Je me suis approchée. Ses lèvres ont murmuré quelque chose et elle s'est remise au tricot. J'ai battu en retraite vers la porte. Il était là, debout dans l'entrée. Vital.

«Je le savais que tu viendrais. »

Sa voix est si basse qu'on l'aurait dite venue de la terre. Je me suis mise à trembler de tout mon corps. Ma bouche s'ouvre pour rien. Il recule, me fait signe de sortir. Les broches à tricoter meublent le silence de leur cliquetis régulier, ininterrompu. Nous nous assoyons sur un large banc de bois posé sur la galerie. Mes mains tremblent tellement fort que je les appuie contre les planches pour les apaiser.

« Saint-Ciboire de Câlisse ! Ça va finir par me rendre fou… »

Toute mon énergie se concentre sur ma respiration et j'entends la voix du pêcheur à travers un brouillard qui se dissipe lentement, au fur et à mesure que je m'habitue à l'étrangeté de cette rencontre. Le cliquetis des aiguilles tricote l'air. Les vagues s'amassent au pied de la falaise.

« Moi, je vis pas dans le souvenir. C'est ben sûr que je trouve que la pêche est pus payante pis je le vois ben que la mer est vidée de son poisson, mais j'ai pas de nostalgie. Pour moi, le passé, c'est de la misère. La misère de ma mère qui est morte trop jeune, de mon père qui s'est fait fourrer par les maudites Gaspésiennes du gouvernement pis des claques en arrière de la tête. J'ai jamais rien connu d'autre. Saint-Ciboire de Câlisse ! Y'a personne icitte qui a connu autre chose ! La pêche, ça a pas enrichi un seul Canadien français ! Rien que les Anglais ! Ceux qui voulaient essayer autre chose sont allés à l'usine des pâtes et papiers. Saint-Ciboire de Câlisse d'usine ! Sais-tu pourquoi y l'ont fermée ? Parce que les trois quarts des hommes ont pogné le cancer ! L'usine ferme, les boss s'en vont – les cancéreux iront porter plainte à qui ? Où ? Y'a pus personne pour répondre ! Pis ça leur donnerait quoi, aux hommes ? Dix mille piasses ? Pour quoi faire ? Pour mourir à l'hôpital, dans une chambre privée ? Y'aiment autant mourir dans une chambre à quatre, au moins, y sont pas tout seuls ! »

Une vague, deux.

« La Gaspésie, c'est une terre de pauvres qui a juste la mer pour richesse, pis la mer se meurt. C'est un agrégat de souvenirs, un pays qui ferme sa gueule pis qui écœure personne, une contrée de misère que la beauté du large console. Pis on s'y accroche comme des hommes de rien. Comme des pêcheurs qui ont besoin d'être consolés. »

Les aiguilles s'agitent toujours. Il laisse passer encore deux vagues, me jette un coup d'œil.

« C'est le testament qui t'a envoyée icitte ?

— Non. C'est Cyrille. »

Un mouvement de surprise.

« Cyrille… Cyrille, y'a quoi ? Cinq ou six ans de moins que moi ? C'est pas beaucoup, mais assez pour qu'on n'ait jamais fait de bicycle ensemble. Jeunes, on était pas amis. Plus tard, quand Marie Garant est devenue belle, on est presque devenus des ennemis. Saint-Ciboire de Câlisse ! Je serais ben embêté de te dire lequel, parmi les hommes qui l'entouraient, elle a vraiment aimé.

— Tous, peut-être. »

Il me jette un œil, indécis.

« Peut-être. Elle a marié Lucien parce que son premier fiancé était mort. C'est Jeannot qui l'a tué, dans une sortie de pêche. Cyrille était là. Y s'était caché sur le bateau. Y'a failli mourir, lui aussi. Y'est devenu handicapé. Y le dira jamais, mais je suis sûr que c'est pour elle que les gars se sont battus. D'après moi, Jeannot a même essayé de tuer Cyrille. Y devait le penser mort, pour le ramener. Y'ont dit que c'était un accident, mais Cyrille a pus été capable de parler à Jeannot, après ça. Quand c'est rien qu'un accident, tu t'enrages pas de même après un gars ! Mais c'est le cancer qui va l'avoir, Cyrille, pis avant le tourteau, si ça continue… »

Trois, quatre vagues.

«J'étais soûl, le soir des noces. Jeune, je fêtais fort, pis souvent. Marie pis Lucien sont partis en fin d'après-midi. Y s'étaient mariés tôt pour faire leur voyage de noces en mer… »

Il bouge à peine, les avant-bras appuyés sur les genoux. Il frotte ses mains l'une contre l'autre, doucement.

«Irène, ma femme, boudait parce que j'étais éméché. Y s'est passé quelque chose, je sais pas quoi, mais elle a déchiré un bout de sa robe. Guylaine lui a dit de monter au Point de Couture, qu'elle lui arrangerait ça. Ça fait qu'elle est venue me voir pis elle m'a dit de surveiller Guillaume. »

Il inspire un grand coup.

«Mon fils avait dix ans. L'accouchement avait été difficile pis le docteur nous avait dit qu'on pourrait pas en avoir d'autres. Ma femme pis sa sœur tripaient dessus. Guylaine était jeune, mais elle a toujours été vieille fille, ça fait qu'elle avait rien que ça à faire, s'occuper du petit pis le gâter. Saint-Ciboire de Câlisse ! Moi aussi, je l'aimais, c'est ben sûr que je l'aimais comme un fou, mais qu'est-cé que tu voulais que je fasse de plus pour lui ? Les femmes étaient tout le temps après : "Guillaume, fais pas ci ! Guillaume, fais pas ça ! Guillaume, viens essayer un ti-pantalon que ma-tante Guylaine t'a cousu !" Par contrecoup, moi, je voulais lui sacrer la paix pis lui apprendre des affaires de gars, pour pas qu'y vire moumoune.

» Mais tout ce que je faisais, c'était jamais correct. Jamais. Qu'est-cé que j'aurais dû faire ? Je l'sais-tu, moi ? Qu'est-cé que j'aurais ben pu faire de plus ? Fallait pas l'amener à pêche, fallait pas l'amener nager, fallait pas l'amener nulle part ! Les femmes me chicanaient comme si j'étais un enfant : "Dis-y pas ça ! Tu y fais de la peine ! Y'est sensible !" Des fois, je me demandais si j'avais le droit d'être son père ! Saint-Ciboire de Câlisse ! J'aurais ben voulu être à la mode, y parler de philosophie pis d'affaires de même, mais j'ai pas ça, moi ! J'ai pas ça à offrir ! On peut pas me demander ce que j'ai pas eu ! Moi, j'ai juste eu le poisson qui paye pas, le chômage l'hiver, les jobines au noir pis les claques en arrière de la tête ! Ça fait que non, j'ai jamais su parler à mon gars ! »

Il penche la tête vers le sol.

« J'avais déjà trop bu. C'était le party. Je me souviens pus que Guillaume soit venu me demander pour aller faire un tour de canot avec les frères Boissonneau. Qu'est-cé que j'aurais ben pu lui dire ? "Va pas jouer sur le bord de l'eau" ? On habite à côté de la mer, Saint-Ciboire de Câlisse ! J'allais pas y dire vingt fois par jour que c'était dangereux ! Les femmes le couvaient trop, de toute façon.

» J'ai dû dire oui. J'imagine que j'ai dit oui. Je le sais pus... »

La pluie s'était arrêtée et le soleil commençait à chauffer le brouillard.

« Les femmes ont pris leur temps, j'ai continué à boire. Je sais pas quelle heure y'était quand le vent s'est levé. Y'a quelqu'un qui a dit que le vent se levait. Moi, je me suis dit qu'y fallait que j'aille vérifier les amarres de mon bateau. Pourquoi j'ai pensé à ça ? Pourquoi j'ai pas pensé à mon gars ? Je le sais pas ! Peut-être que je cherchais juste une excuse pour descendre au quai pis voir par où y'étaient partis, après leur mariage...

» Je suis descendu au bateau, j'ai fumé un pétard. Le temps s'est levé, de plus en plus mauvais. Je me suis enfermé dans la timonerie, je me suis accoté sur mon banc pis je suis tombé endormi.

» C'est Marie qui m'a réveillé. Elle frappait sur mon bateau comme une folle, comme si elle allait tout casser. Elle était encore en robe de mariée, mais sa robe était sale pis déchirée. Ses cheveux lui coulaient sur les épaules, son maquillage lui faisait des grands yeux de fantôme ; je l'avais jamais vue aussi belle…

» Elle tremblait, elle criait qu'elle avait pas fini ses recherches, qu'y fallait y retourner. Y'avait personne sur le quai ! Personne, sauf moi. Marie Garant, dans sa robe de mariée crottée, qui me demande mon aide à moi, qui suis juste un pauvre pêcheur, pour aller chercher son mari tombé à l'eau ! Qu'est-cé que je pouvais ben faire, Saint-Ciboire de Câlisse ? Je l'ai prise à bord pis on est partis…

» On a cherché tant qu'on a pu. J'ai alerté la garde côtière, mais y'avaient plein d'alertes pis ça a pris des heures avant qu'y'arrivent ! Y'a plu pendant trois jours. Trois jours ! Y'avait un brouillard à couper à la hache. Le vieux Marticotte te le dirait, si y'était encore vivant, que tous les gars se sont épuisés à la tâche pis que le père Bernard a pleuré quand on lui a ramené la bouée de secours, vide de son gars. Saint-Ciboire de Câlisse ! On l'a jamais retrouvé.

» Le soir du troisième jour, quand on est revenus, Marie se serrait sur moi. Je lui avais prêté du linge. Elle flottait dedans. Elle était encore belle. Elle était belle tout le temps ! Victor nous attendait sur le quai. Y'a dit qu'y fallait que je rentre chez nous, pis vite. Y'a regardé Marie, sans un mot, mais ça voulait pas dire qu'y'était d'accord. Ça veut juste dire qu'y sait fermer sa gueule.

» J'ai laissé Marie sur le quai, Victor a dit qu'y la reconduirait. Quand je suis parti, elle a hurlé un grand coup. Elle se débattait tellement qu'y'ont dû la tenir à trois hommes.

Elle donnait des coups de pied partout. C'est comme ça qu'elle a commencé à kicker le varech. Saint-Ciboire de Câlisse qu'elle en a shooté, du varech, ma Marie… »

Il se redresse. Les aiguilles ont cessé de décompter le temps, mais les vagues s'abattent toujours contre la pierre de la falaise. Il s'appuie sur le mur de la maison.

« Pis je suis revenu chez nous.

» Quand je suis rentré icitte… Tu sais-tu c'est quoi, toi, du silence ? Un silence… Une sorte de déclic que tu le sais qu'y se passe de quoi, que ton cauchemar commence pis que tu te réveilleras jamais.

» J'ai appelé Irène. Elle a pas répondu. J'ai même pas enlevé mes bottes. Je suis monté en courant. La porte de la chambre était ouverte. J'avais le cœur qui me cognait dans la gorge.

» Ma femme, c'était pas la meilleure du monde, pis j'ai pas passé ma vie à me mettre à genoux comme dans les romans, mais je l'aimais. Elle avait ses défauts, elle était trop autoritaire pis sa sœur était fatigante, mais c'était une femme de bon ouvrage, à sa place, pis souvent fine. Elle trouvait que je buvais trop, mais elle disait pas non quand je me collais sur elle. Elle avait de la tendresse. C'est ça : de la tendresse. C'est pas coutume qu'y'en ait beaucoup, icitte, pis, au fond de moi, je le savais que j'étais chanceux. »

Trois vagues, quatre peut-être, passent lentement.

« La chambre était à l'envers, comme si elle s'était battue avec tout ce qu'elle avait pu. Elle avait renversé une petite table où y'avait une décoration en verre qu'elle avait brisée pis elle s'était coupé le ventre. Elle avait plein de morceaux de verre dans les mains pis dans le ventre. Elle respirait juste un petit peu. Pas grand-chose. Saint-Ciboire de Câlisse ! J'ai pas beaucoup de philosophie, mais je sais quand amener ma femme à l'hôpital ! Je l'ai levée de terre, je l'ai portée dans le char pis je l'ai amenée à Carleton aussi vite que j'ai pu. Je l'ai sortie du char pis je l'ai rentrée aux urgences, je l'ai posée sur une civière pis j'ai tellement crié que les docteurs sont sortis de partout, pis y l'ont emmenée.

» Tout le temps qu'y lui ont joué dessus, je suis resté à l'urgence avec mon linge de noces que je portais depuis quatre jours, qui sentait le poisson, l'odeur d'une autre femme pis le sang de la mienne. Le sang de ma femme, Saint-Ciboire de Câlisse, y'en avait partout : à terre dans l'hôpital, dehors sur l'asphalte pis dans le char. Si j'avais été riche, j'aurais brûlé le char, après. Mais j'ai juste eu les moyens de le nettoyer pis de vivre avec les taches.

» Quelque part dans la nuit, y'a un médecin qui est venu me chercher. Y'était cerné, y'avait l'air crevé. La salle d'attente était vide, ça fait qu'y s'est assis à côté de moi. Lui, propre dans son pyjama d'hôpital pis moi, crotté dans mon linge de noces. Y'a fait comme si y me sentait pas, mais c'était pas possible. Peut-être aussi que ça le reposait des odeurs de produits. Y'a accoté sa tête sur le mur, en arrière de lui, les yeux grands ouverts sur le plafond, ses mains posées sur ses cuisses. J'me souviens de ses mains parce que je me suis dit que ces mains-là venaient de jouer dans les poignets, dans le ventre de ma femme pis rien que d'y penser, j'ai eu envie de brailler comme un enfant. Y'a pas bougé d'une miette. Y m'a annoncé tout ça en continuant de fixer le plafond pis c'était ben tant mieux parce que j'aurais pas supporté qu'y me regarde.

» Y m'a dit qu'elle avait fait une tentative de suicide, qu'elle avait perdu beaucoup de sang, mais que c'était pas ça, le pire. Y'a dit qu'un choc nerveux avait causé des lésions graves au cerveau pis qu'y faudrait que je sois courageux. Je me suis demandé c'était quoi, "des lésions graves", mais j'ai pas posé de questions.

»J'ai aussi compris que je pouvais pas la ramener avec moi parce qu'y voulait la garder en observation. Y m'a dit que je pouvais la voir, mais pas longtemps. Y m'a dit : "Après, vous irez chez vous prendre une douche pis dormir. Vous aurez besoin de toutes vos forces." Saint-Ciboire de Câlisse ! Je m'en souviens, de ces mots-là, parce que, des forces, j'en ai pus jamais eu. »

Il fixe le pied de la rampe, droit devant lui. Il aurait pu regarder n'importe quoi, il ne voyait rien. On entendait la mer, encore, et la pluie se dissipait.

« Y devait être trois heures du matin quand je suis entré dans la chambre. Elle dormait, blême dans ses draps blancs. Y'avait plein de machines autour d'elle. J'étais tellement sale que j'osais pas lui toucher. J'avais peur de la salir. Peur qu'elle soit froide, pis morte. C'est con, je le sais : la machine avait beau faire bip bip bip, mais, Saint-Ciboire de Câlisse, j'avais peur qu'elle soit morte !

»Je me suis assis à côté d'elle pis j'y ai parlé. Je savais pas quoi dire. J'y ai parlé de ma dernière pêche. J'y ai raconté la musique qui jouait sur le bateau, les farces plates à Victor, le poids des poissons pis le prix que je les avais vendus. J'avais rien d'autre à dire. Saint-Ciboire de Câlisse qu'on est cons quand la vie nous brasse ! J'étais en train de perdre ma femme pis je racontais le prix du poisson !

»Un moment donné, y'a une infirmière qui est venue pis elle s'est accroupie devant moi, comme on parle à un enfant. Elle m'a dit d'aller me reposer à la maison. Ça m'a donné un coup. Je me suis rappelé que j'étais un homme, je me suis levé pis je suis rentré chez nous, dans mon char plein de sang.

» Y devait être cinq heures du matin pis y'avait rien qui avait bougé. Le sang avait séché dans la chambre pis ça sentait le moisi. J'étais tout seul. Tellement tout seul ! J'ai pensé qu'y fallait que je nettoie ça avant que mon gars revienne, mais mon gars est jamais revenu. »

Ses mains inutiles.

« La semaine après, j'ai enterré mon fils, pis j'ai ramené ma femme à la maison. Ma femme qui avait perdu la raison pis qui la retrouvera jamais. Qui tricote des bas. Des Saint-Ciboire de Câlisse d'hostie de bas de laine chauds pour son gars !

» Pis moi, pendant que mon fils avait été emporté par la tempête et que ma femme virait folle au point de vouloir en mourir, moi, au lieu de veiller sur les miens, j'étais parti en mer avec Marie Garant… »

Il se tourne vers moi. Ses iris bleus dans les miens. Des vagues passent sans que je les compte.

« Peut-être que j'arrive pas à me pardonner, pis que c'est pour ça que j'en veux tellement à ta mère… »

Sa voix tremble.

« Ça m'étonne même pas qu'elle soit venue se jeter dans mon filet ! Je l'ai trop aimée pour qu'elle me laisse tranquille. Pis elle a toujours fait ça : nous ramener à la surface ! Elle laissait rien couler, Saint-Ciboire de Câlisse ! Pas de danger qu'elle aurait arrêté de crier pis de kicker l'hostie de varech ! Non. Elle nous lâchait pas. Mais l'intensité, ça fait mal. Pis on a le droit de vouloir s'enfoncer dans l'oubli. On a le droit de vouloir oublier… »

Il m'observe à s'en défoncer les pupilles.

« T'es née quelle date, Catherine Garant ?

— Sais pas. Entre le 20 mai et le 20 août.

— Ah.

— Je voudrais le savoir, mais le baptistaire est falsifié. Début septembre, c'est impossible. À la place du nom du père, c'est écrit Alberto Garant. J'ai fait des recherches : il existe pas. C'est un nom imaginaire.

— Alberto. On dirait un nom de bateau. »

Il se lève, me regarde une dernière fois, se penche et pose un baiser très tendre sur ma tête.

Puis il rentre chez lui. À travers la fenêtre, je le vois se diriger vers sa femme, doucement, lui prendre le bras et l'accompagner, délicatement, vers l'escalier qu'ils montent l'un contre l'autre.

Sur la pointe des pieds, je descends les marches et referme silencieusement la porte derrière moi. Devant, la mer continue de compter des vagues et mon voilier m'attend.

Larguez tout

Moralès a stationné sa voiture sur le côté de la maison.

« Hiiii… Vous pouvez passer par la fenêtre, c'est ouvert ! »

Il enjambe le cadrage.

« Vous avez meilleure mine, Cyrille…

— Hiiii… Y'a des jours où on s'habitue à mourir, enquêteur.

— …

— Pis ? Vous avez brassé de la paperasse dernièrement ? Hiiii… »

Moralès se tire une chaise près du lit, s'assoit face à la fenêtre. Il a passé l'après-midi au poste de Bonaventure, mené tout un tohu-bohu, forcé la réouverture des dossiers, vérifié les alibis, trouvé les failles, confondu les faux témoins, renversé les conclusions et constaté une fois de plus à quel point le monde est monde. Maintenant, il est tranquille.

Dehors, le crépuscule teint le ciel de lignes rouges et orangées. Dans le coin du cimetière, une voiture paraît, s'arrête. Le croque-mort Langevin en sort, replace ses cheveux, secoue son pantalon.

« Pas mal, oui.

— Pis vous avez trouvé vos réponses ? Hiiii…

— Quelques-unes. Si j'avais pris le temps de mieux consulter le dossier médical de Marie Garant, j'aurais remarqué qu'elle était malade…

— Depuis trois ans.

— … et qu'elle avait besoin de médicaments. »

Langevin traverse le cimetière en diagonale.

« Or sa prescription (et ses réserves) arrivait à échéance. Son médecin savait qu'elle reviendrait bientôt, pour son rendez-vous médical. Il savait aussi que Marie Garant, quand elle revenait ou repartait vers le Sud, faisait un détour au Banc-des-Fous, pour saluer son mari défunt. Il pouvait donc l'attendre, à quelques jours près, dans cet endroit retiré où, avec un peu de chance, il risquait fort de l'intercepter à son retour. »

Langevin se penche, vraisemblablement sur un collet qu'il a posé la veille, et se redresse, victorieux.

« Pourquoi l'intercepter ? Parce qu'il est amoureux d'elle – depuis longtemps. À vingt-trois ans, quand il a appris que votre frère était fiancé à Marie Garant, il est devenu fou de jalousie. Ils sont allés en mer ensemble. Votre frère n'a pas dû se méfier parce qu'ils étaient amis. Mais ça a mal viré. Ils se sont battus et il a basculé votre frère par-dessus bord. Peut-être qu'il a essayé de le rattraper, mais le temps était trop mauvais. Vous étiez sur le bateau, cette fois-là. Vous avez dû vous battre à votre tour, mais vous étiez jeune et il était plus fort que vous. Il a essayé de vous étrangler avec des fils à pêche et d'arranger ça comme si vous vous étiez emberlificoté tout seul, en voulant secourir votre frère. Il espérait vous faire taire, mais vous avez survécu. Pourquoi vous ne l'avez pas dénoncé ?

— C'était la nuit pis j'avais bu de la bière, en cachette. J'étais pas sûr d'avoir ben vu. Hiiii… Mon frère était mort. Tout le monde m'aurait traité de menteur.

— C'est la raison pour laquelle vous avez tant de mal à respirer ?

— Le cancer doit pas aider non plus. »

Moralès acquiesce et continue d'observer Langevin, qui est retourné à sa voiture.

« Marie Garant a vieilli. Elle a besoin de soins et il se dit qu'après une vie d'attente, elle acceptera peut-être de l'épouser.

— Marie a jamais aimé Jeannot Robichaud. Hiiii… Elle était malade, mais pas folle : elle aurait pas changé de cœur pour lui ! Hiiii… »

Langevin ouvre le coffre de l'auto, en sort une pelle. Il retourne vers le piège.

« Ce soir-là, donc, il va au Banc-des-Fous et, comme il l'espérait, elle est là, à l'ancre. Elle vient d'arriver. Il s'accoste à l'épaule de son voilier, lui offre un verre de vin et commence à lui parler d'amour. Elle se moque, parce qu'elle a la langue bien pendue, Marie Garant, et il la bouscule. Elle tombe à la renverse, se frappe la tête, s'évanouit et glisse à l'eau. Il fait noir. Le coroner Robichaud est âgé, il sait qu'il ne sera pas capable de la secourir. Et de quoi aurait-il l'air, s'il appelait la garde côtière ? D'un homme vieux, ridicule, qui n'a pas su contrôler son dépit amoureux et qui a tué une femme, peut-être par accident, peut-être pas. »

Langevin se penche sur le piège et, d'un puissant coup de pelle, il achève la marmotte.

« Alors, il nettoie le bateau. Chirurgicalement. Puisqu'il est grand, il se cogne contre la bôme et c'est de là que lui vient l'idée de libérer les écoutes de grand-voile, pour simuler l'accident. Dans son empressement, il ne pense pas que la bôme est trop haute pour atteindre Marie Garant…

— Vous êtes pas pire quand vous vous y mettez. Hiiii… »

Langevin prend la bête, la libère du collet et l'amène dans le coin du boisé.

« Il revient chez lui au milieu de la nuit, espérant que personne ne l'a vu, mais croise, mauvais hasard, son voisin, Marc Lapierre, le guide de pêche. Lapierre arrive quant à lui du rang 4 – de chez Clément Marsil. Les deux se voient, gênés, et rentrent presque sans se saluer. »

Langevin creuse un trou.

« Le lendemain, quand le coroner apprend que Marsil s'est fait voler son coffre, il comprend que c'est Lapierre, le coupable. Mais surtout : Lapierre déduit que c'est Robichaud qui a tué Marie Garant et il va passer un marché avec lui. Les deux hommes se donnent des alibis mutuels : ils avaient joué, disaient-ils, aux cartes, cette nuit-là. Le coroner demande au lieutenant Forest – qui est amoureuse de lui – de refiler l'enquête sur le vol du coffre à sa nièce Joannie qu'il a lui-même guidée vers la conclusion. »

Langevin dépose la bête dans le trou et entreprend de l'enterrer.

« Quant au voilier, Robichaud avait prévu aller le chercher le lendemain, mais Yves Carle l'a pris de vitesse pendant la nuit. Robichaud l'a quand même ramené, profitant de l'occasion pour mettre ses doigts partout. C'est ce qui fait que, à l'étude du dossier, on a écarté ses empreintes.

— Hiiii… On dirait presque un vrai enquêteur… »

Du dos de la pelle, Langevin tape sur le monticule de terre, puis s'en retourne vers sa voiture, visiblement satisfait.

« Ils sont en train de perquisitionner la maison de Lapierre. Le coroner Robichaud a démissionné, Joannie est au désespoir et le lieutenant Forest sait plus où donner de la tête. Ça se chicane pour les détails. Je préfère les laisser laver leur linge sale ensemble.

— Hiiii… Des fois, je me dis que la plus grande punition d'un homme, c'est de vivre sans amour. »

Langevin démarre et quitte le cimetière. La lune se lève. Moralès se tourne vers Cyrille.

«Je ne sais pas qui a volé la boîte d'objets appartenant à Marie Garant, je pense que c'est Catherine…

— Hiiii… Si l'enquête est finie, y vous servent pus à rien…

— Il reste pourtant une question, Cyrille…

— Hiiii… Laquelle ?

— Qui a pillé la tombe ?

— Quelle tombe ?

— Quelqu'un a creusé et est allé déterrer Marie Garant.

— Je vois pas de quoi vous parlez, mais c'est sûrement pas moi ! Hiiii… J'aurais pas la force. »

Moralès contemple un long moment la silhouette mourante de Cyrille.

« Vous avez raison, Cyrille : Marie Garant méritait de retourner à la mer. »

Le vieil homme arque un sourcil. Moralès s'empresse.

« Vous avez bien fait, tous les deux. »

Cyrille Bernard hoche la tête, puis ferme les yeux.

Par la fenêtre, la nuit est claire – les feux follets et les fantômes reposent en paix.

Ce soir-là, Joaquin Moralès n'est pas allé chez Catherine. Ni au bistro à Renaud. Il est rentré chez lui et a laissé l'horloge se tourner vers le jour. Sarah a tenté de le rejoindre, mais il n'a pas répondu. C'est qu'il lui faut un moment pour affermir sa décision.

Il a soupé seul d'un filet de saumon aromatisé, en réfléchissant à cette balance qui soupèse d'un côté le besoin de réconfort et, de l'autre, la grâce de l'amour. Les nuages ont fait place à un ciel pur, lavé, brillant d'étoiles, et Moralès s'est installé, verre de rouge à la main, sur son balcon, face à la mer. Il repense à Paul Lapointe.

Il prend son téléphone, appelle l'architecte.

« Sergent Moralès ? Comment allez-vous ?

— J'ai dû revoir la conclusion de l'enquête : Marie Garant a été tuée accidentellement.

— Accidentellement ?

— Oui, un amoureux éconduit l'a bousculée. »

Assis sur son lit, Lapointe boit à petites gorgées un porto blanc. La porte de la salle de bains est entrebâillée et il observe sa femme qui se démaquille. Elle a des gestes délicats, aériens.

« Un amoureux éconduit ? À son âge ? Marie Garant devait être bouleversante...

— Comme sa fille... »

Elle commence par le fond de teint. Avec une serviette éponge légèrement imbibée, elle nettoie les couleurs, mettant à nu les contours de son visage.

« Catherine est un leurre, monsieur Moralès.

— Je ne crois pas, non.

— La beauté d'une jeune femme est toujours trompeuse. Quand mon assistante, Isabelle, entre dans mon bureau, je sais que mes clients vont signer. Sa beauté les piège. »

Moralès voudrait lui raconter qu'il a pris Catherine dans ses bras, qu'il l'a soulevée de terre, portée dans la maison, embrassée, caressée ; lui dire qu'il s'était senti jeune, de nouveau porté par un élan. C'est ça : un élan !

« Vous m'avez parlé de la grâce de l'amour... »

La femme de Paul Lapointe prend un coin de la serviette, étire ses lèvres, efface son rouge.

« Elle existe, monsieur Moralès. Et quand elle se démaquille devant nous, nous en suffoquons.

— Pardon ?

— Est-ce que votre femme se maquille ? »

Ils n'étaient pas allés plus loin. Catherine l'avait repoussé, délicatement. Elle avait dit non. Elle avait ajouté avoir entendu assez de mensonges, vu assez de tromperies, vouloir des gestes francs et un horizon clair. Il avait compris.

« Je vais divorcer. »

Voilà, il l'a dit. C'était pour ça qu'il avait appelé Paul Lapointe : pour le formuler à haute voix, pour l'entendre de sa bouche et s'en faire une réalité avant de l'annoncer à Sarah.

« Vous êtes certain de votre décision ? »

Dans le rayon de lumière, sa femme frotte délicatement ses paupières.

« Oui. »

Joaquin a même préparé, dans sa tête, le discours qu'il tiendra à Sarah, demain. Quelques reproches concernant ce long séjour urbain qu'elle est en train de s'offrir avec l'insupportable Dji-Pi, suivis d'un témoignage poignant sur son besoin de jeunesse, de passion. C'est qu'il souhaite s'accomplir, lui aussi, car il a tout sacrifié pour elle, et c'est à son tour d'avoir des « *projets personnels* ». Il veut donner une autre chance à sa vie d'homme, à son envie d'aimer.

« Prenez le temps d'y penser, monsieur Moralès. »

La femme de Paul Lapointe rince son visage à l'eau claire, s'éponge, s'aperçoit que son mari la contemple. Elle sourit. L'architecte raccroche.

Un vent du sud-ouest souffle sur la Baie-des-Chaleurs et Joaquin observe, satisfait, un voilier, au loin, qui trace son sillon de coque perpendiculaire à celui de la lune. Il termine son verre, rejoint son lit et s'endort du sommeil impatient du jeune amoureux.

Hisser les voiles

Il n'a pas beaucoup dormi, non. Il s'est levé tôt, pressé de transformer son existence. Il a tenté d'appeler Sarah, pour en finir rapidement, si possible, avec ces formalités conjugales qui le taraudent, mais il est tombé sur le répondeur. Elle doit être occupée avec l'insupportable Dji-Pi. Joaquin lui a laissé un message, « *Rappelle-moi* », et est descendu au quai.

Pilar était absent, mais ça ne l'a pas inquiété : Catherine devait être en promenade. Il est entré au café du Havre pour guetter son retour. Quand elle accostera, il ira au-devant d'elle et il l'invitera à souper. Elle comprendra.

Il pousse la porte du café.

« J'm'en vas vous dire qu'elle nous fait le même coup que sa mère !

— En vérité, oui. »

Renaud Boissonneau et le curé Leblanc sont là, installés devant des omelettes aux légumes à moitié abandonnées.

« Inspecteur ! Vous savez pas quoi ? »

Le patron du bistro a les larmes aux yeux. Moralès sourit : Boissonneau a un don pour le drame.

« Qu'est-ce qui se passe, Renaud ?

— C'est Catherine Garant ! »

Un sanglot lui coupe la parole.

«J'm'en vas vous dire: elle est partie! Comme sa mère! »

Moralès se fige.

«Partie? En balade?

— En vérité, non.

— Elle est venue nous voir hier au bistro pis elle nous a annoncé ça comme si de rien c'était, en plein devant sa coquille saint-jacques! »

Renaud Boissonneau tente un coup de poing sur la table, renverse la moitié de sa tasse, la redresse, empile des serviettes de papier dans la flaque. La serveuse rouquine s'approche, essuie le dégât, se tourne vers l'enquêteur.

«Vous pouvez vous asseoir, je reviens avec le café. »

Mais Moralès n'y arrive pas. Il reste planté là, sans comprendre, pendant que Renaud et le curé Leblanc boivent leur amertume à petites gorgées.

«J'm'en vas vous dire que j'en ai même remis mon tablier d'aide-cuisinier au chef!

— En vérité, les départs, c'est bouleversant.

— Parce qu'on l'aimait, notre belle belle touriste pis que c'est pas des affaires à faire, partir pour toujours! »

Pour toujours? Moralès regarde l'horizon. La lumière éblouit la mer, un bon vent lève de l'écume sur les vagues.

«Vous devez vous tromper…

— Elle est partie hier soir.

— J'm'en vas vous dire qu'on a eu le cœur crevé toute la soirée!

— Il faisait clair. On a vu son bateau traverser la baie. »

Moralès se souvient soudain, comme un coup de poignard, qu'il a regardé un voilier filer dans le rayon de la lune. C'était donc elle? Partant pour toujours?

À cet instant-là, parce que la Gaspésie est un pays sans trêve, son téléphone sonne. Mécaniquement, Moralès décroche, s'éloigne de trois pas.

« Allô ?

— Joaquin ? C'est moi…

— Moi ?

— Sarah. Ta femme. »

Le silence tombe à plat. C'est la première fois depuis trente ans qu'il ne reconnaît pas spontanément la voix de son épouse. C'est qu'il est ailleurs, là-bas, sur ce bateau aux voiles hissées qui lui tourne le dos.

« Joaquin ? T'es là ?

— …

— Tu m'as laissé un message… »

Moralès sort du café du Havre.

Pourquoi n'a-t-il pas rejoint Catherine, hier soir ? Pourquoi a-t-il attendu avant de lui faire part de sa décision ? Elle ignore qu'il va divorcer. Elle est partie sans savoir ! Comment va-t-il la rejoindre, maintenant ?

« Tu ne dis rien. Ça fait des jours qu'on ne s'est pas parlé… »

Il avance vers la mer. Vers Catherine. Avec elle, il est tellement… jeune, il est…

« Joaquin ? »

Sarah insiste.

« Hier, j'ai rencontré les collectionneurs de New York et je… Je vais laisser Jean-Paul s'en occuper. Je regrette, Joaquin. Je regrette mes… mes hésitations, mes doutes. Tu me manques. »

C'est là qu'il faut le lui dire, à Sarah. Pour éviter qu'elle aille plus loin, qu'elle se fasse des illusions. Alors, Moralès parle. Il affirme qu'il est ailleurs. Emporté, soulevé, léger. Qu'il est trop tard. Comprend-elle ? Sa vie à lui, elle est en mouvement, il a des possibilités ! Il lui explique tout ça… Ou voudrait le lui expliquer. Car, en fait, c'est elle qui parle.

« Si tu veux, je peux prendre la route aujourd'hui. Je peux demander aux garçons de s'arranger avec le déménagement. Je… J'irai te rejoindre en Gaspésie. »

Des possibilités ? Vraiment ? Si Catherine avait su, pour son projet de divorce, serait-elle partie quand même ? Moralès fixe le large. Intensément. *Pilar* est là, quelque part au bout de l'horizon.

« Joaquin ? »

Malgré lui, il reconnaît son prénom dans la voix de sa femme.

« Oui, Sarah. Je t'écoute.

— Je… Je sais qu'on ne fait pas l'amour assez souvent… »

Elle ajoute qu'elle se sent vieille et maladroite, emportée par le mouvement du quotidien et l'impression d'être ridicule. Elle insiste : elle le trouve beau, dit-elle, plus beau qu'avant. Et elle a toujours envie de lui. Ici ou ailleurs. N'importe où. Là-bas, pourquoi pas. Sur le bord de la mer.

« Et toi ? »

Pendant qu'elle parlait, Moralès s'est rendu compte qu'il n'était pas seul. Sur le quai, un grand Amérindien surveille le large. Planté dans le sol comme un phare, le géant guette lui aussi l'horizon.

Tout à coup, Moralès se sent… vieux. Dépassé. De trop. Ridicule.

Il baisse la tête.

À ses pieds, dans l'onde molle d'un trou d'eau, son reflet le regarde. Oui. Même si elle avait su, Catherine Garant serait partie. Pour toujours. C'était un leurre. Avoue-le, même si ça te fait mal. Et tu as mal, Moralès, dans tout ce qu'avoir mal veut dire : une douleur au creux du ventre, un trou, un vide.

« Je t'aime encore, Joaquin. »

Il ferme les yeux et revoit malgré lui ces images qu'il enregistre depuis des années et qui remontent soudain des profondeurs : sa femme qui retire ses bas de nylon, qui se démaquille, ôte son rouge à lèvres, puis frotte délicatement ses paupières. La grâce de l'amour.

Il inspire un grand coup, rouvre les yeux.

« Moi aussi, Sarah. Je t'aime encore. »

Et il se détourne de la mer.

Mer et filles

Cyrille, il disait que la mer était une courtepointe et que, le matin, nous avions l'œil pur, prêt à admirer la lumière explosée du levant qui nous transformait en mosaïque. Il avait raison, Cyrille. Sur la Baie-des-Chaleurs, l'aube ondoyante échantillonne ses couleurs, étend l'écarlate jusqu'à la coque et me projette dans la toile coralline du large.

Je suis partie de nuit, en voleuse, parce que c'est sous la voûte étoilée que je voulais tracer mes premiers milles de liberté. J'ai largué les amarres sans chagrin ni regret. Heureuse. J'ai hissé vers le large, le vent me poussant par le travers, dans l'allure royale des appareillages.

Vers une heure, *Vol de Nuit* s'est joint à ma route. Nous avons vogué en parallèle, à peu de distance. Soudain, Yves Carle a dévié légèrement pour s'approcher de ma coque. Il a pointé une baie.

« Le Banc-des-Fous !

— Je sais ! »

Nos voix font écho sur l'onde.

« Qui te l'a dit ?

— J'y suis venue, l'autre nuit… »

J'ai incliné ma route vers le large. Il m'a saluée d'un grand geste.

L'autre nuit avait été sans lune. Noire. Je m'étais vêtue de vêtements foncés. Le ciel était bourré de nuages, les feux follets se tenaient tranquilles. Je ne suis pas entrée par la porte de fer forgé où sont inscrites les lettres du repos éternel, RIP, dans un enlacement de fleurs, mais j'ai longé l'orée du bois.

Je n'ai pas eu à compter les allées, je savais très bien où la terre était fraîchement retournée, où ils avaient déposé le corps âgé, noyé et charcuté de ma mère, à l'ombre des grands arbres. J'ai avancé à pas lents et solides. J'ai contourné sans les voir les pierres grises des autres, gravées d'indifférence, et me suis amenée devant elle en lui demandant pardon pour mes vêtements salis, pour mes bottes de travail, pour ma pelle qui s'enfonçait. J'ai creusé la terre ramollie. Je sentais les larmes couler, descendre jusqu'à sa tombe, lieu sacré de notre rendez-vous manqué.

Ma fille, je te lègue Pilar *et, désormais, l'horizon est à toi.*

Je n'ai fait aucun sacrilège.

J'ai ouvert le cercueil de bois. Elle était là, blanche, dans le suaire cousu du thanatologue. J'ai sorti péniblement son corps pourtant léger de la fosse. Je l'ai déposé dans l'herbe et j'ai remis la terre en place, comme je le pouvais. Puis j'ai songé que, de toute façon, ils sauraient et que je n'y échapperais pas, mais tant pis. J'ai caché la pelle dans le bois, puis suis revenue vers elle qui attendait, sagement couchée, les yeux fermés, dans la rosée nocturne. Maman.

Je m'étais juré de ne pas l'aimer, mais c'est plus fort que moi de la prendre dans mes bras, de lui pardonner, d'aller remettre son corps aux eaux où elle a le droit de reposer en paix, au-delà de mes peurs, au-delà de ces promesses que je m'étais faites et que j'avais accumulées comme autant d'embûches à ma propre liberté.

J'ai déchiré le suaire de toile. J'ai pris le corps froid et bleui de ma mère contre ma poitrine, le corps de Marie Garant dans mes bras, et j'ai marché vers la voiture.

C'est à la limite du cimetière qu'il a surgi.

« Si tu prends le voilier, y sauront que c'est toi. Hiiii… On va la mettre dans mon camion pis on va prendre mon bateau. Hiiii… C'est plus sûr. »

Je vérifie la route, sur le GPS. Le soleil poursuit sa ronde en direction du sud. Vers le large, un bateau de pêche. J'attrape les jumelles : un chalutier, le *Delgado*. Et quelque part, invisible, je sais que Jérémie me veille. Je pose les jumelles et me tourne une dernière fois vers le nord.

Qui est mon père ?

Je l'ignore. J'ai identifié tous ceux qui ont croisé le parcours de Marie Garant et remonté leur chronologie. Trop d'hommes ont aimé ma mère. Il me manque la date de ma naissance pour connaître mon véritable patronyme. La date qui me donnerait un nom. Sans ce premier jour où j'ai mis le pied sur l'eau, je n'ai qu'à errer entre ceux qui m'ont tendu des yeux bleus et tendres. Mais si Marie Garant ne m'a laissé aucun indice, c'est peut-être qu'elle ne voulait pas que je sache. Alors, je multiplierai les visages de mes pères dans l'envers aqueux de mes pupilles.

Et qu'importera jamais d'où je viens ? La beauté du jour est devant moi, étendue sur la mer. Je suis un assemblage étrange, un vitrail explosé – la lumière du levant illumine le kaléidoscope tournoyant de ma route. Je suis sans réponse, peut-être, mais l'horizon m'appartient.

Le *Delgado* (2007)

Cinq heures trente. À bord du *Delgado*, O'Neil Poirier et ses fils se réveillent. Cette année, ils pêchent dans le Golfe du Saint-Laurent. Depuis la timonerie, O'Neil considère ses fils – des hommes ! – qui ramassent les paniers jetés à l'eau hier soir, pour freiner la course du chalutier.

Le soleil se lève et découpe un triangle de voile blanc sur la mer. Mécaniquement, il prend ses jumelles, ajuste les lentilles. *Pilar*. Il se frotte les yeux, pour être certain de ce qu'il lit, observe de nouveau. Il a bien vu. *Pilar* et une silhouette de femme dans le cockpit ! À soixante-cinq ans, veuf trop tôt et solitaire, le cœur lui coince dans la gorge.

C'est elle ! La femme qu'il n'a jamais épousée !

Il attrape l'émetteur VHF. Hésite. Qu'est-ce qu'il lui dira ? *Salut, jolie skipper, te souviens-tu du jour où je t'ai aidée à accoucher ? J'avais un chalutier,* L'Alberto, *dans ce temps-là !*

Il suspend son geste. Il aura l'air de quoi ? Parce qu'O'Neil Poirier, il n'a jamais eu le tour, avec les mots. D'ailleurs, cet accouchement-là, les hommes de *L'Alberto* n'en ont jamais parlé. À personne. Ce qui se passe sur l'eau, ça reste sur l'eau. Mais ils ont la mémoire longue, ça oui ! Poirier examine le calendrier. La petite a fêté ses trente-trois ans le mois passé, le 12, très exactement. Elle aurait dû naître dix jours plus tard, c'est ce que sa mère avait dit, mais elle était pressée de vivre !

Il regarde le voilier, encore une fois.

Aimer une femme de mer, c'est peut-être impossible. Il y a des femmes qui ne se demandent pas en mariage. Qu'on n'épousera jamais. Lui-même, il est plus heureux sur l'eau que n'importe où ailleurs. Au fond, il le sait que l'océan est égoïste.

Alors O'Neil Poirier repose l'émetteur VHF. Il enfonce, un instant, ses grandes mains inutiles dans ses poches, sourit, et retourne à sa pêche.

Remerciements

L'apprentissage de la mer se fait lentement. Heureusement, j'ai eu de généreux alliés. Sylvain Poirier et Marlène Forest, du *Douce Évasion*, je vous dois beaucoup.

Merci aux marins qui m'ont amenée à aimer la voile : Tom et Marie-Sylvie, Jean-Phylip, Michel, Yvan et Sylvie, Caroline, Diane, Dave et Caro, Bine, Stéphane et Julie. Merci aux gens du Club de voile de Berthierville (dont Claude Milot et Yves Carle), du Club de voile de Bonaventure, de la marina de La Grave (dont Luc, Sylvain et Le Pistorlet). Entre autres.

Merci aux Gaspésiens qui m'ont chaleureusement accueillie : Michelle Secours (Frëtt), Guylaine, Renaud, Lancelot, Laurie, Cyrille et Jack, de la Baie-des-Chaleurs ; Michel Chouinard, de Sainte-Flavie ; O'Neil Poirier, de Cloridorme ; Rob, Bob et Jérémie, de Gesgapegiag.

Merci aux enquêteurs Jean-Yves Roch et Serge Caillouette, ainsi qu'aux incomparables croque-morts Landreville. Merci au lieutenant Jean Joly.

Merci à Mathieu Payette et à Gilles Jobidon pour leurs commentaires, et à mon directeur littéraire, Jean-Yves Soucy, dont l'œil avisé transforme un enquêteur en héros. Merci à

Rogé pour la magnifique couverture et à l'équipe de VLB (dont Myriam, évidemment).

Merci à toute l'équipe des Éditions de l'Aube pour l'adaptation en France.

Merci surtout à mon chum Pierre-Luc, qui garde le phare allumé, même dans les soirs de tempête.

Merci enfin à ceux et celles qui m'écriront, via mon site internet roxannebouchard.com, des commentaires ou des histoires de pêche que je lirai avec plaisir.